Peter W. Schroeder

Assmanns Ende

Roman

Norden Books

FSC
www.fsc.org
MIX
Papier aus verantwortungsvollen Quellen
Paper from responsible sources
FSC® C105338

Norden Books
840 Pemberton Road, Suite 1
Victoria, B.C., Canada V8S 3R4
E-Mail: NordenBooks@shaw.ca

Lektorat: Anja Silke Graß
Coverdesign: Kaleidoscope Media, Bermuda

ISBN: 978-0-9878216-0-7

Printed in Germany

Handelnde Personen:

Hanna Blau, geborene Menschik – in den USA lebende Jüdin, aus Deutschland emigriert.

Günter Lührs, Oberregierungsrat beim Finanzamt in Solingen.

Heinrich Assmann, ehemaliger SS-Offizier, Inhaber der „Assmann Apparatebau“ in Düsseldorf.

Theo Schapiro, Redakteur der in Düsseldorf erscheinenden Tageszeitung „Anzeiger“.

Shulamit Stern alias Susanne Wenger, Agentin des israelischen Geheimdienstes „Mossad“.

Nachum Shamir, Büro-Chef des „Mossad“ in Tel Aviv, Israel.

Dietrich Nonnenmeier, Rechtsanwalt in Düsseldorf.

Friedrich Schomer, Oberstaatsanwalt in Düsseldorf, Ankläger im NS-Prozess.

Heiner von Zerfass, ehemaliger Korvettenkapitän und Abteilungsleiter der deutschen „Abwehr“.

Und einige weitere angenehme und weniger angenehme Zeitgenossen in Deutschland, den Vereinigten Staaten, Bermuda, Kanada und Israel.

Mögliche Ähnlichkeiten mit lebenden oder verstorbenen Personen und ihren Handlungen, sowie Namens-, Orts- und Zeitangaben sind zufällig und ohne Bedeutung.

Danksagung

Ohne die Hilfe vieler Menschen in den Vereinigten Staaten, Kanada, Deutschland und Israel, die mir Ihre Erinnerungen in den vergangenen Jahren in langen Gesprächen anvertrauten und die aus nahe liegenden Gründen nicht namentlich erwähnt werden wollen, hätte das Buch nicht geschrieben werden können.

Danke auch an den Strafverteidiger und Freund Heinrich Hannover in Bremen der „Die Republik vor Gericht" stellte und dem juristischen Sachverständnis des Autors auf die Sprünge half.

Wertvolle Anregungen verdanke ich der KZ-Gedenkstätte Dachau bei München, dem Justizministerium des Landes Nordrhein-Westfalen in Düsseldorf, dem Bundesarchiv in Koblenz, dem israelischen Justizministerium in Jerusalem, sowie den „Government Archives" in Bermuda.

Danke Dagmar. Und nicht zuletzt Danke an Toda Teitelmann. Er wird schon wissen wofür.

Die Redaktionskonferenz des "Anzeigers" begann wie an jedem Wochentag pünktlich um 12 Uhr im kleinen Konferenzsaal im dritten Stock des Zeitungshauses. Und wie nach einer geheimen Absprache endete sie genau 30 Minuten später. Die Redakteure wollten dann endlich in die Mittagspause. Und wenn einer der Redakteure nach 12.25 Uhr noch den Mund aufmachte, musste er damit rechnen, dass sich die Kollegen rächen würden.

Heinrich Barden, der Ressortleiter fürs "Vermischte", der vor versammelter Mannschaft gern seinen Senf zu allem Möglichen abgab, hatte es ein paar Mal getan und es anschließend bitter bereut. Die Redakteure von anderen Ressorts hatten ihm Dubletten auf die Seite geschmuggelt; zweimal haargenau dieselbe Meldung. Der Chefredakteur hatte ihn in der Mittagskonferenz daraufhin kräftig angepfiffen. Seitdem klappte Barden seinen Mund spätestens um 12.25 Uhr zu.

Chefredakteur Siegbert Hendrich war ansonsten ein gemütlicher Mann, der seine Truppe mit kleinen Scherzchen bei Laune hielt. Zu seinen Standardsprüchen gehörte die Feststellung: "Es ist schon ein Wunder, dass jeden Tag auf der Welt haargenau soviel passiert, wie in unsere Zeitung passt". Dennoch regte er sich jedes Mal darüber auf, dass die "Nachrichten"-Konkurrenz fast jeden Tag ein paar andere Berichte von Ereignissen im Blatt hatte, die von den "Anzeiger"-Redakteuren als völlig unerheblich eingestuft worden waren.

Seit zwei Wochen waren einige „Anzeiger"-Leute auf ihren gemütlichen Chef aber nicht besonders gut zu sprechen. Er war dabei, sich das Rauchen abzugewöhnen und er hatte die Mittagskonferenz zur rauchfreien Veranstaltung erklärt. Das passte den vier Immer-Noch-Rauchern unter den neun versammelten Redakteuren natürlich nicht. In der ersten Woche hatten sie hitzig nicht über die wichtigen Themen des Tages, sondern fast ausschließlich über das noch wichtigere Thema des Rauchverbots diskutiert.

"Wir sind doch ein liberales Blatt", hatte der Leiter der Sportredaktion lamentiert. "Und zur Liberalität gehört auch, dass man Jeden nach seiner Facon selig werden lässt".

"Man kann die Sache mit der Liberalität auch übertreiben", hatte der Chefredakteur widersprochen. "Und wo bleibt das Seligwerden der Nichtraucher?".

"Das meine ich aber auch", hatte die Reiseredakteurin dem Chef beigepflichtet. Rosemarie Kurzweil rauchte zwar auch wie ein Schlot, aber in der Konferenz war sie grundsätzlich mit dem großen Boss einer Meinung. Ihren Wunsch nach einer Versetzung ins Feuilleton hatte er aber trotzdem noch nicht erfüllt.

An diesem Dienstag schien es Chefredakteur Siegbert Hendrich besonders eilig zu haben. "Können wir uns die Blattkritik heute sparen?", fragte er in die Runde und schob die Morgenausgabe des "Anzeiger" von sich. "Im Großen und Ganzen finde ich alles in Ordnung".

"Völlig richtig", pflichteten ihm die Redakteure aufatmend bei. Das Lamentieren über zu große oder zu kleine Überschriften und das unentschuldbare Fehlen dieser oder jener Meldung blieb ihnen heute also erspart.

"Bevor wir zur Verteilung der Themen kommen", sagte Hendrich, "müssen wir über diesen unseligen Prozess reden".

Die Redakteure blickten sich fragend an. "Was für'n Prozess?", wollte Henner Gross schließlich wissen. Gross war Chef vom Dienst und er wurde eigentlich dafür bezahlt, jedes wichtige Ereignis des Tages parat zu haben.

"Na der NS-Prozess", gab Hendrich Bescheid. "In der nächsten Zeit soll vor dem Landgericht doch Anklage gegen diesen Typen erhoben werden, der Aufseher oder so etwas in einem KZ gewesen sein soll".

Wolf Bertram, der Politik-Chef rollte mit den Augen. "Du meine Güte, wen interessiert das denn noch? Das ist inzwischen mehr als ein halbes Jahrhundert her. Da will doch kein Aas mehr was von hören".

"Seit wann kratzt uns denn das Interesse unserer Leser?", lästerte Theo Schapiro. Er war Sportredakteur und mischte sich sonst nie in Nicht-Sport-Gespräche ein. Aber die Lässigkeit von Bertram ging ihm auf den Nerv. Nicht wegen der NS-Sache, sondern weil er Bertram nicht mochte. "Haben wir als Zeitung nicht gelegentlich so etwas wie eine Chronistenpflicht, bei der uns am Arsch vorbeigehen sollte, ob es die Leser nun lesen wollen oder nicht?" .

Schapiro blickte sich in der Runde um als erwarte er Zustimmung. Doch keiner seiner Kollegen reagierte und der Sportredakteur fügte noch hinzu: „Also wenn bei uns in der Stadt ein Nazi-Prozess stattfindet, dann können wir den nicht ignorieren".

"Will ja auch keiner", schaltete sich der Chef vom Dienst ein. "Aber wir können unsere Leser auch nicht schon wieder mit diesem Scheiß langweilen. Nach einem Dutzend Prozessen haben die Leute die Nase davon voll".

"Dann macht ihr es eben schön spannend", empfahl Burkhardt Voss, der Mann vom Feuilleton, und er griff nach seiner geöffneten Cola-Dose. Jeder im Raum wusste, dass Voss regelmäßig nicht mit einem koffeinhaltigen Getränk beim Konferenzpalaver erschien. In der Cola-Dose befand sich mit Whiskey angereicherter Rotwein mittlerer Preisklasse.

„Kann mal jemand das Fenster aufmachen?“ stöhnte Reiseredakteurin Kurzweil. „Die Cola von Voss stinkt heute besonders fürchterlich“.

Demonstrativ nahm der Feuilleton-Mann einen kräftigen Schluck aus der Dose. „Nein, ganz ehrlich“, meinte er dann. „Die unendliche Aufarbeitung des NS-Phänomens haben wir doch schon bis zur kalten Vergasung gemacht. Was wir jetzt noch machen können, ist ein bisschen Unterhaltung für die Holocaust-Belaberten. Hat nicht jemand Lust, mal ’was über Puffs im KZ zu schreiben?“

Chefredakteur Hendrich zeigte sich entsetzt. „Also, so geht das nicht, Kollege Voss. Und bei der Wortwahl sollten wir etwas vorsichtiger sein“.

Sportredakteur Schapiro fixierte den Feuilletonchef und teilte ihm mit: „Für die ‚Vergasung’ hast du einen Tritt in die Eier verdient“.

Voss zuckte nur mit den Schultern und widmete sich wieder seiner Cola-Dose.

Eine halbe Minute herrschte betretenes Schweigen im Konferenzsaal des „Anzeiger“ bis sich schließlich Politik-Chef Bertram wieder zu Wort meldete. „Mir ist immer noch nicht klar, wie wir den Prozess fahren werden“.

Da hatte der Chef vom Dienst eine Idee. "Ganz einfach. Wenn sich beim Prozess was halbwegs Knackiges tut, nehmen wir 'ne Meldung aus den Agenturen. Damit hat es sich und alle sind zufrieden".

Die Redakteure blickten Chefredakteur Hendrich an, der bei solchen Gelegenheiten das letztgesprochene Wort mit einem Kopfnicken abzusegnen pflegte. Doch diesmal nickte er nicht. Stattdessen trommelte er mit den Fingern der linken Hand auf der Tischplatte und schüttelte nur mit dem Kopf.

"Geht nicht", sagte er schließlich. "Der Prozess ist vielleicht der letzte seiner Art und zu dem kommen doch bestimmt Journalisten aus aller Herren Länder angereist. Da macht es keinen guten Eindruck, wenn wir als Zeitung vor Ort die Sache ganz klein hängen".

"Richtig", sagte Sportmann Schapiro. "Und weil die großen Kollegen alle aus dem Heimatblättchen abschreiben wollen, müssen wir ihnen Futter bieten".

"Hast wohl Erfahrung damit", giftete ihn der Politik-Chef an, doch Schapiro nahm es nicht zur Kenntnis.

"Kinder, vertragt euch doch", bat der Chefredakteur und fragte übergangslos hinterher: "Und wo fahren wir die Geschichte? Wer macht Platz dafür frei?"

"Auf meine Seiten passt es ja nicht", stellte Wirtschafts-Redakteurin Angela Wirtz fest und Schapiro pflichtete ihr feixend bei: "In den Sport aber auch nicht".

Feuilleton-Mann Voss wusste Rat: "Wie wär's mit schönen Berichten zwischen den Todesanzeigen? Da passen sie hin. Und das garantiert dann auch, dass die Dinger gelesen werden".

"Ich schlage vor, dass wir sachlich bleiben", unterbrach ihn der Chefredakteur. „Ernsthafte Vorschläge?" und dabei blickte er seinen Chef vom Dienst an.

"Prozesse fahren wir doch immer im Vermischten", stellte der fest. "Sex, Crime und buntes Allerlei".

"Du hast wohl einen Knall", brauste der still gewordene Vielredner Barden auf. "Ihr klagt immer darüber, dass ich zuviel Blut auf der Seite habe, und jetzt soll ich auch noch diesen Mist nehmen?"

Ein paar Redakteure im Konferenzraum des "Anzeigers" rollten genervt mit den Augen und Politik-Chef Bertram wollte wissen: "Warum regen wir uns eigentlich über diesen Kram so auf? Knallt die paar Berichte, die der Prozess wert ist, auf irgendeine vordere Seite und damit hat sich's!"

Die Miene des Chefredakteurs hellte sich sichtbar auf. "Endlich mal ein klares Wort. Also, Leute, den Prozess fahren wir in der Politik. Kurze Anreißmeldung auf der ersten Seite und den Rest begraben wir auf Seite vier". Hendrich musterte Bertram aus den Augenwinkeln. Der zuckte nur wortlos mit den Schultern und der Chef war sehr mit sich zufrieden.

In diesem Augenblick erinnerte sich Henner Gross daran, dass er für die Organisation der Redaktionsarbeit zuständig war. "Aber wie machen wir das denn? Nehmen wir die Agenturen wie sie sind, kupfern wir ab, oder wie machen wir das?"

Der "Anzeiger“ füllte seine Seiten zum größten Teil mit dem Material der Deutschen Presseagentur und dem deutschen Dienst von Associated Press. Gelegentlich schrieben die Redakteure das Material mit viel Phantasie zu tiefschürfenden Hintergrundberichten und spannenden Reportagen um und setzten stolz ihre eigenen Namen über das Produkt.

Politik-Chef Barden hatte nicht sehr viel an dieser Kosten sparenden Praxis auszusetzen. Denn mit den vielen angeblichen Eigenberichten konnte der "Anzeiger" seinen Lesern einen aufwändigen Mitarbeiterstab von Reportern und Korrespondenten vorgaukeln, den es in Wahrheit gar nicht gab.

"Ihr dürft nur nicht übertreiben", hatte er allzu phantasievolle Abkupferer schon ein paar Mal gewarnt. Und im Fall des NS-Prozesses wollte er kein Risiko eingehen: "Wir nehmen Agenturmeldungen, so wie sie sind. Wenn deren Jungs sich im Ton vergreifen, sind wir es nicht gewesen. Es gibt genug Leute, die nur darauf warten, uns etwas anhängen zu können".

"An welche Leute denken Sie denn da?", wollte Sportmann Schapiro wissen.

Barden nahm die Frage nicht zur Kenntnis. Schließlich wussten es alle im Konferenzsaal. Der Verleger des "Anzeiger" war ein "alter Kämpfer" mit ziemlich niedriger Mitgliedsnummer in der NSDAP gewesen, der es nach der "Machtübernahme" schnell zum "Wehrwirtschaftsführer" mit Schreibdrang gebracht hatte. Während des „Tausendjährigen Reiches“ hatte er viele Kommentare geschrieben, an die er nach 1945 nicht mehr erinnert werden wollte.

Die Presseoffiziere der britischen Besatzungsmacht vergaben die "Anzeiger"-Lizenz deshalb an einen alten Sozialdemokraten, der im Konzentrationslager keine Gelegenheit zum Schreiben gehabt hatte. Anfang 1948 kaufte der Altverleger dem KZ-Überlebenden die Eigentumsrechte gegen eine Leibrente von ein paar tausend Mark im Monat wieder ab. Es war das Pech des Anti-Nazis, dass er keine sechs Wochen später beerdigt werden musste. Der "Anzeiger" nahm den Trauerfall im redaktionellen Teil des Blattes nicht zur Kenntnis.

Papier-Rascheln im Konferenzsaal machte Chefredakteur Hendrich deutlich, dass nicht nur er sich an die Gründungsgeschichte des „Anzeigers" erinnerte. "Wir nehmen die Agenturmeldungen, so wie sie sind", wiederholte er seine Anweisung. "Und je nachdem wie wichtig es ist, stellen wir eigene Berichte dazu. Einer muss sich in den Gerichtssaal hocken, schön aufpassen und den Gerichtsreporter spielen".

Der Chefredakteur blickte in die Runde, als ob er erwartete, dass sich Freiwillige melden würden. Doch keiner der Redakteure fühlte sich angesprochen.

"Wir brauchen jemanden, der etwas von der Sache versteht", sagte Hendrich schließlich und fixierte den Sportredakteur. "Sie sind der richtige Mann, Schapiro. Sie müssen das machen".

Schapiro war überrascht. Er blickte sich um, als habe er sich verhört. Dabei sah er nur, dass ihn alle anderen Redakteure so mitleidig-teilnahmslos anstarrten, als sei er gerade gefeuert worden.

"Das ist doch wohl ein Scherz", protestierte Schapiro. "Tagt das Gericht neuerdings im Rhein-Stadion? Oder wird das Urteil etwa mit einem Elfmeter-Schießen ermittelt?"

Chefredakteur Hendrich lachte. "Ich weiß nicht, ob das der richtige Ton für unsere Prozessberichterstattung ist".

"Nein, nein, ganz im Ernst", unterbrach ihn Schapiro. "Warum soll ich das denn machen? Ich bin doch garantiert der falscheste Mann für den Job. Ich versteh' von Juristerei nicht die Bohne!"

Hendrichs Lachen hatte sich zum Lächeln verdünnt. "Tun Sie doch nicht so begriffsstutzig Schapiro. Es geht schließlich um Ihre Leute".

"Was soll denn das schon wieder heißen?"

Schapiro wusste beim besten Willen nicht, worauf der Chef hinauswollte. Doch der sagte es ihm: "Mann, Sie zahlen doch keine Kirchensteuer".

"Und das qualifiziert mich zum Gerichtsreporter?"

Siegbert Hendrich gab ihm keine Antwort. Auch die Redakteure sagten kein Wort, bis Chef vom Dienst Gross noch einmal sagte: "Es geht schließlich um deine Leute, Schapiro".

Mit diesem Satz fiel es auch dem Sportredakteur Schapiro wie Schuppen von den Augen und er breitete mit einer hilflosen Geste seine Arme aus. "Habt ihr sie denn noch alle?", schrie er in den Konferenzsaal. "Wieso 'meine Leute'?"

Wolf Bertram sprach es aus: "Du bist doch Jude, Theo, und die Leute im KZ waren meistens Juden. Da kommen bestimmt viele Zeugen aus Israel und wo weiß ich noch alles her angereist. Deshalb müsstest du dich doch danach drängen, die juristische Abrechnung mit dem Judenmord zu beschreiben".

Es sah so aus als müsste Schapiro nach Luft schnappen. "Ihr seid ja total verrückt", rief er laut und fügte dann mit leiser Stimme hinzu: "Wenn die Opfer meine Leute sind, wer sind dann eigentlich eure Leute? Etwa die Nazis und die Mörder?"

Theo Schapiro, der nichts anderes als ein ganz normaler Deutscher wie alle seine Kollegen, Freunde, Bekannten und Nachbarn sein wollte, stieß seinen Stuhl zurück, stand auf und ging einfach aus dem Konferenzsaal. Niemand verlor ein Wort darüber, aber alle spürten es: Über den Berichterstatter des

"Anzeiger" beim bevorstehenden NS-Prozess vor dem Düsseldorfer Gericht musste nicht mehr geredet werden. Über den Geschichten auf der Seite vier der Politik würde die Autorenzeile stehen: Von unserem Redaktionsmitglied Theo Schapiro. Und es war genau 12.30 Uhr.

****

Frau Blau fühlte sich schlecht behandelt und das wollte sie auf keinen Fall hinnehmen. Bei ihrer Steuererklärung war etwas falsch gemacht worden. Etwas sehr falsch sogar. Und deshalb hatte sie sich selbst auf den Weg zum Finanzamt gemacht.

Doch der Sachbearbeiter, ein junger Mann von nicht einmal 30 Jahren hatte sie innerhalb von zwei Minuten abgefertigt. „Gute Frau“, hatte er gesagt, „der Steuerbescheid ist sachlich völlig korrekt. Aber wenn Sie nicht damit einverstanden sind, können Sie ja Einspruch einlegen. Und das schriftlich bitte. Wenn Sie das wollen, müssen Sie sich beeilen. Die Einspruchsfrist läuft in zwei Tagen ab und dann wird der Bescheid rechtskräftig“.

Frau Blau war verwirrt. „Und wer entscheidet dann über meine Angelegenheit?“

Der Sachbearbeiter lächelte: „Ich, Verehrteste“.

„Das darf doch nicht wahr sein“, protestierte Frau Blau. „Sie machen einen Fehler, den ich nicht hinnehmen will. Und der Mensch, der den Fehler gemacht hat, spielt dann den Schiedsrichter darüber, ob ich mein Recht bekomme oder nicht?“

Der Finanzbeamte nickte nur und Frau Blau gab sich einen Ruck. „Haben Sie einen Vorgesetzten, mit dem ich über die Sache sprechen kann?“

Mit gespielter Verzweiflung hob der Finanzbeamte beide Hände. „Ja den habe ich. Das ist mein Sachgebietsleiter auf Zimmer 408“.

Frau Blau machte sich sofort auf den Weg und der Mann in Zimmer 408 bot ihr höflich einen gepolsterten Stuhl vor seinem Schreibtisch an. Während sie ihm mitteilte, dass ihre Einkommensteuer falsch berechnet worden sei, starrte sie unablässig in das Gesicht des Mannes.

Irgendetwas stimmte daran nicht. Waren es die Ohren oder der Mund? Oder die Nase? Nein, nicht die Nase, sagte sie sich. Warum haben wir uns eigentlich den Nasen-Blick der Nazis angewöhnt? Auch an Ohren und Mund war nichts Auffälliges. Und die Augen? Ja, die Augen waren es!

Die Augen blickten Frau Blau völlig unauffällig an. Kein Schielen, nichts. Und doch erinnerten sie Frau Blau an etwas, das mehr als ein halbes Jahrhundert zurücklag. Solche Augen hatte sie schon einmal gesehen. Augen, die sie nicht vergessen hatte und auch nicht vergessen konnte. Asymmetrische Augen. Das rechte Auge war nicht waagerecht, sondern etwas schief. Solche Augen hatte doch auch ...

Der Mann nahm die vor ihm auf dem Schreibtisch liegende Brille und setzte sie auf. Sie rutschte ihm etwas nach vorn auf die Nase. Vielleicht war es Zufall, vielleicht aber auch Absicht. Der obere Rand der Brille rückte das schiefe Auge des Mannes optisch gerade und er sah jetzt so durchschnittlich aus wie Millionen andere Männer auch.

"Ich glaube, ich kann Ihnen da auch nicht helfen", sagte der Mann in einer Stimmlage zwischen Bass und Bariton. Frau Blau zuckte zusammen. Sie hatte eine andere Stimme erwartet.

"Wie meinen Sie das, Herr.., Herr..?"

"Lührs, Oberregierungsrat Lührs". Er nahm einen grünen Schnellhefter und blätterte darin herum. Er las nicht, sondern blätterte nur ein paar Seiten um.

"Bei der Bearbeitung Ihrer Steuerklärung ist nichts falsch gemacht worden. Alles ist völlig korrekt". Dem Oberregierungsrat war der Besuch lästig. Er musterte die vor ihm sitzende Frau und fragte sich, wie alt sie wohl sei. Er schätzte sie auf weit über 70, und mit einem schnellen Blick auf die Akte registrierte er, dass sie 1924 geboren war.

Der Oberregierungsrat seufzte kaum hörbar. Was wollte die Alte eigentlich bei ihm? Das war eine Nullacht-Fünfzehn-Steuererklärung, die man in drei Minuten abhaken und durchrechnen kann.

"Es ist nicht korrekt". Frau Blau rückte den Stuhl näher an den Schreibtisch des Oberregierungsrats heran. "Der Mann in Zimmer 116 hat gesagt, dass ich die Schuldzinsen nicht absetzen kann. Er hat sie herausgestrichen und ich soll viel mehr Steuern zahlen als gerecht ist!"

"Meinen Sie die Schuldzinsen bei den Einkünften aus Vermietung und Verpachtung?" Der Oberregierungsrat blätterte wieder.

"Nein, nein", sagte Frau Blau. "Ich meine die Zinsen für das Haus".

Der Finanzbeamte versuchte ein Lächeln. "Ja, genau. Die meine ich auch. Und die können Sie nicht absetzen. Sie haben bei einer... Na wo war das denn?... Ach, ja, hier. Sie haben einen Kredit bei der Nations Bank in Amerika aufgenommen. Und deshalb erkennen wir die Zinsen nicht an. Das müssen Sie schon bei den Amerikanern machen. Sind Sie Amerikanerin?"

"Ja. Aber ist das wichtig?"

"Überhaupt nicht. Die Zinsen könnten Sie auch nicht absetzen, wenn Sie Zigeunerin, Polin oder sogar Deutsche wären. Wir erkennen nur Zinszahlungen an, die an ein deutsches Kreditinstitut geleistet werden".

Für Oberregierungsrat Lührs war die Sache damit erledigt. Irgendwie tat ihm die Frau leid. So alt und so begriffsstutzig, sagte er sich. Aber so kommt das wohl, wenn man klapperig wird. Und bevor er die Amerikanerin vor die Tür komplimentierte, wollte er noch ein paar freundliche Worte mit ihr wechseln. Er wusste, was sich gehört.

"Sie sprechen so gut Deutsch. Sind Sie nach Amerika ausgewandert?"

"Ja", sagte Frau Blau.

"Eine Tante und ein Onkel von mir sind auch ausgewandert", plauderte Lührs. "1955 oder so muss das gewesen sein. Nach Boston. Ich hab' sie da mal besucht und bin anschließend quer durch Amerika gefahren bis nach San Francisco". Der Mann blickte aus dem Fenster in den wolkenverhangenen Himmel. "Es ist wunderschön da. Jeden Tag nichts als Sonne. Wann sind Sie denn nach Amerika gegangen?"

"Vor langer Zeit", sagte Frau Blau.

Der Mann im Finanzamt fühlte Ärger in sich aufsteigen. Da redet man freundlich mit den Leuten, sagte er sich, und die muffeln einen nur an.

"Also, es tut mir Leid, dass ich nichts für Sie tun kann", beendete der Oberregierungsrat das Gespräch. Er legte seine Brille ab und stützte sich mit beiden Händen auf die vordere Tischkante. Das war für seine Besucher das Zeichen, sich mit einem höflichen Dankeschön zu verabschieden.

Doch Frau Blau machte keinerlei Anstalten dazu. Sie sah wieder das schrägstehende Auge des Mannes und sie zwang sich, nicht daran zu denken. "Die Sache mit meinen Zinsen sind aber ein besonderer Fall".

"Ach die Zinsen", sagte der Oberregierungsrat. "Wie meinen Sie denn das?"

"Ich habe den Kredit aufgenommen, um hier in Deutschland ein Haus zu kaufen".

"Das freut mich, aber es ist völlig bedeutungslos. Sie zahlen die Zinsen an eine amerikanische Bank und deshalb sind sie hier bei uns nicht abzugsfähig. Sie hätten sich den Kredit von einer deutschen Bank geben lassen sollen. Dann wäre alles in Ordnung".

"Eine deutsche Bank hätte mir keinen Kredit gegeben", sagte Frau Blau. "In Deutschland hatte ich doch nichts mehr".

Der Oberregierungsrat zuckte mit den Schultern. "So ist das Leben. Und manchmal ist es ungerecht".

"Und manchmal besonders ungerecht", ereiferte sich Frau Blau. "Ich habe das Haus meiner Eltern zurückgekauft".

"Wie schön für sie". Hoffentlich greift die jetzt nicht in ihre Erinnerungskiste und erzählt mir die ganze Geschichte ihrer schönen Jugendzeit, wünschte sich der Oberregierungsrat. Doch sein Wunsch sollte nicht in Erfüllung gehen.

"Gar nicht schön. Ich musste das Haus zurückkaufen, weil es 1938 von den Nazis beschlagnahmt worden ist".

Großer Gott, das ist bestimmt 'ne Juden-Sache, warnte sich der Oberregierungsrat. Jetzt bloß kein falsches Wort. Das gibt nur Ärger. Denn diese Leute rennen doch andauernd durch die Gegend und trompeten herum, dass sie auf lauter neue Nazis gestoßen sind.

Um ganz sicher zu gehen, fragte er: "Sind Sie.. Sind Sie.." Weiter kam er nicht. Er hatte einfach Hemmungen, "Jude" oder „Jüdin“ zu sagen.

"Ja, ich bin Jüdin", sprudelte es aus Frau Blau heraus. "Ich bin in dieser Stadt geboren worden".

Über die Straße vor dem Finanzamt raste ein Streifenwagen der Polizei mit heulender Sirene. So war es auch damals gewesen. Polizeiautos mit heulenden Sirenen waren vor dem Haus vorgefahren. Polizisten und SA-Männer waren ins Haus gestürmt. Sie hatten "Raus, raus" gebrüllt und ihre Mutter und ihren Bruder und sie ins Freie gezerrt und auf die Ladefläche eines Lastwagens gestoßen.

Hanna Blau spürte wieder die blutige Hand ihrer Mutter in ihrem Gesicht. Ganz zart hatte sie ihrem Kind über die Wange gestrichen. Warum blutete sie, was war nur passiert?

Frau Blau tastete mit ihrer Hand über das Gesicht, als wolle sie die Hand ihrer Mutter noch einmal spüren. Die Polizeisirene war kaum noch zu hören. Waren es damals dieselben Sirenen wie heute?

"1945 haben die Russen das Konzentrationslager befreit und später bin ich nach Amerika ausgewandert. Von meiner Familie hat niemand überlebt. Niemand".

Der Oberregierungsrat sagte nichts. Was sollte er auch sagen? Etwa: Es tut mir leid? Aber was sollte ihm denn Leid tun? Was diese Jüdin erlebt hatte, das war sicher ein paar Mal passiert. Bestimmt nicht so oft wie von den Israelis immer behauptet wird. Lührs war sich da ganz sicher. Denn kochen die Juden die NS-Sache etwa nicht immer nur so hoch, um den Deutschen ein schlechtes Gewissen zu machen um von ihnen auf immer und ewig Entschädigungen kassieren zu können?

Lührs musterte die vor ihm sitzende Frau. Also, das ist 'ne Jüdin, dachte er. Klein und hutzelig. Aber sonst sieht sie ganz normal aus. Diese Einsicht verwunderte den Oberregierungsrat etwas. Aber er relativierte sie schnell mit der Vermutung, dass die Alte beim Umgang mit Geld bestimmt sehr erfindungsreich sei. Denn würde sie sonst auf der Steuerermäßigung für die Zinsen herumreiten?

"Hier in die Stadt bin ich erst vor neun Jahren wieder gekommen", hörte Lührs die Frau sagen. "Ich wollte unser Haus wiederhaben. Das Haus meiner Eltern. Es hat den Krieg überstanden, aber jetzt gehörte es anderen Leuten. Da kann man nichts machen, hat man mir auf dem Gericht gesagt".

Der Oberregierungsrat sagte immer noch nichts.

"Vielleicht hat das Haus mal Ihren Eltern gehört, haben die auf dem Gericht gesagt. Im Grundbuch sind Sie nicht eingetragen. Wir haben alle Grundbücher ab 1940 und da sind Sie nicht drin".

"Ich bin dann zu einem Rechtsanwalt gegangen. Dem Dr. Grünberg. Und der hat mir auch gesagt, dass ich nichts machen kann. Die Nazis haben das Haus enteignet und an einen Herrn Molitor verkauft. Und für irgendwelche Ansprüche ist es zu spät. Alles verjährt, hat der Dr. Grünberg gesagt. Alles verjährt. Der Dr. Grünberg hat dann das Haus für mich zurückgekauft. Für 710.000 Mark. Das ist eine Menge Geld".

Der Mann im Finanzamt zuckte mit den Schultern und lächelte. „Na, und jetzt haben wir den Euro und da sind es nur noch so um die 350.000".

Frau Blau war verwirrt: „Nein, nicht 350.000. Es waren 710.000 Mark. Bekannte haben mir Geld geliehen und ich hab' einen Kredit bei meiner Bank in Amerika aufgenommen. Da bleibt mir nicht mehr viel zum Leben. All diese Zinsen, die ich zahlen muss. Aber ich wollte mein Elternhaus wiederhaben. Und die Miete, die ich für das Haus bekomme, die reicht kaum für die Reparaturen und die Steuern. Und deshalb muss das Finanzamt doch die Zinsen berücksichtigen. Das ist nicht mehr als gerecht".

"Gute Frau", entgegnete der Oberregierungsrat genervt, "ich würde Ihnen ja gern helfen, aber es geht nicht. Das Gesetz ist ganz eindeutig. Ihre Schuldzinsen sind nicht abzugsfähig".

Frau Blau starrte den Mann an. "Eindeutiges Gesetz haben Sie gesagt? Eindeutige Gesetze haben mir mein Elternhaus genommen. Und eindeutige Gesetze haben mich ins Lager gebracht".

"Darum geht es hier doch gar nicht", entgegnete Lührs mit lauter werdender Stimme. "Wir haben es hier mit nichts anderem als der Abzugsfähigkeit von Schuldzinsen zu tun. Und wie schon gesagt: Da ist die Rechtslage eindeutig".

Der Oberregierungsrat blickte auf seine Armbanduhr. Er wollte diese Amerikanerin endlich loswerden. Mit ihr noch weiter zu reden, war nur verschwendete Zeit. Warum sah die Frau nicht ein, dass sie mit ihrer Schuldzinsen-Sache nicht durchkam? Man kann für Juden doch keine steuerliche Sonderbehandlung einführen. Wäre ja noch schöner. Wo bliebe denn da das Gleichbehandlungsprinzip?

"Und wenn ich die Steuern nicht zahle?", wollte Frau Blau wissen. "Was passiert dann?"

"Wenn Sie nicht zahlen, müssen wir leider Vollstreckungsmaßnahmen einleiten. Wir schicken den Vollziehungsbeamten. Und wenn er nichts findet, was er pfänden und zur Abdeckung der Steuerschuld verwerten kann, ist ihr Haus dran. Das würde dann zwangsversteigert".

"Sie wollen mir mein Haus noch einmal abnehmen?"

"Davon kann keine Rede sein. Wenn Sie Ihre Steuern zahlen, interessiert uns alles andere nicht".

Frau Blau stand auf. Sie wusste, dass sie gegen eine Wand redete. Wenn die Deutschen ein Gesetz haben, halten sie sich daran. Wie viel Unheil ist damit schon angerichtet worden, sagte sie sich. Wäre ich auch so, wenn ich eine von ihnen wäre? Aber bin ich es nicht? Bin ich nicht als deutsche Jüdin in Deutschland geboren worden?

Frau Blau wollte einfach aus dem Zimmer gehen. Denn was sollte sie noch hier? Aber kurz vor der Tür mit dem grau angestrichenen Stahlrahmen und dem Milchglas blieb sie stehen. In das Milchglas war ein Drahtgeflecht eingelassen. Es erinnerte Frau Blau an Stacheldraht.

In ihrem Rücken fühlte sie die Augen des Mannes. Sie drehte sich um und reichte ihm die Hand. Dabei sah sie wieder das schrägstehende Auge.

"Auf Wiedersehen", sagte der Oberregierungsrat.

Frau Blau antwortete ihm nicht. Es kam ihr vor, als hätte das Wiedersehen schon stattgefunden. Sie zog die Tür hinter sich ins Schloss und ging mit festem Schritt den langen Flur mit dem grauen PVC-Belag entlang. Mit deutlichem Erschrecken registrierte Frau Blau, dass sich ihre Schritte wie "Rat-Tat-Tat" anhörten. Ein Geräusch wie es Eisenbahn-Waggons auf den Schienen machen.

Frau Blau wurde schwindlig und sie stützte sich an der Flurwand ab. Ihr Herz raste und sie zitterte. Nein, sagte sie sich, das kann nicht sein. Diese Augen, die gibt es bestimmt nicht nur einmal auf der Welt.

****

Frau Blau ging an ihrem Elternhaus vorbei und sie nahm den aus den Fenstern nach draußen dringenden fröhlichen Lärm mit Kinderstimmen nicht zur Kenntnis. Kurz nach dem Kauf des Hauses war eine der vier Mietwohnungen frei geworden und Frau Blau hatte Rechtsanwalt Grünberg aufgetragen, die Wohnung an eine junge Familie mit Kindern zu vermieten.

Bald darauf war eine türkische Familie mit vier Kindern eingezogen. Worauf sich die drei übrigen Mietparteien sehr schnell bei Dr. Grünberg über den „ständigen Hammelgestank“ aus der „Türkenküche“, über die „Störung der Mittagsruhe durch die Türkenkinder“ und die belegbare Tatsache beklagten, dass die „Türkenschlampe mit Kopftuch“ das Treppenhaus nicht so gründlich putze wie es „deutsche Sitte“ sei.

Nach einem halben Jahr waren alle drei anderen deutschen Mieter ausgezogen. Bei der Suche nach neuen Mietern hatte sich der Anwalt bei deutschen Mietinteressenten nur Absagen geholt. In einem „Türken-Getto“ wollte von ihnen niemand leben. Einer der potenziellen Mieter hatte seine Absage mit dem Satz begründet: „Ich will doch nicht geröstet werden“.

Vier Jahre zuvor war Solingen in die Schlagzeilen der Medien geraten. Vier Skinheads hatten am Pfingst-Samstag 1993 das von der türkischen Großfamilie Genc bewohnte Haus in der Untere-Werner-Straße in Brand gesetzt. Zwei Kinder im Alter von 9 und 12 Jahren sowie eine gerade 18jährige junge Frau verbrannten bei lebendigem Leib. Eine 27jährige Mutter und ihr vierjähriges Kind stürzten aus einem Fenster in den Tod. 18 weitere Familienmitglieder erlitten lebensgefährliche Verletzungen.

Im Prozess wurden die vier Täter aus der Neonazi-Szene wegen dreifachen Mordes zu Haftstrafen zwischen 10 und 15 Jahren verurteilt. Der Todessprung der Mutter mit ihrem Kind blieb ungesühnt.

Dr. Grünberg vermietete die Wohnungen in Frau Blaus Haus schließlich an zwei türkische und eine polnische Familie. Wegen „ruhestörenden Lärms" alarmieren Nachbarn häufiger die Polizei. Als eines Nachts jemand „Türken raus" an die Hauswand sprühte, sah aber niemand einen Grund, die Polizei zu rufen.

An all das dachte Frau Blau nicht, sie musste immer wieder an die Augen des Mannes im Finanzamt denken. Wie in Trance ging sie die Straße entlang und zwang sich schließlich, ihre Umgebung mit offenem Blick zu mustern.

Frau Blau versuchte, das Alter verschiedener Passanten zu schätzen und sie konzentrierte sich automatisch auf ältere Männer. Viele hatten die Kragen ihrer Mäntel hochgeschlagen. Es war ein wolkenverhangener und kalter Tag, aber es regnete nicht.

Es kam Frau Blau so vor, als liefen die Männer alle mit hoch gezogenen Schultern herum. Wollen sie nicht erkannt werden, fragte sie sich.

Frau Blau suchte nach Männern, die ihr älter als 70 Jahre erschienen. Wenn sie jemanden dieser Altersgruppe identifizierte, versuchte sie, dem Mann ins Gesicht zu sehen. Jeder dieser Männer war während des Krieges alt genug um ein Nazi-Schinder oder Mörder gewesen zu sein.

Vielleicht sieht man es ihnen an, sagte sich Frau Blau. Und gleichzeitig hoffte sie, dass es nicht so wäre. Was würde sie denn tun, wenn sie einem der KZ-Wächter begegnete? Etwa dem Mann, der ihr Knie zertrat, weil sie beim Aufladen von Steinen nicht schnell genug gewesen war?

Oder diesem anderen Mann, der an der Selektionsrampe stand? Frau Blau erschrak. An diesen Mann wollte sie nicht einmal denken. Und sie zwang sich, eine junge Mutter zu beobachten, die ein Baby in einem Kinderwagen vor sich her schob. Ein vielleicht fünfjähriges Mädchen mit roten Gummistiefeln hielt sich mit der rechten Hand am Bügel des Kinderwagens fest und hüpfte ausgelassen neben ihm her.

So bin ich vielleicht auch über diese Straße gehüpft, sagte sich Frau Blau. Genauso fröhlich und ausgelassen. Wer konnte auch schon ahnen, was später passieren würde. Später, als hüpfende kleine Mädchen in Gruben gestoßen, oft noch zuckende Körper mit ätzendem Kalk übergossen und die Gruben dann zugeschüttet wurden.

Verwirrt blieb Frau Blau stehen. Sie wusste nicht mehr wo sie war. Alles um sie herum schien ihr fremd. Frau Blau blickte sich um und suchte die Katholische Clemenskirche. Da vorne war sie mit ihren alten Backsteinen. Aber was war mit den beiden Türmen passiert? Auf den Stümpfen thronten jetzt grauweiße Gebilde, die wie Raketen in den Himmel ragten.

Die Türme sind im Bombenhagel wohl abrasiert worden, dachte sich Frau Blau. Und jetzt haben sie eben etwas Modernes draufgesetzt.

Gleich neben der Kirche stand das klotzige Gebäude der Deutschen Bank. Am selben Platz wie damals. Nur das davor stehende Kriegerdenkmal zum Gedenken an die Gefallenen von 1870/71 war weg.

Frau Blau versuchte, sich an die Inschrift auf dem Denkmal zu erinnern. Wurden da auch tote Zivilisten des Krieges geehrt, oder nur Soldaten? Und wenn Soldaten, dann nur die "eigenen" und nicht auch die des "Feindes"? Werden wohl wieder nur die eigenen Helden gewesen sein, murmelte Frau Blau und sie erschrak: Hoffentlich hat das niemand gehört.

Langsam fand sich Frau Blau wieder zurecht. Im Krieg muss hier viel zerbombt worden sein, sagte sie sich. Und sie haben einfach neue Straßen gebaut.

Sie blickte nach links über den alten Mühlenplatz. Da vorne hatte Leonhard Tietz 1929 sein großes Kaufhaus eröffnet. Aber lange Freude hat er daran nicht gehabt. Dirckt nach der "Machtübernahme" hatten die Nazis sein Geschäft im Juli 1933 "arisiert". Frau Blau kniff die Augen zusammen, um die Neonschrift an der Fassade vom Kaufhaus Tietz zu entziffern: "Kaufhof" stand da jetzt.

Frau Blau ging die alte "Hauptstraße" hinunter, die jetzt Fußgängerzone war und sie blieb nach wenigen Minuten stehen. War das der Platz da hinten, wo der Tempel gestanden hatte? Doch Frau Blau sah nur Gebäude, die es "damals" noch nicht gegeben hatte. Nichts erinnerte sie an die Synagoge, in der 1938 die Bar Mitzwah von Bruder Robert gefeiert worden war. Nur Tage später war die Synagoge in Flammen aufgegangen. Natürlich nicht von selbst. Die Nazis hatten den Tempel ausgeplündert und ihn dann in Schutt und Asche gelegt.

Seitdem gab es in der Stadt keine jüdische Gemeinde mehr. Frau Blau wusste, dass wieder ein paar Juden in der Stadt lebten. Freitags fuhren einige von ihnen zu den Sabbatfeiern in den Tempel der Nachbarstadt Wuppertal. Die Gläubigen schlenderten wie Fußgänger über den Gehweg der Strasse, die zur Synagoge führte, um dann hastig durch das Eingangstor zu gehen. Niemand wollte „auffallen“.

Vor der Tür der Synagoge parkten stets Streifenwagen der Polizei. Die Polizisten sollten wohl aufpassen, dass den Gläubigen nichts passierte. Auch Frau Blau war einmal, zu „Kol Nidre“, dem jüdischen Versöhnungsfest, in der Wuppertaler Synagoge gewesen und sie hatte die Anwesenheit deutscher Uniformen als bedrückend empfunden.

Was ist das für ein Land, in dem die Polizei auf Juden aufpassen muss, fragte sich Frau Blau. Damals hat die Polizei dafür gesorgt, dass die Juden keinen Ärger machen und jetzt sorgt die Polizei dafür, dass es wegen der Juden keinen Ärger gibt? Macht das eigentlich einen Unterschied?

Frau Blau ging weiter. Sie wollte keine Menschen mehr sehen und so schnell wie möglich in die Einsamkeit ihres Hotelzimmers zurück. Ein paar Mal kam es ihr so vor, als sähe sie ein ihr vertrautes Gesicht. Einen der inzwischen ebenfalls alt gewordenen Arier von damals.

In den vergangenen Tagen war sie auch schon einigen Menschen begegnet, die hastig wegsahen als ihnen Frau Blau entgegenkam. War es Zufall, oder hatten sie Frau Blau erkannt und wollten sie meiden?

Der Besuch von Frau Blau in der Stadt war schließlich kein Geheimnis. Sie hatte dem Mann an der Hotelrezeption und den Zimmermädchen gesagt, wer sie ist. Und sie hatte zufällig mitbekommen, wie der Portier irgendwem am Telefon erzählte: "Du, die Menschik ist wieder da. Die von dem jüdischen Kleidergeschäft am Neumarkt. Die holt sich bestimmt neues Geld von der Wiedergutmachung ab".

****

Für Shulamit Stern waren die vier Wintermonate von November bis Februar in Tel Aviv die schönsten des Jahres. Wenn ausnahmsweise mal Regen prasselte, hörte sie die Stimme ihrer toten Mutter. "Sauwetter", pflegte die begeistert zu verkünden. "So war es auch immer zu Hause".

Das zu Hause war eine Kleinstadt in Norddeutschland gewesen. Ihre Mutter und ihr Vater hatten mit ihren Eltern nicht weit voneinander gewohnt. 1938 hatten die Familien nach Palästina auswandern können, und die ehemaligen Nachbarkinder trafen sich später in einem Kibbuz wieder. Sie verliebten sich ineinander und heirateten. 1966, als das Ehepaar Stern nicht mehr daran glaubte, noch ein Kind bekommen zu können, war Shulamit geboren worden. Das "zu Hause" ihrer Eltern hatte die Tochter nie gesehen. Es war eine fremde Heimat für sie, die sie liebte, weil die Eltern sie liebten.

Für Shulamit war Deutschland ein Land ohne alte Menschen. Doch Erinnerung an die Tätergeneration belastete sie. Aber die jüdische Sabra, die in Israel Geborene, versuchte, die deutsche Vergangenheit und die ihrer Eltern zu verdrängen. Es gelang ihr nicht immer. Aber so war es ihr möglich, die deutsche Heimat ihrer Eltern zu lieben. Mit Feuereifer hatte sie sogar Deutsch gelernt und sie sprach es perfekt. Genauso perfekt wie Arabisch, Farsi, Englisch und Französisch. Sie hatte die Bücher von Thomas Mann gelesen, doch mitten im "Zauberberg" entdeckte sie, dass der Jude Mann vor seiner Emigration nach Paris Freundliches über die Nazis gesagt hatte. Und daraufhin hatte sie auch Mann einfach aus ihrem Gedächtnis gestrichen.

Jede Woche las Shulamit den "Spiegel". Und sie schaffte es sich vorzustellen, dass der „Spiegel“ aus einem Phantasieland kam, dass es in Wirklichkeit gar nicht gibt.

Shulamit Stern ging langsamer durch den Regen im Unabhängigkeitspark in Tel Aviv als alle anderen Menschen um sie herum. Das Wasser lief ihr über das Kopftuch in die Enden der langen dunkelbraunen Haare, die auf dem dünnen Popelinmantel festklebten. Kurz vor dem Tel Aviv Hilton blieb sie ein paar Mal auf der Uferpromenade stehen und sah aufs Meer hinaus und dann auf die Militär-Jeeps, die den Strand abfuhren.

Geht ruhig nach Hause Kinder, sagte sie zu sich selbst. Bei Regen sind noch nie Schlauchboot-Terroristen mit Bomben gekommen.

Trotz des herrlichen "Sauwetters" fühlte sich die junge Frau nicht sehr wohl in ihrer Haut. Sie wusste nicht, was sie erwartete. Sie wusste nur, dass sie Tel Aviv bald würde verlassen müssen.

"Wir treffen uns heute Abend im Hilton zum Abendessen", hatte ihr Nachum Shamir ganz beiläufig im Büro mitgeteilt. "So ungefähr um acht. Auch David kommt mit".

Das Büro befand sich in einem Gebäude, mit dem Firmenschild einer Exportfirma. Doch die Angestellten beschäftigen sich nicht mit Handelswaren. "Die Firma", wie alle Zutrittsberechtigten ihr Unternehmen nannten, wurde bewacht wie keine zweite Büroanlage in Tel Aviv. An der Eingangstür saßen Soldaten mit Maschinenpistolen hinter Panzerglas. Hinter den Fenstern in den Außenwänden schimmerte nach Sonnenuntergang Licht vor konkaven Stahlplatten. Bei einer in die Scheibe geworfenen Bombe würde die Druckwelle nach außen gelenkt und im Haus selbst vermutlich nicht einmal die Kaffeetassen auf ihren Untersetzern klirren lassen.

Shulamit Stern arbeitete beim Mossad und Nachum Shamir war der Bürochef des Geheimdienstes in Tel Aviv. Jeder im Büro wusste, dass Shamir seit vielen Jahren einen Lebensgefährten hatte, der kein Jude war. Schamirs Freund war ein neuseeländischer Journalist, der von seiner Zeitung als Korrespondent nach Tel Aviv geschickt worden war.

Als Nachum Schamir mit ihm zusammengezogen war, hatten die Chefs "ganz oben" in der Firma den großen Aufstand versucht. Doch der Mossad-Mann hatte sich nicht beirren lassen und nur gesagt: "Ihr könnt mich ja zur Armee zurückschicken, wenn Euch die Sache nicht passt".

Daraufhin hatte der ganz große Chef den Nachum Shamir nur lange angesehen und "Shalom Uv'racha" gesagt - Frieden und Gott schütze Dich. Seitdem war der Neuseeländer kein Thema mehr.

Zum Abendessen ins Hilton bestellte Nachum Kollegen immer nur zu einem einzigen Zweck. Hier teilte er ihnen mit, dass sie auf einen Auslandseinsatz geschickt würden. Es wäre ihm nicht im Traum eingefallen, solche Reiseorders im Büro zu erteilen. Denn für den Mossad-Boss in Tel Aviv hatte der Reiseanfang im Hotel eine magische Bedeutung. Hier im Restaurant hatte ihm sein eigener Boss vor etlichen Jahren gesagt, dass er etwas in Kairo zu erledigen hätte. Dort hatte ihm dann jemand eine Bombe unters Auto gehängt und sie war detoniert, als Nachum schon ausgestiegen war.

Seitdem erzählte Nachum Jedem: Wer seine Reise im Hilton von Tel Aviv beginnt, kommt auch lebend zurück.

Im Restaurant begrüßte Nachum Shulamit Stern so freundlich, als habe er sie monatelang nicht gesehen. "Das ist David Har-Eban", sagte er und er wies auf einen vielleicht 40jährigen Mann, der mit seiner untersetzten Figur, einem runden Rücken und einer kreisrunden Brille in einem von vielen Falten durchzogenen Gesicht auf den ersten Blick viel älter wirkte.

"David arbeitet in der Deutschland-Abteilung der Zentrale", sagte Nachum.

David begrüßte Shulamit mit "Guten Abend" und verwirrt registrierte sie, dass er akzentfrei Deutsch gesprochen hatte. Genauso wie Nachum, von dem sie gar nicht wusste, dass er die Sprache beherrschte und der mit ihr nie Deutsch gesprochen hatte.

Shulamit bemühte sich, ihre Überraschung zu verbergen.

Als der Kellner kam, sprach Nachum mit ihm Hebräisch und bestellte eine „Mosche Rabenu“. Shulamit verlangte daraufhin mit dem harten Akzent vieler europäischer Touristen in englischer Sprache „Eine Seezunge für mich, bitte“.

Ohne eine Miene zu verziehen, sagte David auf Hebräisch: "Was ja wohl dasselbe ist. Und im Übrigen ist die Verstellung nicht nötig. Gregor gehört zur Firma". Dabei blickte er zum Kellner hin, in dessen Gesicht sich keine Regung zeigte. Gregor der Mossad-Kellner, wusste schließlich, was die Vorgesetzten von ihm erwarteten.

Noch bevor das Essen kam, griff Nachum in seine Aktentasche und holte einen dünnen Aktendeckel heraus und legte ihn vor Shulamit hin: "Gute Reise nach Deutschland."

"Warum und wohin?" fragte sie gedehnt zurück.

Nachum sagte nichts und dafür wollte David wissen: "Reagierst Du immer so begeistert?".

Der Geheimdienstchef von Tel Aviv lachte: "Natürlich nicht. Du solltest sie mal erleben, wenn sie reserviert und zurückhaltend ist".

Shulamit nahm den Aktendeckel und zögerte, ihn aufzuklappen. "Nach Deutschland", sagte sie mehr zu sich selbst. "Warum nur nach Deutschland?"

Nachum und David musterten Shulamit wortlos, als wollten sie sich bestätigen was sie längst wussten: Ohne ein Wort des Widerspruchs würde sie auch nach Bagdad oder Damaskus gehen.

"Du brauchst den Deckel nicht aufzumachen", hörte Shulamit Nachum schließlich sagen. "Da sind nur das Flugticket, die notwendigen Pässe und dein Lebenslauf drin".

Shulamit blickte Nachum lächelnd an: "Und welche Legende, wenn ich fragen darf?" Dabei legte sie ihre Hand mit einer hilflosen Geste auf Nachums Unterarm.

Der Geheimdienstchef von Tel Aviv starrte seine Agentin bewundernd an. "Pass' nur auf, dass dir immer die richtigen Männer zu Füßen liegen".

"Die Zeiten sind vorbei", antwortete ihm Shulamit leichthin und Nachum konnte sich denken, was der jungen Frau durch den Kopf ging. Alle in der Firma wussten, dass Noah und sie hatten heiraten wollen. 20 Jahre waren beide damals jung gewesen. Und dann war da eine Granate in den Kibbuz an der libanesischen Grenze geflogen, in dem er mit einem Dutzend anderer Soldaten stationiert war. Noah und Shulamit hatten sich ewige Treue geschworen. Und die schöne Frau mit ihren dunkelbraunen Haaren war nie auch nur in Versuchung geraten, den Schwur zu brechen.

Nachum tippte auf den Aktendeckel. "Deine Pässe sind fast echt. Im israelischen bleibst du Shulamit Stern. Für Notfälle nimmst du noch einen deutschen Pass mit dem Namen Susanne Wenger mit. In beiden Pässen sind dieselben Stempel, weil du in der Welt viel herumgekommen bist. Denn du hast einen schönen Beruf. Keinen, den Du und ich uns aussuchen würden, aber er ist schön. Sagen die Leute zumindest".

"Herrlich", teilte Shulamit in gespielter Freude mit. "Auto-Rennfahrerin wollte ich immer schon mal werden. Oder habt ihm mich etwa zur Stewardess gemacht?"

Nachum schüttelte bedauernd mit dem Kopf. "Viel zu gefährlich für Dich, mein Kind. Du bist Journalistin. Redakteurin bei 'Ma'ariv'. Und du gehst nach Düsseldorf zu einem NS-Prozess".

Shulamits Hand glitt in den Aktendeckel und sie fühlte mit ihrem Zeigefinger zuerst die eingeprägte Menorah auf dem israelischen Pass. Sie schob ihn zur Seite und glitt mit ihren

Fingern über den deutschen Pass. Als ihr Finger den Bundesadler erreichte, zog sie ihre Hand schnell zurück.

Beim Essen teilte Nachum der wortlos zuhörenden Shulamit alles mit, was sie für ihren Einsatz wissen musste: "Vor dem Schwurgericht in Düsseldorf wird gegen einen SS-Mann verhandelt, dem die deutsche Justiz vielfache Beihilfe zum Mord im Konzentrationslager von Chelmno vorwirft. Es ist vielleicht der letzte NS-Prozess in Deutschland. Auf jeden Fall ist er für uns sehr wichtig. Du bist als Berichterstatterin bei Gericht akkreditiert".

Shulamit gab sich keine Mühe, ihre Verwunderung zu verbergen. "Können das richtige Journalisten nicht besser? Hat 'Ma'ariv' in Berlin nicht genug Leute sitzen? Wenn ich was über den Prozess schreibe, bestellen die Leute glatt die Zeitung ab".

Nachum winkte ab. "Weiß ich. Und Ma'ariv schickt ja auch eigene Leute nach Düsseldorf. Du bist nur eine angebliche Verstärkung. Und Deine Aufgabe ist es, uns zu alarmieren, wenn beim Prozess etwas schief läuft".

Shulamit lächelte mit traurigen Augen. "Ich kann mir schon vorstellen, was bei diesem Prozess alles schief laufen kann: Die Zeugen sind alt und klapprig, die Anwälte behaupten, dass diese Trottel den Angeklagten mit dem wahren Übeltäter verwechseln, und am Schluss gibt es entweder einen Freispruch aus Mangel an Beweisen oder allerhöchstens eine Bewährungsstrafe".

Die Mossad-Agentin schob ihren Teller mit der Seezunge von sich. Ihr war der Appetit vergangen.

Nachum und David aßen ungerührt weiter und mit vollem Mund teilte ihr der Geheimdienstboss mit: "Was die deutsche Justiz mit ihm macht, können wir nicht ändern. Wir haben dem Staatsanwalt alle Unterlagen zukommen lassen, die wir auftreiben konnten. Und wenn es einen gerechten Gott gibt, wird er den Mann langsam und qualvoll sterben lassen wie seine Opfer".

"Bravo", pflichtete ihm Shulamit bei. "Und wie kann ich dem lieben Gott bei seiner Arbeit in Düsseldorf helfen?"

"Gar nicht", verkündete Nachum mit harter Stimme. "Wie wir gesehen haben, lässt sich der liebe Gott nur ungern helfen. Und manchmal ist er so mit anderen Dingen beschäftigt, dass er gar nicht sieht, wo er eigentlich eingreifen sollte".

Nachum legt die Fingerspitzen an die Stirn. Er hatte Deutschland 1939 mit einem Kindertransport nach England verlassen. Seine Eltern und seine Verwandten hatte er nie wiedergesehen. Als es um ihre mögliche Rettung ging, war der liebe Gott gerade wieder anderweitig engagiert.

"Du sollst herausfinden, wie sich der Angeklagte verteidigen will", sagte Nachum. "Zapf' die Anwälte an, oder was auch immer. Du hast völlig freie Hand. Es ist ein ungefährlicher Job und du wirst auch keine Waffe mitnehmen. Falls doch etwas passieren sollte und du abtauchen musst, geben wir dir ein paar Adressen mit. Von dort aus kommt du schnell wieder nach Hause".

Shulamit nickte. "Ihr wollt doch bestimmt nicht wissen, dass der arme Mörder eine traurige Kindheit hatte und deshalb vermindert zurechnungsfähig ist. Was ist es denn nun genau, worauf die Firma scharf ist? Und wie heißt das deutsche Prachtstück eigentlich?"

"Heinrich Assmann. Zuletzt SS-Oberscharführer und jetzt Inhaber der Firma 'Assmann-Apparatebau'. Ein Unternehmen der Weltklasse. Feinste Elektronik und Exporte in alle Welt".

Den Namen Assmann hatte Shulamit noch nie gehört. Aber sie spürte instinktiv, dass ihr Nachum auch die Frage beantwortet hatte, worauf sie beim Prozess achten sollte.

"Hat er auch uns beliefert?".

"Ja, und er beliefert uns noch".

"Scheiße", sagte Shulamit und aus ihrem Mund klang es irgendwie sehr nett.

"Mehr als Scheiße", schaltete sich David in den Dialog ein. "Ganz große Scheiße, die nicht herauskommen darf".

"Aber warum denn nicht?", ereiferte sie sich. "Warum sollen wir verheimlichen, dass unsere Regierung Geschäfte mit alten Nazis macht. Ich hoffe aber nur, dass wir die Rechnungen nicht bezahlen".

David lachte. "Wir haben im Gegenteil sehr pünktlich gezahlt. Denn der deutsche Immernoch-Nazi hat uns schöne Elektronik für die 'Rischon' verkauft. Unsere lieben amerikanischen Freunde haben uns das Zeug nicht gegeben".

"Ach, was soll's", unterbrach ihn Shulamit. "Wir haben uns vor dem Unabhängigkeits-Krieg auch Messerschmitt-Nachbauten von den Tschechen liefern lassen. Und das Nazi-Jagdflugzeug hat gute Dienste getan. Eine Messerschmitt steht doch noch blankgeputzt im Militärmuseum von Beersheba herum".

"Wenn uns die Assmann-Leute nur Teile für die 'Rischon' geliefert hätten, würde das keinen Menschen kratzen", wandte Nachum ein. "Aber es geht um die laufenden Geschäfte. Und von denen haben unsere Leute im Justizministerium wohl nichts gewusst, als sie der deutschen Staatsanwaltschaft das Belastungsmaterial geschickt haben".

Shulamit legte die Hand hinter ihr rechtes Ohr und beugte sich zu David: "Und jetzt sagst du mir doch bitteschön, um welche aktuelle Sauereien es geht, die euch allen soviel Sorgen machen".

"Keine Sauereien", protestierte David. "Nicht einmal Kriegsgerät. Computer-Tomographen".

"Und das soll geheim bleiben?". Shulamit konnte ihre Verwirrung nicht verbergen. "Die Ausfuhr dieser schönen medizinischen Geräte genehmigt die deutsche Regierung doch mit

Kusshand. Und wenn wir ganz lieb drum bitten, kriegen wir die von den Deutschen glatt geschenkt".

"Darauf ist in Jerusalem noch niemand gekommen", bestätigte Nachum. "Und im übrigen landen die Tomographen nicht im Krankenhaus sondern bei den Streitkräften. Die IDF-Jungs nehmen die Dinger auseinander, statt damit Krebsgeschwüre zu suchen. Die bauen die Elektronik um und dann als Steuergerät in die Rischon-Rakete ein. Und das darf auf keinen Fall 'rauskommen".

Mehr musste Nachum nicht sagen, Shulamit wusste, was es bedeutete. Wenn Israels Nachbarn von der Tomographensache erfahren würden, wäre die neue Rakete wertlos. Denn wer das Steuergerät kennt, kann schnell etwas entwickeln um es auszuschalten.

"Ihr glaubt also, dass unser netter Apparate-Lieferant seine Geschäftsbeziehungen vor Gericht ausplappern und sich als aufopferungsvoller Freund Israels präsentieren könnte“, stellte Shulamit fest.

Nachum blickte seine Agentin durchdringend an: "Es darf einfach nicht passieren. Deine Aufgabe ist es, uns vorher zu warnen. Und dann wird schon dafür gesorgt, dass er nicht reden kann".

Shulamit verstand Nachums Andeutung. „Vielleicht sollte ich doch eine Waffe mitnehmen“.

„Nein“, sagte Nachum kopfschüttelnd und Shulamit fragte nicht mehr.

****

Im Hotelzimmer schaltete Frau Blau den Fernsehapparat an. Sie drückte so lange auf die Fernbedienung, bis der amerikanische Nachrichtensender CNN International auf den Bildschirm kam. Die Nachrichten interessierten sie nicht wirklich, aber sie wollte keine deutschen Stimmen hören. Und sie wollte vor allem keine Gesichter alter deutscher Männer mehr sehen.

Ohne ihren Mantel auszuziehen, legte sich Frau Blau auf das Hotelbett. Und schon sah sie wieder die Augen des Oberregierungsrats. Sie wehrte sich dagegen, aber die Erinnerung kam schlagartig und überwältigend zurück. Die Erinnerung an den Transport ins Konzentrationslager. Und die Erinnerung an ein kleines Gesicht mit einem schrägstehenden Auge.

Die Uniformierten hatten sie im März 1942 auf dem Bahnhof Solingen-Ohligs zusammengetrieben. Viele der "Reisenden" hatten Koffer dabei. Auf dem Gleis stand ein Güterzug mit geöffneten Schiebetüren. "Koffer und Taschen abstellen und in Dreierreihe aufstellen mit dem Gesicht zum Zug", schallte es aus dem Lautsprecher. SS-Männer mit geschulterten Karabinern riegelten den Bahnsteig ab. Andere Uniformierte liefen hinter der Dreierreihe auf und ab. Die Läufe ihrer Waffen hatten sie auf die vor ihnen stehenden Menschen gerichtet. Einige der Soldaten hielten Leinen in den Händen, an denen Schäferhunde zerrten.

"Rein in die Waggons", kam der Befehl aus dem Lautsprecher. "Das Gepäck bleibt stehen, es wird im Gepäckwagen mitgeführt". Und wie auf Kommando schrieen die Uniformierten wild durcheinander. "Los, los". "Schnell". "Bewegung, Bewegung".

Zögernd gingen die Menschen auf die offenen Löcher der Güterwagen zu. Männer, die zuerst hineingeklettert waren, zerrten die Nachkommenden hinauf. Den Uniformierten ging das alles nicht schnell genug und sie hetzten ihre Hunde auf die Menschenmenge. Sie verbissen sich in Beine und Arme.

Ein paar der Reisenden wollten kleine Koffer und Taschen mit in die Waggons retten. Doch die SS-Männer rissen den Männern, den Frauen und auch den Kindern die Gepäckstücke aus den Händen. Sie traten und schlugen sie. Ein paar Bewacher rammten den Wehrlosen mit voller Wucht Gewehrkolben in Rücken und Köpfe. Es waren keine Schmerzensschreie zu hören. Auch die Kinder weinten lautlos.

Das Verladen der Menschen dauerte nur wenige Minuten. Die Schiebetüren wurden zugestoßen. Ratschend legte jemand die stählernen Sperrriegel vor. Der Zug setzte sich in Bewegung. Ein paar Menschen in den Güterwagen drängten sich an die kleine Luke am Ende jedes Waggons. Über jede dieser Luken war Stacheldraht gespannt. Und durch den Draht hindurch sahen die Menschen, dass ihre Koffer und Taschen auf dem Bahnsteig zurückblieben.

Frau Blau lag auf dem Hotelbett und fror. Trotz Mantel und voll aufgedrehter Heizung. Frau Blau war wieder Hannah Menschik. Sie war 18 Jahre jung. Und sie war einer der Menschen im „Judentransport“.

Hannahs Mutter und ihre beiden Kinder waren mit dem SA-Lastwagen zum Bahnhof gebracht worden. Hannahs Vater hatten Polizisten schon zwei Jahre zuvor zum „Verhör“ in die Gestapo-Dienststelle von Solingen geschleppt. Seitdem gab es von ihm kein Lebenszeichen mehr.

Wie damals rief Frau Blau: „Wo bist Du Mutter? Und Robert. Sagt doch endlich etwas. Wo steckt ihr nur?“

Auch diesmal antworteten die Mutter und der Bruder nicht. Im Gedränge auf dem Bahnsteig waren sie wohl in einen anderen Güterwagen gestoßen worden.

Frau Blau im Hotel sah sich selbst. Sie sah die junge Hannah Menschik im Güterwaggon. Um sie herum jammerten alle durcheinander. Ein paar Menschen beteten. "Wo bringen sie uns nur hin?", schrie eine Frau. Ein Mann wimmerte: "Ich will nicht sterben. Ich bin Rechtsanwalt".

In das Stimmengewirr mischte sich das Rat-Tat-Tat der eisernen Räder des Güterwaggons. Die einzelnen Schienen waren nicht verschweißt. Zwischen ihnen bestand immer ein kleiner Zwischenraum, damit sie sich bei Kälte und Hitze zusammenziehen und ausdehnen konnten. Jedes Mal wenn ein Rad über eine Lücke rollte, machte es "Rat". Die Lücken der linken Schiene waren nie auf derselben Höhe wie die Lücken auf der rechten Schiene. Und deshalb machte es "Rat-Tat-Tat". Erst das linke Vorderrad, dann das rechte Vorderrad und dann das linke Hinterrad. Und dann das rechte Hinterrad, und das linke Vorderrad und das rechte Vorderrad. Und dann das linke Hinterrad und dann das rechte Hinterrad und das linke Vorderrad.

Immer Rat-Tat-Tat und dazwischen das Wehgeschrei, das Klagen und das Beten.

Doch plötzlich war es im Güterwaggon ganz still geworden. Eine Frau hatte so laut geschrieen wie vorher kein Mensch im Wagen. Alle hielten verschreckt den Atem an. Und dann war ein Wimmern zu hören. Dann ein ganz leiser Schrei. Der Schrei eines Neugeborenen.

"Ist kein Arzt hier?", fragte jemand in die Stille, doch niemand antwortete. Die Menschen im Güterwagen scharten sich um eine zusammengekrümmt auf dem Boden liegende Frau. Ihr Körper zuckte, ihr Atem ging stoßweise, und mit ausgestreckten Armen hielt sie ein blutverschmiertes Bündel Mensch hoch. Im Sonnenlicht, das durch die kleine Luke und durch die Holzritzen des Waggons kam, war alles deutlich zu sehen.

Hannah Menschik hatte sich neben die Frau gekniet, die sie nicht kannte. "Die Nabelschnur", sagte sie, "wir müssen die Nabelschnur durchtrennen", und sie nahm der Mutter das Kind aus den zitternden Händen.

Die Männer im Wagen standen wie versteinert und versuchten Abstand von der Frau auf dem Boden zu halten. "Was machen wir nur?", sagte einer und es klang hilflos weinerlich.

"Klappe halten", sagte eine der Frauen, die sich um die Mutter drängten. "Gebt mir ein Hemd oder ein Stück Stoff, irgendetwas".

Jemand reichte ihr eine Strickjacke. Jemand hatte sich in der bitteren Kälte von einem wärmenden und vor dem Erfrieren schützenden Kleidungsstück getrennt.

"Nein", sagte die Frau, "ich brauche einen Schal oder so etwas". Kaum hatte sie es gesagt, schob ihr eine Männerhand ein seidenes Halstuch zu. Es war burgunderrot mit einem Muster wie auf einem chinesischen Teppich bedruckt.

Die Frau nahm das Tuch, wandte sich Hannah Menschik zu, die das Neugeborene vor ihren eigenen Körper presste und wischte ihm schleimigen Schaum vom Rücken. Dann drehte sie das Tuch zusammen schlang es um die baumelnde Nabelschnur, machte einen Knoten und zog ihn fest zu. Und dann, als hätte sie es schon dutzendfach gemacht, zerrte sie unterhalb des Knotens an der Nabelschnur und riss sie durch.

Die Mutter stöhnte. Nicht wegen der durchtrennten Nabelschnur, sondern wegen der in Krämpfen ausgeworfenen Nachgeburt. Sie hatte einen heißen Kopf, der in der Eiseskälte des Güterwagens mit Schweißperlen übersät war. "Simone soll sie heißen", sagte sie. Sie stöhnte lauter und dann sagte sie nichts mehr.

Die Frauen massierten ihren Oberkörper, sie rieben über den gelben Stern auf ihrem Kleid, unter dem das Herz nicht mehr so schlug wie es zum Überleben schlagen musste. Die Frauen wollten die junge Mutter aus der Bewusstlosigkeit zurückholen. Denn jeder im Waggon wusste: Aus einer langen Bewusstlosigkeit, aus einem zu langen Schlaf, würde sie nicht wieder erwachen.

Das Kind schrie in Hannah Menschiks Armen. Sie sah an ihm herunter und erkannte, dass es kein Mädchen war. "Es ist keine Simone", rief sie der Mutter zu. "Es ist keine Simone, es ist ein Simon. Soll er Simon heißen?" Die Mutter antwortete nicht und sie sollte nie erfahren, dass sie einen Sohn geboren hatte. Ein paar Stunden später atmete Simons Mutter nicht mehr. Es fanden sich zehn Männer, die den Kaddisch sprachen. "Zumindest dafür", sagte eine Frau, "seid ihr ja doch noch zu gebrauchen".

Seitdem sie der unbekannten Frau das Kind aus den Händen genommen hatte, fühlte sich Hannah Menschik als Simons Mutter und sie war entschlossen, sein Leben zu retten. Sie öffnete ihren Mantel und das Kleid, das sie darunter trug und sie schob den kleinen Simon behutsam noch unter ihr Unterkleid. Dort hing und klebte er auf ihrer nackten Haut, den kleinen Kopf direkt unter dem Hals seiner neuen Mutter.

Hannah Menschiks Körperwärme beruhigte ihn etwas und er schlief schließlich ein. Die Geburt hatte auch ihn angestrengt. Das Kind auf ihrer Brust gab der Ersatzmutter neue Kraft und neuen Lebensmut. Das Leben geht weiter, sagte sie sich, wo Kinder geboren werden, muss doch Hoffnung sein.

Es verging keine Stunde, bis Simon wieder schrie. Beim Schreien presste er die Augenlider zusammen und öffnete weit den kleinen Mund. Zwischendurch hielt er inne, als wolle er überprüfen, ob sein Schreien etwas nutzte. Sein Gesicht entspannte sich in Erwartung auf sein Essen.

Hannah sah dem Kind ins Gesicht und sie musste lachen. Das rechte Auge Simons war nicht gerade. Es war schräg nach rechts unten gewinkelt. Ein hübsches Kind bist du, sagte sie zu sich selbst. Diese Augen machen Dich zu etwas ganz Besonderem. Jeder wird Dich mögen. Jeder.

Simon war an solchen Lobpreisungen offensichtlich nicht interessiert, er schrie wieder, denn er hatte Hunger. Hunger wie jedes Neugeborene. Ob mit zwei geraden Augen oder auch mit einem schrägen.

Die Menschen im Güterwaggon nahmen das Schreien des Kindes gar nicht mehr wahr. Jeder war mit sich selbst beschäftigt. Die Menschen murmelten und stöhnten, Hunger hatten sie selbst. In Gruppen drängten sie sich aneinander, um sich gegenseitig mit ihren Körpern zu wärmen.

Einige der in die Güterwaggons der „Deutschen Reichsbahn“ Gepferchten stopften sich möglichst unauffällig Essensreste, die sie in ihren Taschen fanden, in die Münder. Die brotlosen Umstehenden gaben nicht zu erkennen, dass sie das heimliche Essen bemerkten. Sie hatten keinen beißenden Hunger, nur Hunger, der noch erträglich war.

"Das Kind braucht etwas zu essen", sagte Hannah Menschik in den Güterwagen hinein. "Ist eine stillende Mutter hier?"

Niemand meldete sich. Aber ein paar Frauen drängten sich heran und beratschlagten, wie Simons Ernährung zu organisieren sei. "Steck' ihm einfach einen Finger in den Mund", sagte eine Frau, "dann kann er wenigstens saugen". Hannah versuchte es und zu ihrer Verblüffung fühlte sie, wie sich Simons kleine Lippen um ihren Zeigefinger pressten, er den Finger zuerst mit seiner Zunge aus seinem Mund stoßen wollte und er schließlich kräftig saugte.

"Lange hilft das nicht", sagte eine Frau. "Sie muss trinken, sie muss Flüssigkeit haben".

"Es ist keine 'sie', es ist eine 'er', und er heißt Simon", widersprach Hannah.

"Von mir aus", entgegnete die Frau, "aber trinken muss das Kind trotzdem". Und nach kurzem Beratschlagen wussten die Frauen auch, wie Simon trinken könnte. Sie pressten Stoff-Fetzen in die Holzritzen der Güterwagenwand bis sie vom Regenwasser durchtränkt waren. Simon lernte sehr schnell, das

Nass aus dem ihm in den kleinen Mund gesteckten Zipfel Stoff herauszupressen.

Das machte ihn nicht satt, aber Simon schrie immer weniger. Er hatte zunehmend weniger Kraft zum Schreien.

Schon am zweiten Tag sah Hannah Menschik, dass sich auf Brust und Bauch von Simon eine Entzündung mit großen roten Flecken und kleinen Bläschen gebildet hatten. Dieselben Flecken und Bläschen, die auch die wärmende Ersatzmutter auf ihren Brüsten und auf der Haut über ihrem Magen entdeckte. Auf Simons kleinem Körper klebten noch Reste getrockneten Blutes. Nur seine kleinen Arme, sein Hals und sein Kopf, der Kopf mit dem einem schräg stehenden Auge, schimmerten rosig und sauber.

Während sie noch auf den entzündeten Körper Simons starrte, meldete sich ein Mann: "Das sieht schlimm aus, aber das kriegen wir weg".

"Sind Sie Arzt?", fragte Hannah hoffnungsfroh.

"Nein aber ich war Soldat".

Hannah blickte ihn abweisend an. "Das macht Sie natürlich automatisch zum Lebensretter. Vielen Dank für Ihre Hilfe".

Doch der Mann lächelte nur. "Im Weltkrieg war es nicht anders als hier in diesem Scheißwaggon. Auch bei uns gab es mehr Verletzungen und Entzündungen als uns lieb war. Und damit konnten wir nicht sofort zum Doktor rennen. Wir haben uns selbst geholfen".

"Und wie und womit?"

Der Mann antwortete nicht sofort und an seiner Stelle sagte ein anderer: "Draufpinkeln. Ganz einfach".

"Schweine", sagte Hannah, "haut bloß ab!"

Aber der Weltkriegs-Soldat lächelte noch immer. "Regen Sie sich nicht auf. Es ist wirklich so. Urin ist das beste Desinfizierungsmittel. Viel besser als all diese Chemikalien".

"Stimmt", pflichtete ihm ein anderer Mann bei. "Wenn ich nach dem Marschieren Blasen an den Füßen hatte, habe ich einfach drübergepinkelt und das war's dann".

Mehrere Männer lachten. "Hättest du dir ersparen können", sagte einer. "Hast bestimmt neue Stiefel gehabt und das Wichtigste vergessen: Vorher reinschiffen und einweichen lassen!"

"Schluss", sagte Hannah. "Ich will das nicht mehr hören. Und der Simon auch nicht".

"Ist schon gut", beruhigte sie der immer noch lächelnde Mann. "Aber das Abreiben mit Urin würde dem Kleinen helfen und Ihnen auch. Glauben Sie mir".

Hannah sagte nichts und mit Kichern und Lachen bereiteten mehrere Männer schon die "Behandlung" des Kindes und auch die seiner Wärme-Mutter vor. Einer zog seine Weste aus, rollte sie zusammen und einer nach dem anderen pinkelte darauf. "Nicht auf meine Hand, du Ziel-Niete", sagte einer.

Ein paar Frauen kicherten und blickten verstohlen zu den Männern, die sich zur Vorbereitung ihres Anti-Entzündungs-Tuches abgewendet hatten.

Der lächelnde Mann kam mit der vor Nässe triefenden und dampfenden Weste, wollte sie Hannah in die Hand legen, doch die drehte angewidert ihren Kopf zur Seite. "Nein", sagte sie, "ich kann das nicht".

Der Mann nahm ihr das Kind wortlos aus der Hand, was Hannah widerspruchslos hinnahm, und sorgfältig rieb der den kleinen Körper ab. Nicht das Gesicht, nicht den Hals und auch nicht die kleinen Ärmchen. Simon schrie nicht, die Wärme schien seinem Körper gutzutun.

Mit seinem Ärmel tupfte der Mann dann den Körper ab und reichte Simon dann einer anderen Frau. "Nehmen Sie ihn solange und halten sie ihn warm". Und zu Hannah gewandt: "Jetzt müssen Sie an sich und den Jungen denken. Sie müssen sich auch einreiben, Machen Sie es mit Ihrem eigenen Urin, das wird Ihnen leichter fallen. Aber Sie müssen es tun".

Hannah nickte wortlos.

"Gut so", sagte der Mann, "Sie sind eine mutige Frau".

Hannah Menschik nahm kaum wahr, was sonst im Waggon geschah. Sie registrierte nicht das lautlose Sterben von fünf „Reisenden", nicht die Apathie der Hungernden mit ihrem quälenden Durst, und nicht den Gestank der „Latrine" in der Waggonecke. Die Gedanken der Beschützerin des Neugeborenen kreisten nur um ein Ziel: Ich muss den Jungen retten.

Als sich die Leichenstarre von Simons Mutter auflöste, schoben Männer den toten Körper in eine Ecke. „Das schafft etwas Platz", sagten sie.

****

Am Nachmittag des dritten Tages blieb der Zug länger als sonst auf dem Gleis stehen. Nach ein paar Stunden änderte er seine Fahrtrichtung und rollte langsam rückwärts bis er wieder zum Stillstand kam.

"Wir sind in einem Bahnhof", sagte eine Stimme an der kleinen Luke in der Waggonwand, "Keine Ahnung wie er heißt, es ist kein Schild zu sehen".

Die Sperrriegel der Waggons wurden zurückgeschlagen und wie von Geisterhand bewegten sich plötzlich die großen Schiebetüren.

Die Menschen im Waggon blickten auf dieselbe Szenerie wie beim Einladen auf dem Bahnhof von Solingen. Auf dem Bahnsteig standen viele Uniformierte mit Mützen, an denen ein stilisierter Totenkopf befestigt war. SS-Männer. Mit Karabinern, Maschinenpistolen und wütend an Leinen zerrenden Schäferhunden.

"Rauskommen, rauskommen, schnell, schnell, schnell!" schrieen sie durcheinander.

Doch die Menschen in den Waggons bewegten sich nur langsam. Augenscheinlich hatten sie jetzt mehr Angst als beim Einsteigen zuhause. Der Waggon war ihnen vertraut geworden und hatte ihnen Schutz geboten. Drei Tage lang Schutz vor SS-Männern mit ihren Gewehren und den Hunden.

Ein paar der Uniformierten richteten die Läufe ihrer Waffen auf die Öffnungen in den Güterwagen. Andere gingen an die Wagen heran und rissen die Zögernden an den Türen einfach heraus. Etliche von ihnen fielen und standen dann unter dem Gebrüll der SS-Männer schnell wieder auf.

Hannah Menschik rückte den kleinen Simon auf ihrem Körper so zurecht, dass sie, die kleine menschliche Fracht unauffällig verbergend, „normal“ gehen und aus dem Waggon springen konnte. "Nur nicht schreien, Kleiner", flüsterte sie halblaut. Mit einer Hand hielt sie die hochgeschlagenen Mantelrevers fest, Simon war nicht mehr zu sehen.

Die Frau mit ihrem Kind sprang dann doch etwas schwerfällig aus dem Waggon. Intensiv hielt sie den Kleinen fest, der aus ihrem Kleid herauszurutschen drohte.

Die Leichen der Gestorbenen blieben im Waggon zurück. Hannah Menschik versuchte, im Menschengewühl auf dem Bahnsteig ihre Mutter und ihren Bruder zu entdecken, aber sie sah kein vertrautes Gesicht.

"In Zweierreihe aufstellen", brüllte jemand immer wieder, "und langsam vorwärts gehen“.

Der menschliche Zug setzte sich in Bewegung und Hannah Menschik sah plötzlich einen hochgewachsenen Mann vor sich. Er war in SS-Uniform, aber er trug weder Karabiner, noch Maschinenpistole und er hatte auch keinen Hund. An seinem blanken Koppel hing eine schwarze Pistolentasche. In der rechten Hand hielt er einen kurzen dünnen Stock. Mit dem zeigte er auf jeden Menschen, der an ihm vorbeiging, und er machte dann jedes Mal eine Stockbewegung nach links oder nach rechts. Kräftig aussehende Männer und junge Mädchen mussten nach links; Kinder, die Älteren, die gebückt Gehenden und Menschen, die gestützt wurden, nach rechts.

Der Mann mit dem Stock sagte kein Wort. Manchmal hielt er den Stock waagerecht vor zwei Menschen hin und hinderte den Zug damit am Weitergehen. Mit dem Stock drehte er Gesichter zu sich hin, sah in sie hinein und machte dann seine Bewegung nach links oder nach rechts.

Hannah Menschik ging schleppend. Mit der linken Hand hielt sie krampfhaft ihren Mantel geschlossen und mit der rechten hielt sie Simon unter ihrem Kleid fest. Hannah drehte ihren Kopf zur Seite, denn der Mann sollte ihr Gesicht nicht sehen und aus den Augenwinkeln nahm sie wahr, wie sein Stock auf sie zeigte und sich dann nach rechts bewegte.

Nicht einmal drei Schritte hatte Hannah Menschik gemacht als der Mann laut "Halt!" rief.

Alle blieben wie versteinert stehen und der Mann stellte sich vor Hannah in Positur. Ihm waren ihre Haare aufgefallen. Sie waren verdreckt und verklebt, aber es waren nicht die Haare einer alten Frau.

Der Mann drückte mit seinem Stock Hannahs Gesicht zu sich hin. Immer noch wortlos riss er ihren Mantel auf und stutzte. Aus dem Mantel starrten ihn zwei kleine Augen an.

"Ein U-Boot", sagte der Mann lächelnd. Dabei riss er Hannah Menschiks Kleid auf, griff mit seiner Lederhandschuh-Hand nach dem rechten kleinen Arm Simons. "Und was machen wir denn mit Dir?" Immer noch lächelnd schleuderte er das Kind von sich. Simon Unbekannt, drei Tage alt, landete auf einem Haufen alter Kleidungsstücke in denen tote Körper steckten.

"Mein Kind' mein Kind", schrie Hannah Menschik. Sie rannte auf den Leichenberg zu, sie wollte Simon wiederholen.

Simon war ihr Kind, sie wollte ihren Simon wiederhaben. Wenn er verletzt war, wollte sie ihn trösten. Eine Mutter lässt doch ihr Kind nicht im Stich.

Männer mit Maschinenpistolen und Karabinern versperrten ihr den Weg, sie rissen sie zurück und sie schlugen sie. "Nach links mit dem Weib", rief der Mann mit dem Stock und mechanisch setzte er die Selektion der Neuankömmlinge fort.

"Mein Kind", schrie Hannah Menschik wieder. Schläge trafen sie in den Rücken, sie fiel zu Boden und der Schmerz ließ ihre Stimme versagen. Ein paar Männer und Frauen aus der Gruppe der nach links Geschickten hoben sie auf. "Seien Sie endlich ruhig", sagte einer, "da können Sie doch nichts machen".

Hannah trauerte um Simon und der Schmerz über den Verlust des ihr geschenkten Kindes hat sie nie verlassen. Im Lager wurde ihr schnell bewusst, dass Simon ihr Lebensretter war. Wenn der Mann an der Rampe ihn nicht entdeckt hätte, wäre sie nach rechts gegangen. Mit jenen Menschen, von denen es keine Spur mehr gibt. Auch Robert und ihre Mutter hatten wohl nach rechts gehen müssen. Sie sah beide nie wieder.

Nach dem Ende des Krieges und der Befreiung aus dem Lager heiratete Hannah Menschik in Silver Spring vor den Toren der Hauptstadt Washington David Blau, der schon 1935 mit seinen Eltern in die Vereinigten Staaten emigriert war. Die Ehe blieb kinderlos. Simon, das Kind, das sie nicht geboren hatte, und das sie zumindest ein paar Tage vor dem Tod hatte bewahren können, blieb ihr einziges Kind.

****

Um genau 5.00 Uhr schloss Günter Lührs sein Amtszimmer von innen zu. Fast alle anderen Beamten und Angestellten im Finanzamt waren längst nach Hause gegangen. Aber den Oberregierungsrat trieb nichts in seine eigenen vier Wände. Seine

Eigentumswohnung im Terrassenhaus am Waldrand in Solingen-Ohligs war geschmackvoll und behaglich eingerichtet. Aber was sollte er da? Eva hatte ihn vor vier Jahren verlassen. Einfach so. Während er Dienst im Finanzamt machte, hatte sie zwei Koffer gepackt und ihm einen Zettel auf den Boden hinter der Eingangstür gelegt.

"Ich ersticke, ich muss weg", hatte auf dem Zettel gestanden. "Alles andere regeln wir später".

Schon in den ersten Wochen war Lührs bewusst geworden, dass ihm Eva nicht wirklich fehlte. Über eine Scheidung hatten sie nur einmal kurz bei einem Treffen im Cafe gesprochen und eine amtlich besiegelte Trennung für überflüssig gehalten.

"Die schlechtere Steuerklasse würde uns viel Geld kosten", hatte der Mann vom Finanzamt gesagt. "Von den Gerichts- und Anwaltskosten bei einer Scheidung ganz zu schweigen".

Eva war mit allem einverstanden gewesen. "Und was machen wir, wenn Du pensioniert wirst?"

"Alles läuft so weiter wie bisher. Und wenn ich vor dir abkratze, womit ja zu rechnen ist, gibt es mit der Pension auch keinen Ärger".

"Na, dann ist ja eitler Sonnenschein", hatte Eva gestrahlt und hinzugefügt: "Findest du nicht auch komisch, dass wir nach der Trennung besser miteinander auskommen als vorher?"

Günter Lührs hatte sich auf diese Diskussion nicht einlassen wollen und nur abweisend gebrummelt: "Kann schon sein".

Insgeheim bewunderte er seine Frau. Seitdem sie ihn verlassen hatte, wirkte sie bei jeder Begegnung fröhlich und gelöst. Mit einer Begeisterung, die ihn an die Eva der ersten Ehejahre erinnerte, berichtete sie jedes Mal von ihrer Arbeit in der Buchhandlung, in der sie jetzt arbeitete.

Nur manchmal wollte sich Lührs daran erinnern, wie eine Frau aussieht. Keine mit sich und der Welt zufriedene Ehefrau im hübschen Sommerkleid im Cafe. Lührs wollte Frauen ohne Kleider sehen.

Eine der Striptease-Bars in der Stadt zu besuchen, traute er sich nicht. In der Stadt kannten ihn zu viele Leute. Wenn ihn Mitarbeiter beim Barbesuch erwischen würden, ginge doch nur das Gerede im Amt los. In eine Nachbarstadt fahren wollte Lührs aber auch nicht. Außerdem wollte er keinen Nackttänzerinnen in die Augen sehen, die doch alle wussten, warum die Männer kamen und sie anstierten. Lührs löste das Problem mit der Bestellung von Pornofilmen bei einem Erotika-Versand. Das Gewünschte kam in diskreter Verpackung per Post ins Haus.

Lührs nahm sich die "Welt" vor, die zusammen mit dem "Handelsblatt" vom Amt abonniert worden war.

In seiner Schreibtischschublade hatte er mehrere Musik-CD's liegen. Er griff nach der Mendelsohn-Scheibe aber entschied sich dann doch für Beethovens 6. Symphonie. Die ist kürzer, sagte er sich.

Er schob die CD in seinen Amtscomputer und hörte ein paar Minuten lang mit geschlossenen Augen zu. Die kleinen Computerlautsprecher schepperten etwas, aber es war besser als die Stille in seiner Wohnung.

Seinen Mitarbeitern, die Radios mit in die Büros nehmen wollten, hatte es Lührs schlicht verboten. "Ihr werdet fürs Arbeiten und nicht fürs Musikhören bezahlt", hatte er ihnen erklärt. "Und was sollen die Kunden denken, wenn sie ins Zimmer kommen? Wir sind schließlich ein Finanzamt und keine Disco".

Für Oberregierungsrat Lührs galt das Musikverbot natürlich nicht. Er gehörte schließlich dem "Höheren Dienst" an und für die "Oberen" galten schon immer besondere Regeln.

Der Mann in Zimmer 408 wusste, dass die Beethoven-Musikanten genau 36 Minuten und 33 Sekunden lang fiedeln würden. Dann wäre es kurz vor sechs Uhr und Lührs könnte sich in sein Auto setzen und nach Hause fahren. Hinter dem Berufsverkehr her. Der Finanzbeamte hasste Staus noch mehr als Ampeln.

Um 17.51 Uhr verließ Lührs sein Zimmer und er schloss es nicht ab. Er hörte in anderen Büros schon die Putzkolonnen rumoren. Statt zum Fahrstuhl zu gehen schlug er gleich den Weg zum Treppenhaus ein. Denn an jedem Arbeitstag stellte der Hausmeister den Lift pünktlich 15 Minuten nach Dienstschluss ab.

Auf dem Parkplatz fiel ihm ein, dass sein Kühlschrank in der Wohnung reichlich leer war. Aber jetzt noch schnell zum Einkaufen zu rennen, hatte er keine Lust. Lührs drehte sich kurzentschlossen um und ging ins "Il Postino", das dem Finanzamt schräg gegenüber lag. Bevor es den Film gab, hatte die italienische Kneipe noch einfach "Napoli" geheißen und die Besitzer hatten sie kurz entschlossen umgetauft.

Der Laden war rappelvoll. Es gab offensichtlich noch mehr Menschen mit leeren Kühlschränken. Lührs sah sich um und entdeckte einen Vierertisch, an dem ein einzelner Mann saß und in seiner Lasagne stocherte.

"Ist der Stuhl noch frei?", fragte Lührs.

"Alle drei. Wenn Sie wollen, können sie die Dinger zusammenschieben und drauf übernachten".

Lührs setzte sich dem Mann gegenüber, der seine Zeitung etwas zur Seite schob.

"Der Anzeiger", stellte der Oberregierungsrat fest. "Scheißzeitung. Sie sollten was Besseres lesen".

"Erzählen Sie mir doch, was ich noch nicht weiß. Ich bin der Sportredakteur bei dem Blatt".

Lührs starrte den Mann mit offenem Mund an. "O, mein Gott, entschuldigen Sie bitte. Das wusste ich nicht. Und der Sportteil ist wirklich gut. Den lese ich auch immer".

Theo Schapiro grinste breit. "Ist schon gut. Sie brauchen keinen Salto zu schlagen. Und irgendwo muss man ja sein Geld verdienen".

Lührs atmete auf. Einen Augenblick lang hatte er damit gerechnet, die Lasagne seines Gegenüber ins Gesicht zu bekommen.

"Und bei welchem Scheißladen sind Sie beschäftigt?", wollte Schapiro wissen.

"Schlichter Beamter", gab ihm Lührs Bescheid.

"Stadtverwaltung? Post? Müllabfuhr? Oder was?".

"Viel aufregender. Finanzamt".

Schapiro blickte ihn missbilligend an. "Und Sie trauen sich, über Redakteure bei einem Scheißblatt zu meckern? Ich muss schon sagen, Ihr Aasgeier habt Nerven!“

"Irgendwo muss man doch sein Geld verdienen".

"Ist schon gut", gab sich der Sportredakteur friedlich. "Ich kann Ihnen die Lasagne nur empfehlen. Der Käse liegt wie ein Ziegelstein im Magen, aber was Besseres haben die hier nicht".

"Na, dann einmal Lasagne, wie der Herr hier", orderte Lührs beim Kellner, der mit einem kleinen Block und gezücktem Kugelschreiber an den Tisch gekommen war. "Und ein Altbier".

"Finanzbeamter und dann auch noch saufen", kommentierte Schapiro. "Aber bei dem Beruf bleibt einem ja wohl auch nichts anderes übrig".

Er streckte Lührs seine Hand entgegen. "Ich heiße Schapiro, Theo Schapiro".

"Angenehm. Oberregierungsrat Lührs".

"Ihre Mutter hätte einen schöneren Vornamen für Sie aussuchen sollen".

Lührs stutzte. "Ach, entschuldigen Sie. Alte Gewohnheit. Ich heiße Lührs, Günther Lührs".

Der Sportredakteur und der Oberregierungsrat redeten über Gott und die Welt. Keiner von beiden hatte es offensichtlich eilig. Auf dem Fernsehapparat unter der Decke an der Bar lief die Nachrichtensendung "heute" des ZDF. Ein Korrespondent berichtete aus Jerusalem, dass die israelische Regierung trotz Protesten aus aller Welt mit dem Bau neuer Siedlungen für ultraorthodoxe Juden in den besetzten arabischen Gebieten begonnen habe. Die Filmbilder zeigten, wie junge israelische Soldaten offensichtlich verzweifelt schreiende arabische Bewohner mit Gewehrkolbenstößen aus ihren armseligen Hütten trieben.

"Die Israelis sind unbelehrbar", entsetzte sich Lührs. "Dass die solche Sachen machen! Die Juden sollten doch wissen, was Verfolgung und Vertreibung bedeutet. Haben die denn gar nichts gelernt?"

"Warum sollen sich die Israelis denn besser benehmen als alle anderen Menschen", widersprach Schapiro. "Die sind doch nicht besser und auch nicht schlechter. Unter denen gibt es genauso viel Arschlöcher wie unter uns".

Auf dem Bildschirm flog eine gesprengte arabische Behausung in die Luft. Soldaten schossen über die Köpfe einer Menge von protestierenden Arabern hinweg. Hin und wieder kamen die Bilder der jungen israelischen Soldaten ins Bild. Ein paar waren mit verzerrtem Ernst bei der Sache, andere lachten beim Schießen, und einige hatten offensichtlich genauso viel Angst wie die drangsalierten Palästinenser.

Lührs schüttelte wieder mit dem Kopf: "Total bescheuert. Die benehmen sich auch nicht viel besser, als sich die Nazis benommen haben".

"Richtig, mein Freund", pflichtete ihm Schapiro bei. "Endlich ist Schluss mit der blöden Geschichte von den seit 1945 immer nur edlen Juden. Arschlöcher sind das. Und je mehr Arschlöcher es bei denen gibt, desto normaler werden sie".

Der Nachrichtensprecher vom ZDF hatte längst nach Washington umgeschaltet. Der USA-Korrespondent des deutschen Fernsehsenders berichtete aufgeregt, dass der einschlägig belastete Präsident Bill Clinton möglicherweise in eine weitere Sex-Affäre verwickelt sei. Denn da habe es ja im Weißen Haus eine Praktikantin gegeben, die dem Chef der Supermacht auf den Knien rutschend zu Diensten war.

Die ZDF-Sendezentrale blendet sogar einen Originalfilm ein. Auf der war nicht die Praktikantin zu sehen, sondern der Präsident, der aufgeregt ins Mikrofon sprach: „Ich hatte keinen Sex mit dieser Frau, dieser Monika Lewinsky“.

„Noch ein Arschloch“, kommentierte Schapiro. „Warum sagt der nicht einfach: Mein Privatleben geht euch einen Dreck an?!“

Lührs hob animiert sein fast leeres Bierglas. "Trinken wir auf die Arschlöcher".

Schapiro war einverstanden. "Jawohl das machen wir. Wir trinken auf jeden Einzelnen. Am Schluss sind wir total besoffen. Und in diesem Zustand ertrage ich die Arschlöcher immer am besten".

Als er am nächsten Morgen in seinem Bett aufwachte, wusste der Sportreporter nicht, wie er nach Hause gekommen war und er erinnerte sich auch nicht wie der Mann hieß, mit dem er auf die vielen Arschlöcher getrunken hatte.

****

Die Firma hatte für Shulamit Stern einen Flug mit der Lufthansa gebucht und nicht mit der ElAl.

Shulamit konnte sich denken, warum. Nachum wollte, dass sie sich möglichst schnell mit Deutschen und Deutschland vertraut machte. Seit dem Abendessen im Hotel hatte sie versucht, nicht daran zu denken, dass sie in die Heimat ihrer Eltern fliegen würde.

Es ist ein ganz normaler Auftrag, sagte sie sich. Nichts Besonderes. Sie sollte sich einem Mörder auf die Fersen setzen. Aber was war schon dabei? Seitdem sie für die Firma arbeitete, hatte sie bei vielen Einsätzen mit Mördern zu tun gehabt.

Nachum brachte sie selbst zum Ben Gurion Flughafen im Tel Aviver Vorort Lod. "Ich muss ohnehin in die Gegend", hatte er ihr gesagt, was aber vermutlich nicht stimmte. In der Abflughalle stauten sich die Menschen vor der Sicherheitskontrolle. Die Beamten fragten alle Passagiere ausführlich, woher sie kamen, was sie in Israel gemacht hatten, wohin sie wollten, und ob sie ihre Koffer auch selbst gepackt und nach dem Packen ständig unter Aufsicht gehabt hätten. Und dann kamen andere Beamte und stellten dieselben Fragen.

Nachum ging mit Shulamit an der Warteschlange vorbei und steuerte am Ende der Halle auf eine Tür zu, vor denen zwei Soldaten mit Maschinenpistolen standen. Kurz bevor er die Tür erreichte, ging ein Mann mit einer Reisetasche auf die beiden Soldaten zu. "Alles in Ordnung", sagte er. "Passieren lassen".

Ein Soldat öffnete die Tür mit einem Zahlencode. Der andere Soldat ließ sich nicht ablenken. Mit flinken Augen suchte er weiterhin die Wartehalle ab.

"Toda", sagte Nachum, bevor die Tür wieder ins Schloss fiel. Noch zweimal kamen der Geheimdienstboss und seine Agentin an Türen, vor denen Soldaten standen. Nachdem Nachum seinen Ausweis gezeigt hatte, ließen sie ihn passieren.

Shulamit hatte ihren Ausweis in der Firma gelassen. In Deutschland konnte sie ihn schließlich nicht gebrauchen. Sie war ja Journalistin und Journalisten laufen nicht mit Ausweisen des Mossad durch die Gegend, die gestohlen werden können und die schönste Tarnung auffliegen lassen.

Im Warteraum für den Lufthansa-Flug nach München bugsierte Nachum seine Agentin an die Bar. "Komm, wir trinken noch etwas. Dein Flug geht erst in einer guten halben Stunde".

Shulamit blickte auf ihre Armbanduhr. Es war etwas später als halb drei. "Du wirst in Deutschland viel Zeit haben", sagte Nachum. "Hol' Dir einfach einen Mietwagen. Fahr' durch die Gegend und sieh Dich um. Du kannst ja auch mal nach Bremen gehen. Von Düsseldorf nach Bremen brauchst du keine drei Stunden über die Autobahn."

Shulamit setzte ihre Kaffeetasse ab. "Was soll ich in Bremen? Gibt es da etwas Besonderes?"

"In Bremen haben deine Eltern zuletzt gewohnt".

"Falsch", korrigierte ihn Shulamit. "Sie haben zuletzt in Jaffa gewohnt. Dort sind sie gestorben und da sind sie auch begraben".

Nachum ging auf Shulamits Einwand nicht ein. "Dein Vater ist in Norddeutschland, in Vegesack, geboren. Das Städtchen ist 1939 auf Anordnung der Nazis von Bremen eingemeindet worden“.

"Na und?"

Der Mossad-Mann blickte seine Mitarbeiterin mit väterlicher Nachsicht an. "Geh einfach mal hin", sagte er. "Deine Eltern haben nicht die Kraft dazu gehabt. Aber du bist stark. Du kannst es schaffen. Und in Norddeutschland leben weniger alte und neue Nazis als in vielen anderen deutschen Gegenden".

Shulamit musste lachen. "Wirst du etwa von der deutschen Tourismusbehörde bezahlt? Ich will nicht auswandern, Nachum. Du hast mich zur Erledigung eines dienstlichen Auftrags nach Düsseldorf geschickt, erinnerst du dich?"

"Ich erinnere mich, Kleines. Und wenn Du in Deutschland bist, erinnere dich, was ich dir von Bremen gesagt habe".

Um 14.40 wurde der Lufthansa-Flug nach München aufgerufen. Shulamit machte keine Anstalten, aufzustehen. "Dann haben wir ja noch Zeit für eine zweite Tasse".

Doch Nachum drängte sie. "Es wird Zeit für dich, Kleines. Die Deutschen sind pünktliche Leute. Wenn die im Flugplan Abflug 15.15 Uhr stehen haben, dann heben die Räder auch um genau 15.15 Uhr ab".

"Und ich hab' gedacht, dass die Deutschen dazugelernt hätten", gab ihm Shulamit zur Antwort. "Die sind doch schon einmal mit ihrer Perfektion auf die Nase gefallen!".

"Stimmt nicht", widersprach Nachum. "Nicht die Deutschen - WIR sind auf die Nase gefallen. Die Deutschen sind wieder ganz oben".

****

"Jetzt bin ich auf deutschem Boden", sagte sich Shulamit als sie den Airbus der Lufthansa betrat.

Nach einem kurzen Blick auf ihre Bordkarte sagte die Stewardess: "Shalom, Frau Stern, ich begrüße Sie in der Ersten Klasse. Darf ich Ihnen die Reisetasche abnehmen?"

Die junge Frau in der Lufthansa-Uniform sprach ein makelloses Hebräisch, wie es Deutsche und Einwanderer in Israel nie beherrschen können. Wie kann eine Sabra nur für die Deutschen arbeiten?, fragte sich die Mossad-Agentin. Und nachdem sie die Stewardess eine Zeitlang gemustert hatte, gab sie sich auch selbst die Antwort: Vielleicht stammen ihre Vorfahren aus Marokko oder dem Irak. Und was sie vom Holocaust und den Nazis weiß, hat sie aus Schulbüchern.

Nur kurz nach dem Start klappte die Stewardess wortlos lächelnd das Klapptischchen aus der Armlehne von Shulamits Sitz und brachte koscheres Essen. Sie hatte es nicht bestellt und sie wunderte sich: Ob die Firma es gemacht hatte? Oder servierte die Lufthansa allen israelischen Passagieren automatisch koscher?

Shulamit blickte auf die Klapptische der anderen Passagiere. Die sprachen Deutsch miteinander und ihr Essen war nicht in Cellophan eingewickelt.

Sie stocherte mit dem Plastik-Wegwerf-Besteck lustlos in ihrem Hühnchen in brauner Soße und schob es schließlich zur Seite. Sie hatte keinen Hunger und das hatte nichts mit dem Hühnchen und der braunen Soße zu tun.

Shulamit angelte auf dem freigebliebenen Nebensitz nach den beiden Zeitungen, die ihr die Stewardess vorher gebracht hatte. Die "Ma'ariv" berichtete unter einer Balkenüberschrift über neue Korruptionsvorwürfe gegen Israels Premier Benjamin Nethanyahu.

Shulamits Kopfschütteln war kaum sichtbar. Die Firma wusste schon seit langem davon, aber sie behielt ihr Wissen für sich. Solche Erkenntnisse konnten sich schließlich noch einmal als nützlich erweisen. Beispielsweise wenn sich vorwitzige Politiker allzu intensiv mit Mossad-Operationen beschäftigen wollten. "In unserem Gewerbe erpresst Jeder Jeden", hatte ihr Nachum einmal gesagt. "Und wir müssen aufpassen, dass immer nur die Bösen von den Guten erpresst werden".

Auch die "Welt" beschäftigte sich mit Israel. Auf ihrer ersten Seite berichtete die deutsche Zeitung in großer Aufmachung über den Bau neuer jüdischer Wohnsiedlungen in den nach dem 6-Tage-Krieg besetzten palästinensischen Gebieten. Mit der Duldung und heimlichen Ermunterung dieser Siedler-Pläne durch die Regierung in Jerusalem werde der delikate Friedensprozess im Nahen Osten gestört. Damit würden gewaltsame Auseinandersetzungen mit dem von "ihrem" Land vertriebenen Arabern geradezu heraufbeschworen, las Shulamit. Dabei müssten doch gerade die Juden mit ihren leidvollen Erfahrungen wissen, was Vertreibung bedeute.

Kindsköpfe, sagte Shulamit zu sich selbst. Wer hat euch Deutsche denn zum Richter darüber bestellt, wem was im biblischen Land gehört?

Shulamit wollte nicht mehr lesen. Weder die "Ma'ariv" noch die "Welt". Die Israelin auf dem Weg nach Deutschland schloss die Augen und dachte über ihren Einsatz in Deutschland nach. Dem Land, das ihre Eltern geprägt hatte und ohne das sie wohl nie zur Welt gekommen wäre. Aber für Shulamit war Deutschland viel mehr das Land der Ungeborenen. Das Land der Millionen Toten, die keine Chance mehr hatten, Kinder in die Welt zu setzen, die ihrerseits Kinder und Kindeskinder bekommen würden.

Shulamit sah plötzlich die Schlussszene von Spielbergs Film "Schindlers Liste" vor sich. Einige der von diesem "gerechten" Nazi geretteten Juden und etliche ihrer Kinder und Kindeskinder zogen an seinem Grab in Jerusalem vorbei und einer nach dem anderen legte Steine auf die Grabplatte. Shulamit wusste, dass inzwischen fast 5.000 Nachkommen der „Schindler-Juden" lebten.

Ihr Nazis habt nicht nur die Millionen von Juden ermordet, sagte sich Shulamit, sondern auch die vielen Millionen von Ungeborenen. Und einem der Mörder von Lebenden und Ungeborenen sollte sie beim Prozess bald begegnen.

Was wird das für ein Mensch sein? Ein Buchhalter des Todes wie Adolf Eichmann? In der Schule hatte ihr Lehrer die Fernsehaufzeichnungen des Eichmann-Prozesses vorgeführt. Wie viele Israelis vor ihr hatte sie fassungslos erkannt, dass der Hauptarchitekt der „Endlösung der Judenfrage" keine Reue zeigte. Dass er einer der Verantwortlichen für die Massenmorde war, hatte sie ihm weniger angekreidet als seine unmenschliche Reuelosigkeit. Wer ein einziges Menschenleben rettet, der rettet die Menschheit. Aber der jüdische Glaubenssatz hat auch eine Kehrseite: Wer einen einzigen Menschen tötet, versündigt sich an allen Menschen.

„Davka“, sagte Shulamit leise und sie benutzte das hebräische Wort für „trotzdem“. Eichmann und seine vielen willigen Henker hatten das jüdische Volk ausrotten wollen, aber viele ihrer potentiellen Opfer waren ihren Mördern entronnen. Sie hatten Kinder bekommen, die selbst Eltern wurden. Das Volk der Juden hat überlebt. „Davka“, sagte Shulamit noch einmal.

Hinter ihren geschlossenen Augen schoben sich Bilder aus dem Spielberg-Film und Rampen-Szenen aus Konzentrationslagern übereinander. Daraus formte sich schließlich das Brustbild des Angeklagten im Düsseldorfer Prozess, das sie in der Reiseakte von Nachum gefunden hatte. Der Nazi-Mörder blickte ernst und gewichtig in die Kamera des Fotografen und sein Bild löste sich schließlich auf.

Shulamit war eingeschlafen und sie hörte nicht die Durchsage des Kapitäns, dass die Maschine deutschen Luftraum erreicht habe und bis zur Landung keine 20 Minuten mehr vergehen würden.

Shulamit fühlte eine Hand auf ihrer Schulter. Es war die Stewardess. "Entschuldigen Sie bitte Frau Stern. Wir landen gleich in München".

Die Maschine legte sich sanft in eine Linkskurve und Shulamit blickte aus dem Fenster. So weit sie sehen konnte, kamen grüne Acker- und Wiesenflächen in ihren Blick. Kleine Häuschen mit roten Dächern standen vereinzelt in der Landschaft herum und verdichteten sich zu einer Kleinstadt.

Shulamit hielt die vorbeieilende Stewardess am Blusenärmel fest. "Wissen Sie wie die kleine Stadt da unten heißt?"

Die Stewardess blickte hinaus und dann auf ihre Uhr. "Ich bin nicht ganz sicher. Aber so tief wie wir schon sind, müsste das Dachau sein".

Shulamit starrte die israelische Lufthansa-Stewardess wortlos an. Die setzte sich in den freien Sitz und sagte es noch einmal: "Das müsste Dachau sein. Wo das ehemalige Konzentrationslager ist. Wollen Sie dorthin?"

"Ich weiß es noch nicht". Shulamit sah angestrengt aus dem Fenster, als suche sie das Lager. "Ich weiß es noch nicht".

"Wir müssen uns für die Landung fertigmachen". Die Stewardess stand auf und drehte sich beim Weggehen noch einmal um und beugte sich zu Shulamit hinab: "Manchmal wünsche ich mir, dass wir abstürzen. Mitten in die Häuser hinein". Und dabei lächelte sie.

Beim Aussteigen fiel Shulamit auf, dass sich etliche Passagiere in der Touristenklasse verändert hatten. Beim Einsteigen in Tel Aviv hatten sie eine Yarmulke auf dem Kopf getragen. Meist ältere Männer, aber auch ein paar Jungen in kurzen Hosen.

Doch jetzt konnte Shulamit keine einzige Yarmulke mehr entdecken. Deutschen Boden betraten offensichtlich auch die orthodoxen Juden so kahlhäuptig wie die anderen Passagiere. Kein Judenstern auf der Brust und keinen auf dem Kopf, schoss es Shulamit durch den Kopf.

Durch die Glasscheiben der Gangway fiel strahlender Sonnenschein auf die Passagiere. Neben dem Flugzeug hatte sich ein Panzerwagen des Bundesgrenzschutzes postiert. In der Ankunftshalle erkannte Shulamit sechs Uniformierte. Drei Doppelposten. Sie musterten die Passagiere und umklammerten dabei Maschinenpistolen. Die linke Hand am Lauf und die rechte über dem Abzugshaken.

Amateure, dachte Shulamit. Sie haben euch israelische Uzi's in die Hand gedrückt, aber nicht gezeigt, wie man damit umgeht. So wie ihr da steht, schießt ihr euch im Ernstfall doch gegenseitig über den Haufen, oder auch nur Löcher in die Decke. Beim Militär hatte sie gelernt, wie die Läufe der Uzi's beim Dauerfeuer nach oben wandern. Und sie wusste auch, wie sich Rechtshänder im Doppelposten gestaffelt aufstellen mussten. Auf jeden Fall anders als die jungen Grenzschützer.

Instinktiv suchte Shulamit die Winkel der Ankunftshalle ab, die den Grenzschützern verborgen blieben. Denn sie hatte auch gelernt, nur Wachtposten zu vertrauen, die den zu Schützenden den Rücken zuwenden. Aber andererseits: Wer schützte hier wen?

Der deutsche Grenzer an der Zollkontrolle grüsste freundlich. "Willkommen in Deutschland". Mit einer schnellen Handbewegung nahm er Shulamits Pass von der hohen Theke, hinter der er in einem offenen Kabuff saß. Er klappte das israelische Ausweispapier auf, blickte in Shulamits Gesicht und legte den Pass dann auf eine Glasplatte.

"Alles in Ordnung", sagte er nach zwei Sekunden und reichte den Pass zurück.

Shulamit ging am Gepäckförderband vorbei direkt auf die Zollschranke zu. Sie wusste, dass sie ihren Koffer im Düsseldorfer Hotelzimmer vorfinden würde. "Was geht den deutschen Zoll schon an, was die Gerichtsreporterin Shulamit Stern in ihrem Gepäck hat?", hatte ihr Nachum gesagt. Die Firma hatte schließlich Transportmöglichkeiten, die Zöllner-Neugier erst gar nicht aufkommen ließ.

Shulamit ging mit ihrer Reisetasche auf den Ausgang mit dem grünen Zeichen "Nichts zu deklarieren" zu.

"Einen Augenblick bitte", stoppte sie der Zöllner. "Von woher kommen Sie?"

"Aus Tel Aviv".

"Ist das alles an Gepäck?"

"Ja, ich brauche nicht viel". Shulamit sprach ihr akzentfreies Deutsch.

"Kann ich mal Ihren Ausweis sehen?"

Andere Passagiere mit schweren Koffern auf Gepäckwagen schoben sich an Shulamit vorbei und der Zöllner hielt sie nicht auf.

"Shulamit Stern", sagte der Uniformierte und er betonte die letzte Silbe Ihres Vornamens. "Sind Sie israelische Staatsbürgerin?"

"Wenn ich mich nicht irre, steht es im Pass".

Der Zöllner ging auf ihren gereizten Ton nicht ein. "Würden Sie bitte die Tasche für mich öffnen?

Wer hat nur die Profile für Euch gemacht?, fragte sich Shulamit. Nahost-Passagier nur mit Reisetasche fällt gleich in die Terroristen-Kategorie. Bei nach Israel fliegenden Passagieren macht das ja vielleicht Sinn. Aber doch nicht bei ankommenden Fluggästen.

Der Zöllner kramte in Shulamits Tasche und holte einen Deo-Stift und eine Tube Zahnpasta heraus. "Darf ich das öffnen?", fragte er und schraubte schon die Tube auf.

"Pfefferminzgeschmack", klärte ihn Shulamit auf, aber der Zöllner roch lieber selbst. Auch beim Deo-Stift vergewisserte er sich mit Geruchsprobe, dass die Packung wirklich einen Deo-Stift enthielt.

"Alles in Ordnung", sagte er und zog den Reißverschluss der Tasche wieder zu.

In der Transithalle trank Shulamit Kaffee aus einer braunen Plastiktasse und sie wunderte sich, dass sich Jeder ohne zu bezahlen bedienen konnte. In einem breiten Ständer befanden sich ebenfalls zur kostenlosen Selbstbedienung Zeitungen. Shulamit ging achtlos daran vorbei. Die Zeitungen interessierten sie nicht, sie beobachtete die wartenden Menschen. Ausnahmslos alle sahen harmlos aus. Niemand wirkte wie ein Täter vor mehr als 50 oder 60 Jahren.

Aber Shulamit wusste, dass Mörder selten wie Mörder aussehen. Sie hatte tote Palästinenser gesehen, die Anschläge in

Israel verübt hatten. Und alle diese Toten sahen so aus, wie ihr Bruder ausgesehen hätte, wenn es ihn geben würde.

Während des kurzen Fluges nach Düsseldorf saß ein Mann in einem erkennbar teuren Anzug neben ihr. Er hatte sie nur wortlos angesehen als er sich in den Sessel neben ihr setzte. Als ihn die Stewardess noch vor dem Abflug fragte, was er trinken wolle, hatte er nur kurz "Nichts" geantwortet, den Sessel nach hinten geklappt und die Augen geschlossen.

Auf die Durchsagen aus dem Cockpit vor dem Start und vor der Landung mit der Bitte, die Rückenlehnen senkrecht zu stellen, hatte er nicht reagiert. Aus den Augenwinkeln konnte Shulamit beobachten, dass der Mann nicht schlief. Denn immer wieder öffnete er die Augen. Die Stewardess wagte es nicht, ihn zu stören.

Auf dem Düsseldorfer Flughafen wurde Shulamit von keinem Passkontrolleur und auch nicht von Zöllnern aufgehalten. Wie ihr Nachum aufgetragen hatte, ging sie durch die Halle ins Freie an den Taxistand.

Sie stieg in ein cremefarbenes Mercedes-Taxi. "Zum Breidenbacher Hof bitte".

"Bitte gleich, schöne Frau", gab der Fahrer zur Antwort. "Herrliches Wetter heute".

"Ja", gab Shulamit einsilbig zurück. Ihr fiel auf, dass der Mann kein Deutscher war, was sie erleichterte.

Der Fahrer blickte sie im Rückspiegel an. "Wo kommen Sie her? Von weit weg? Urlaub gemacht?"

"Nur aus München".

"Ahhh München". Der Fahrer nahm beide Hände vom Steuer und war sehr begeistert. "Sehr schöne Stadt. Viel Bier. Sehr schöne Stadt".

Das Geplapper des Fahrers tat Shulamit gut. Es erinnerte sie an zu Hause.

"Sie sind aber auch nicht in München oder Düsseldorf geboren", sagte Shulamit.

"Machen Sie mich nicht erschreckt. Ich komme aus Iran. Waren Sie schon mal da?"

"Nein, leider nicht. Aber ich habe gehört, dass es in Ihrer Heimat sehr schön sein soll".

Shulamit kannte den Iran vielleicht besser als der Fahrer. Viermal war sie schon da gewesen. Nach zwei Besuchen hatte es fünf Beerdigungen gegeben. Die anderen beiden Male hatte sie Raketenteile aus dem Land geschmuggelt, von denen die iranischen Militärs vermutlich immer noch nicht wussten, dass sie ihnen fehlten.

"Sie müssen unbedingt meine Heimat besuchen, schöne Frau", beschwor der Taxifahrer seinen Passagier. Er fuchtelte aufgeregt mit beiden Armen und der Mercedes driftete auf die Gegenfahrbahn.

"Da kommt ein Auto", fuhr Shulamit verschreckt hoch.

Der Iraner lenkte das Taxi mit einem kurzen Schlenker auf die rechte Fahrbahnseite zurück und lachte unbekümmert: "Ein Unglück nie passiert. Allah immer dabei".

Allah schützte den Iraner, die Jüdin und den Mercedes bis vors Portal des "Breidenbacher Hof".

"Fahrpreis 22 Euro 80", verkündete der Taxifahrer.

„25 Euro", sagte Shulamit. Sie gab dem Mann einen 50-Euro-Schein und sie nahm das Wechselgeld ohne nachzuzählen. "Vielen Dank und einen schönen Tag wünsche ich Ihnen noch".

Während der Iraner "Danke, Danke", sagte, fragte sie sich, woher die Firma das deutsche Geld hatte, das sie in der Tasche trug. Sie wünschte sich, dass es von den Spezialisten in Tel Aviv in Heimarbeit hergestellt worden wäre.

Shulamit kannte die Geschichte der jüdischen Häftlinge im Konzentrationslager Sachsenhausen, die im Auftrag der Nazis

Pfund-Noten fälschen mussten, weil damit die britische Wirtschaft geschädigt werden sollte. Einen der Überlebenden der „Operation Bernhard" hatte sie selbst kennen gelernt.

Aber die nach Deutschland geschickte Mossad-Agentin wusste natürlich, dass die „Firma" Betriebsangehörige niemals mit Falschgeld reisen lassen würde. Wenn schon Falschgeld, dann nur, um jemandem damit zu schaden. Beispielsweise, um Leute ins Gefängnis zu bringen.

Shulamits Zimmer im dritten Stock bot einen freien Blick auf den Düsseldorfer Hofgarten. Es war schon vor Stunden dunkel geworden und auf den Straßen stauten sich die Autos. Die fleissigen Deutschen, erinnerte sich die Agentin aus Tel Aviv. Fleißig waren sie. Immer und bei allem.

Ihr Koffer lag auf dem Kofferständer direkt hinter der Eingangstür. Shulamit kramte den Lippenstift aus ihrer Reisetasche und zog den Drehverschluss an seinem Ende ab. Zum Vorschein kam ein kleines Blaulicht, das von einer Knopfzellenbatterie gespeist wurde. Sie leuchtete die Scharniere am Kofferboden an und war beruhigt: Niemand hatte den Koffer geöffnet.

Sie schloss den Koffer auf und holte einen Stahlbügel heraus, den sie unter die Tür des Hotelzimmers schob. Wer jetzt ungebeten ins Zimmer wollte, musste schon einen Räumpanzer mitbringen. Und der passte vermutlich nicht in den Aufzug.

Shulamit zog sich aus und duschte. Beim Abtrocknen betrachtete sie ihren Körper im Spiegel des Badezimmers. Nach Noah hatte niemand mehr ihre kleinen Brüste und alles andere gesehen. Eigentlich schade, sagte sie zu sich selbst. Aber außer Noah gab es ja auch niemanden, dem sie es hätte zeigen wollen. Niemand wäre es wert gewesen, sie zu berühren.

Nackt ging sie ins Zimmer zurück, um ein langes T-Shirt aus dem Koffer zu holen, das sie als Nachthemd benutzen wollte. Als sie das Hemd hervorkramte, stieß ihre Hand an eine

Schachtel, die sie ganz sicher nicht in den Koffer gelegt hatte. Verwundert holte sie die Schachtel heraus und öffnete sie vorsichtig. Zum Vorschein kam eine kleine Pistole. Eine kurzläufige „Baby-Browning“, die in einem Bundhalfter steckte.

Im Deckel der Schachtel lag ein gefalteter Zettel. "Ich habe es mir anders überlegt. Pass auf Dich auf, Kleines. Nachum".

Im Magazin der Browning steckten sechs Patronen und Shulamit wusste, dass es fünf zuviel waren. Wenn sie nach dem ersten Schuss nicht in Sicherheit war, würden ihr die anderen Kugeln kaum noch etwas nutzen.

****

Theo Schapiro langweilte sich in der Redaktion. Seit seiner Ernennung zum Gerichtsreporter machte Frieder Nolte die Sportseiten allein. Schapiro rührte in Sport-Sachen keinen Finger mehr. Wenn der Chefredakteur schon meinte, ihn zum Prozess-Beobachter machen zu müssen, dann konnte er sich den Sportredakteur Schapiro abschminken.

Schapiro hatte sich aus dem Archiv jede Menge "Juden-Kram" geholt. Meistens Berichte über frühere NS-Prozesse. Zeitungsartikel, die mit Leim auf Schreibmaschinenpapier geklebt worden waren. Vor zwei Jahren hatte der "Anzeiger" damit begonnen, sein Archiv auf "Elektronik" umzustellen. Von den Leimklebern im 5. Stock wurden Berichte aus allen möglichen Zeitungen eingescannt und im Zentralrechner gespeichert.

Statt sich durch die Papierberge im Archiv zu wühlen, brauchten die Redakteure an den Computern auf ihren Schreibtischen nur Stichworte einzutippen und blitzschnell kamen die Archivunterlagen auf den Bildschirm. Den größten Teil des Papierarchivs hatten die Kleber schon abgespeichert.

Zum Stichwort "NS-Prozess" hatte Schapiro keine einzige Unterlage im Elektronik-Archiv gefunden. "Den Quatsch will kein Mensch mehr haben", gab ihm der Ober-Kleber Bescheid. "Der nimmt doch nur unnötig Speicherplatz weg". Aber wenn er unbedingt wolle, könne er ja die alten Papierakten haben.

Schapiro zog die unterste Schublade aus seinem Schreibtisch heraus, legte seine Beine darauf und blätterte die Klebe-Papiere eher flüchtig durch.

"Du hast es gut", rief ihm Frieder Nolte zu, dessen Schreibtisch keine zwei Meter entfernt mitten im Raum der "Sport-Bude" stand. "Du machst es dir bequem und ich hab' den Scheiß mit Boris Becker am Hals".

"Was für'n Becker-Scheiß denn?"

„Na, die Scheiß-Serie, die ich zum Geburtstag unseres deutschen Tennis-Helden schreiben muss“.

„Kannst ja schreiben, dass der Becker ein Idiot ist“, empfahl Schapiro. „Der hat mächtig die Steuer beschissen und deshalb haben sie Bum-Bum-Boris zu Recht die deutsche Steuerfahndung auf den Hals gehetzt“.

„Du spinnst wohl“, widersprach Nolte. „Der Becker war höchstens ein Rindvieh, weil er nicht in Monaco geblieben ist. Der hat mit seiner Ballklopperei prima Werbung für Deutschland gemacht und beim Finanzamt auch viele Millionen Märker an Steuern abgeliefert. Und als ihm das zuviel wurde, hat er sich nach Monaco abgesetzt. Da hat sich die Bild-Zeitung aufgeregt und dieser Idiot ist nach München zurückgekommen und hat weiter gelöhnt. Und was macht das Finanzamt? Das bedankt sich mit der Steuerfahndung. Die spinnen doch".

Schapiro wollte nicht mehr diskutieren und zuckte nur mit den Schultern. „Steck dir den Becker doch in den Arsch“.

Auf seinem Schreibtisch klingelte das Telefon. Jemand von der Justizpressestelle des Landgerichts in Düsseldorf war am Apparat. "Herr Schapiro, die Akkreditierungen für den NS-

Prozess sind fertig. Sie können Ihre Pressekarte auf Zimmer 201 abholen. Bringen Sie doch bitte eine Identifizierung mit".

"Reicht mein Personalausweis?".

"Natürlich. Jedes amtliche Ausweispapier mit Lichtbild".

Schapiro lies die geklebten Juden-Sachen in die offene Schreibtischschublade fallen und er schloss sie mit einem Fußtritt. "Na, dann wollen wir mal dem Auge des Gesetzes in die Pupille sehen".

Nur einmal in seinem Leben hatte Schapiro ein Gerichtsgebäude betreten. Und seit dieser Zeit traute er der Obrigkeit im Allgemeinen und der Justiz im Besonderen nicht mehr über den Weg. Und schuld daran waren zwei Polizisten.

Als Jungreporter hatte er sich eines Nachts in sein Auto gesetzt und war einem Streifenwagen hinterhergefahren. Nur so aus Neugier. Vielleicht würde ja etwas Spannendes dabei herauskommen, worüber er hätte schreiben können. Den Polizisten war der "Schatten" offensichtlich nicht recht. Ein paar Mal bremste der Fahrer auf Schritttempo ab, und Schapiro blieb hinter dem Polizeiwagen. Als der Streifenwagen dann mitten in der Stadt auf fast hundert Stundenkilometer beschleunigte, um Schapiro abzuhängen, raste auch der junge Reporter. Was kann mir schon passieren, sagte er sich. Die Brüder sind nicht im Einsatz und sie fahren nicht mit Blaulicht. Wenn Sie mich wegen Geschwindigkeitsübertretung anzeigen wollen, haben sie selbst eine Anzeige am Hals.

Plötzlich hatte der Polizisten-Copilot eine Kelle aus dem Fenster gehalten. Freundlich waren sie an Schapiros Wagen gekommen. "Guten Abend, mein Herr. Verkehrskontrolle. Können wir mal Ihre Fahrzeugpapiere und den Führerschein sehen?"

Schapiro hatte noch seinen Presseausweis obendrauf gelegt. Während ein Polizist die Papiere kontrollierte, ging der andere Beamte inspizierend um Schapiros Auto herum.

"Aha", sagte er plötzlich und leuchtete mit seiner Taschenlampe die Reifen an. "Der rechte Hinterreifen ist völlig abgefahren, mein Herr. Da ist ja stellenweise sogar schon das Gewebe zu sehen".

Schapiro stieg aus um mit eigenen Augen zu sehen, was er für unmöglich hielt.

"Hier das rechte Hinterrad", sagte der Beamte und der Kegel seiner Taschenlampe fiel auf einen der beiden nagelneuen Reifen, die Schapiro vor einer Woche in der Werkstatt hatte montieren lassen. An der Außenwand war noch der Kreidestrich zu sehen, mit dem der Monteur die Laufrichtung markiert hatte.

Schapiro blickte den Polizisten ungläubig an. "Das ist ein ganz neuer Reifen, Herr Wachtmeister".

Der Kollege des Taschenlampenhalters fuhr mit der Hand über die tiefen Profilrillen und war ebenfalls entsetzt. "Das kann doch nicht wahr sein. Total abgewetzt. Mit solch einem Reifen durch die Gegend zu fahren ist lebensgefährlich, Mann!"

Schapiro sagte nichts mehr.

"Ohne Anzeige können wir Sie nicht laufen lassen", teilte der Polizist schließlich mit. "Und lassen Sie das ganz schnell reparieren. Wenn wir Sie noch einmal mit diesem Reifen erwischen, wird das richtig teuer".

Drei Wochen später war Schapiro ein Bußgeldbescheid des Amtsgerichts ins Haus geflattert. 90 DM sollte er zahlen. Schapiro kochte vor Wut und legte sofort Einspruch ein.

Die Gerichtsverhandlung fand zwei Monate später vor einem Einzelrichter statt. Dem präsentierte der Reporter die Rechnung über die beiden neuen Reifen: „Beachten Sie bitte das Rechnungsdatum, Herr Richter. Ich habe die Reifen sechs Tage vor der Verkehrskontrolle aufziehen lassen. Und haben Sie schon mal davon gehört, dass man Reifen in so kurzer Zeit bis aufs Gewebe abfahren kann?“

"Was ist Ihre Darstellung, meine Herren?", fragte der Richter die beiden als Zeugen geladenen Polizisten.

"Ganz einfach, Herr Richter", sagte der eine. "Am Fahrzeug des Beschuldigten waren an den beiden Vorderrädern relativ neue Reifen vorhanden, die wir nicht zu beanstanden hatten. Wir haben lediglich den rechten Hinterreifen bemängelt, der sich in dem in der Anzeige beschriebenen Zustand befand. Der linke Hinterreifen war übrigens ein Grenzfall".

Ungefragt meldete sich der zweite Polizist: "Genauso war es".

Da war Schapiro aufgesprungen: "Unerhört. Das ist doch nicht wahr".

Bevor er noch mehr sagen konnte, warnte ihn der Richter: "Schluss damit. Wenn Sie so weitermachen, werde ich Sie mit einer Ordnungsstrafe belegen".

Die beiden Polizisten schworen mit erhobenen rechten Händen und mit durchgedrücktem Kreuz, "die Wahrheit" gesagt zu haben. "So wahr mir Gott helfe".

Darauf sagte der Richter nur: "Beschlossen und verkündet: Geldstrafe 90 Mark". Und während der Protokollführer notierte, teilte der Richter dem Meineidsopfer Schapiro mit: "Danken Sie dem lieben Gott, dass ich heute meinen fröhlichen Tag habe".

Als Schapiro ins Zimmer 201 kam, sah er zuerst ihre Beine. Sein Blick wanderte langsam hoch und er sah das Profil der Frau. Ihre langen dunkelbraunen Haare verdeckten nur teilweise ihren schlanken Hals. Er schätzte ihr Alter auf höchstens 30 Jahre und sie faszinierte ihn. Er hörte ihre dunkle, aber auch gleichzeitig warme Stimme sagen: "Die Akkreditierungsunterlagen hat meine Redaktion doch schon vor Wochen geschickt".

Die Beamtin in der Justizpressestelle schüttelte nur mit dem Kopf. "Kann nicht sein, unter dem Namen 'Stern' haben wir hier nichts".

Schapiro trat neben die schöne Frau und mischte sich einfach ein: "Vielleicht haben Sie die Sachen unter dem Namen der Zeitung abgelegt?"

Shulamit Stern blickte Theo Schapiro dankbar an und lächelte dabei. "Ja, vielleicht ist es das. Ich bin für die Ma'ariv hier. Ma'ariv, Israel".

Die Justiztante zuckte zurück. "Israel? Ausländische Presse? Na, das hätten Sie doch gleich sagen können". Sie griff zu einem anderen Aktenordner und blätterte ihn durch. "Da ist es doch". Sie zog ein postkartengroßes Stück Karton heraus. "Da ist er. Kann ich mal Ihren Ausweis sehen?"

Shulamit reichte ihr den Pass. "Israel", sagte die Frau, "wer hätte das gedacht. Wir werden ja noch glatt berühmt".

Sie drehte sich zu Schapiro hin: "Und wie ist Ihr Name?"

"Theodore Schapirot", sagte Theo ohne eine Miene zu verziehen und er sprach es mit einem französischen Akzent aus.

Die Justizbeamtin blickte Theo unsicher an. "Soll das Französisch sein? Sind Sie etwa von der Frankreich-Presse?

"Wie man's nimmt. Isch bin vom Anzeigärr. Anzeigärr, Düsseldorf".

Shulamit Stern musste lachen. Ein Deutscher mit Humor. Damit hatte sie nun wirklich nicht gerechnet.

Die Frau in der Justizpressestelle war von seiner Vorstellung weniger begeistert. "Ausweis!", forderte sie knapp.

Sie studierte den Ausweis gründlich. „Also Herr Schapiro sind Sie“, sagte sie laut und händigte Theo die amtliche Pressekarte aus. Der fand keinen Grund, sich dafür zu bedanken.

Gemeinsam verließen Shulamit und Theo das Zimmer 201. "Vielen Dank für Ihre Hilfe", sagte sie draußen auf dem Flur und reichte ihm ihre Hand. "Ich heiße Shulamit Stern. Ich bin von Ma'ariv und habe von Deutschland nicht sehr viel Ahnung".

"Immer noch Theo Schapiro vom ‚Anzeiger' hier im Kaff", sagte Theo. "Ich bin Spezialist für alles und besonders in Deutschland-Hilfe. Was halten Sie davon, wenn wir einen Kaffee trinken und ich Ihnen alles erzähle?"

Shulamit musterte den Mann, der sie für eine Kollegin hielt. Etwas aufdringlich, sagte sie sich, aber ganz nett.

"OK, sagen Sie mir wo es langgeht".

"Am besten ins Cafe Bern auf der Königsallee", sagte Theo. „Wir brauchen nur fünf Minuten zu laufen. Die 'Kö' ist die Prachtstrasse hier. Da flanieren alle Leute auf und ab, die gesehen werden wollen".

Shulamit lachte. "Und Sie wollen natürlich gesehen werden".

Schapiro sah sie an, aber er lächelte nicht einmal. "Mit einer Begleiterin wie Sie 24 Stunden am Tag".

Beim Cafe Bern waren auf dem Gehsteig Tische und Stühle aufgestellt. Aber nicht ein einziger Tisch war frei.

"Gehen wir hinein", schlug Theo vor. "Drinnen ist es wahrscheinlich so leer, dass wir Rollschuh laufen können".

"Ich will aber nicht Rollschuh laufen, sondern lediglich einen Kaffee trinken".

"Ganz wie die Dame aus Israel belieben".

Schapiro hatte Recht gehabt. Im Cafe selbst waren gerade drei Tische besetzt und sie fanden noch einen freien Platz am Fenster. Höflich schob er Shulamits Stuhl zurecht und setzte sich dann mit einem erleichterten Seufzen ihr gegenüber.

"Stühle mit Henkel", sagte er, "ich liebe sie".

Shulamit beugte sich vor: "Stühle mit Henkel haben Sie gesagt? Was ist denn das?"

"Na, ganz einfach. Stühle mit Armlehnen". Schapiro flegelte sich auf den Polsterstuhl und ließ beide Arme auf die Lehnen plumpsen. "Ich hasse diese Bistro-Stühle, auf denen man sich das Kreuz durchbricht und nach zehn Minuten nur noch den Wunsch hat, zu verduften. Bistro-Stühle sind bestimmt eine jüdische Erfindung".

Die Israelin blickte ihn fragend an. Beide bestellten bei der Kellnerin 'Capuccino' und dann wollte es Shulamit wissen: "Eine jüdische Erfindung, sagten sie?"

Schapiro nahm die Gereiztheit in ihrer Stimme nicht wahr. "Na klar. Umsatz machen, abkassieren und dann raus".

"Haben Sie noch mehr solcher Sprüche auf Lager?"

"Da müsste ich scharf nachdenken", sagte Schapiro. "Aber ich merke, meine Sprüche gefallen Ihnen nicht".

"Sie gefallen mir schon, aber ich hätte sie von Ihnen nicht erwartet".

"Wieso? Weil ich Deutscher bin, und keine Witze über Juden machen darf? Liebe Frau Kollegin, ich bin 32 Jahre alt, ich habe keine Schuldgefühle, und beim Wort 'Jude' falle ich nicht in ehrfürchtige Ohnmacht".

Shulamit blickte ihn lange an. "Warum sollten Sie auch?“, sagte sie schließlich. "Sind Sie getauft?"

Schapiro wusste nicht, was seine mögliche Taufe mit Bistro-Stühlen zu tun haben könnte. "Nein, warum fragen Sie?"

"Weil Sie einen schönen Namen haben".

Theo zog die Schultern hoch. "Schapiro. Nichts Besonderes. Und deshalb sollten wir das Thema wechseln und über das Wetter reden".

Shulamit ließ sich nicht beirren. "Wissen Sie, woraus sich 'Schapiro' im Hebräischen ableitet?"

Theo war der Verlauf des Gesprächs nicht besonders angenehm. Die Israelin war ja hübsch. Ausgesprochen hübsch sogar. Aber deshalb musste sie ihn doch nicht gleich auseinander nehmen. "Weiß ich nicht. Und interessiert mich auch nicht besonders".

Minutenlang schwiegen sich Theo und Shulamit an, und dann fragte sie einfach: "Warum schämen Sie sich, Jude zu sein?"

Die Frage traf Theo wie ein Faustschlag. Er spürte, dass sich auf seiner Stirn, im Nacken und auf den Handflächen kleine Schweißperlen bildeten. Er fühlte sich ertappt und er musste sich rechtfertigen. Ob er es wollte oder nicht.

"Woher wissen Sie?"

"Weil die getauften Schapiros alle ihren Namen geändert haben. Und weil Nicht-Juden andere Juden-Witze erzählen als Juden, die nicht erkannt werden wollen. Vom großen Unterschied zwischen Juden-Witzen und jüdischen Witzen ganz zu schweigen".

"Von wegen Jude", brauste Theo auf. "Und nichts für ungut, Madame Israel. Ich bin Deutscher verstehen Sie?"

"Und was hat das damit zu tun, dass Sie kein Jude sein wollen? Als ich das letzte Mal nachgesehen habe, war 'jüdisch' keine Nationalität. Und das 'Madame Israel' können Sie sich sparen. Ich kenne übrigens genug Israelis, die keine Juden sind und auch nie welche werden wollen".

"Na bestens", sagte Theo Schapiro. "Und ich bin Deutscher, der nicht mit dem Juden-Etikett durch die Gegend latschen will. Denn ich will Ihnen mal ein Geheimnis verraten: Die Leute hier sehen das ganz anders. Für die ist man entweder Deutscher oder Jude. Aber nicht Beides auf einmal“.

"Das ist doch Unsinn!"

"Unsinn, sagen Sie? Kennen Sie die Geschichte von Ignatz Bubis, dem vor ein paar Jahren gestorbenen ehemaligen Präsidenten des ‚Zentralrats der Juden in Deutschland'. Fällt Ihnen beim Vereinsnamen 'was auf? 'Zentralrat der Juden in Deutschland'. Und nicht etwa Zentralrat der jüdischen Deutschen. Merken Sie was? Warum nennen die ihren Verein nicht gleich 'Judenrat'? Das ist den Deutschen doch noch so schön aus der NS-Zeit geläufig".

Shulamit starrte Schapiro an. Diesen Ausbruch hatte sie nicht erwartet.

"Und Sie können den Bubis ja mal fragen, was ihm bei der Wahl von Ezer Weitzman zum israelischen Staatspräsidenten passiert ist. Kennen Sie die Geschichte? Da haben ihm deutsche Politiker Telegramme geschickt und ihm zur Wahl seines neuen Präsidenten gratuliert. Da hat der Chef des Zentralrats der Juden in Deutschland ein paar Mal kräftig schlucken müssen. 'Ich bin deutscher Staatsbürger jüdischen Glaubens', hat er denen zurückgeschrieben. 'Warum beglückwünschen Sie mich da zur Wahl Weitzmans? Mein Präsident ist doch schon viel früher gewählt worden. Und der heißt nicht Weitzman, sondern Richard von Weizsäcker. Und der residiert nicht in Jerusalem, sondern bei euch und mir gleich um die Ecke'. Und soll ich Ihnen noch was sagen, Frau Stern? Die deutschen Politiker haben wohl bis heute nicht begriffen, was in den Bubis gefahren ist".

Theo Schapiro blickte Shulamit kopfschüttelnd an. "Da sagen Sie mir, dass ich Deutscher und Jude zur selben Zeit sein kann? Hat sich was. Da muss man sich schon schön entscheiden. Ich kann Ihnen nur sagen, dass ich da lieber Deutscher als Jude sein will. Denn ich bin hier zu Hause und will kein Ausländer sein. Und wenn mich die Leute für einen Idioten halten, sollen sie mir das auch sagen. Und sich nicht in die Hose machen, weil man einem armen Juden mit all seinem Leid natürlich nicht sagen kann, dass er nicht mehr alle in der Birne hat. Ich will normal sein, verstehen Sie das nicht?"

Shulamit spürte, dass Theo zum ersten Mal aussprach, was ihn schon lange bewegte. Und sie wusste nicht, was sie ihm antworten sollte.

"Wir haben alle unsere Konflikte", sagte sie schließlich. "Meine Eltern stammen auch aus Deutschland und sie sind nach Palästina emigriert. Und da bin ich geboren worden. Und die Juden in Israel müssen um ihr nacktes Überleben kämpfen, Herr Schapiro. Wir können nicht einfach sagen: Das passt mir nicht und ich bin jetzt einfach etwas anderes. Den Luxus haben wir nicht. Wir können nicht sagen: Und ab heute bin ich Chinese. Jude zu sein, ist keine Wahlentscheidung. Sie sind es und sie bleiben es."

Theo Schapiro fuhr mit der Hand über seine Augen und rieb seine Stirn.

"Ich wollte Sie nicht verletzen", sagte Shulamit.

"Ich weiß". Wie zur Bestätigung sah Schapiro die 'Kollegin' aus Israel mit einem strahlenden Lächeln an. "Ich weiß".

"Wo sind Sie denn geboren worden", fragte sie, um dem Gespräch eine andere Wendung zu geben, "und leben ihre Eltern noch?".

Theo Schapiro blickte auf die Tischplatte und sagte schließlich: "Meine Eltern haben den Schlamassel überlebt. Ein paar Jahre nach dem Krieg haben sie wieder in unserer Heimatstadt Solingen gewohnt. Aber sie konnten sich nicht mehr zurechtfinden. Alle unsere Verwandten sind doch umgekommen. Auch meine Schwester Klara, die ich nie gesehen habe. Ich bin ja ein Nachkömmling. Als ich mit der Schule fertig war, sind meine Eltern nach Kanada ausgewandert. Die wohnen jetzt in einem Dorf bei Vancouver. Ich bin hier geblieben. Ich wollte nicht weglaufen".

"Solingen, Solingen...", sagte Shulamit. "Das habe ich doch irgendwo schon mal gehört.

"Bestimmt", bestätigte Theo. "Solinger Stahlwaren. Die sind weltberühmt. Ich wohne noch in Solingen. Das ist hier von Düsseldorf gleich um die Ecke".

"Es hat nichts mit Stahlwaren zu tun". Shulamit dachte angestrengt nach. "Da war noch etwas anderes mit Solingen".

Schapiro schüttelte nur mit dem Kopf. "Ganz bestimmt nicht. Solingen ist Solinger Stahlwaren. Mehr ist da nicht".

Doch plötzlich wusste es Shulamit wieder. "Solingen", sagte sie, "in Solingen ist Adolf Eichmann geboren worden".

Schapiro legte wortlos seine Stirn in Falten.

"Adolf Eichmann", sagte Shulamit lauter. "Adolf Eichmann. SS-Obersturmbannführer. Wannsee-Konferenz. Endlösung der Judenfrage".

"Ach, Gott", meinte Schapiro nur. "Eichmann und Solingen. Sie verderben mir noch meinen ganzen Stolz darauf, Solinger zu sein".

Shulamit streckte ihre Hand aus und Theo Schapiro ergriff sie. "Wenn Sie stolz darauf wären, Jude zu sein, hätten Sie es leichter".

****

Heinrich Assmann saß im Chefzimmer der Assmann-Apparatebau und war mit sich und der Welt zufrieden. Für 12 Uhr hatte Oberbuchhalter Bachmeier um „Audienz“ gebeten, um dem Boss das Betriebsergebnis des 1. Quartals vorzulegen.

"Wie sehen die Zahlen aus?", fragte der fast 80jährige Assmann erwartungsfroh und er konnte sich schon denken, wie die Antwort ausfallen würde. Niemand kannte den Betrieb so gut wie Assmann und er wusste, wann der Laden „brummte“ und wann nicht.

"Bestens wie immer", verkündete der Zahlenknecht. "Gegenüber dem gleichen Quartal des Vorjahres haben wir wieder sechs Prozent Umsatzsteigerung. Bei den Ausfuhren in Außer-EG-Länder sind es sogar 14 Prozent".

"Und die Kosten, Bachmeier? Wie haben sich die Kosten entwickelt? Die Kosten fressen uns noch mal auf".

"Kein Grund zur Klage, Chef. Die Kostensteigerungen liegen innerhalb der Inflationsrate. Keine vier Prozent gegenüber dem Vorjahr. Aber wir haben noch Luft zum Drücken".

Assmann sah den Buchhalter missbilligend an. "Wo wollen Sie denn die Kosten drücken, Mann?".

"Bei den Lohnkosten, Chef. Wir können Personal abbauen".

"Da müssen Sie mir erst mal sagen, wo Faulenzer rumhängen, die wir rausschmeißen können, Bachmeier. Ich geh' jeden Tag durch den Betrieb und sehe keinen. Und wir haben doch soviel durchrationiert wie es nur geht. Und wenn wir in der Produktion Leute rausnehmen, liefern die uns Schrott. Das kommt uns doch viel teurer".

Bachmeier ließ nicht locker. "Ich denk dabei auch gar nicht an die Produktion, Chef. Wir haben einen Wasserkopf in der Verwaltung. Der Herrmann ist ja ein guter Prokurist. Aber brauchen wir die Marktforschungsabteilung, die er da eingerichtet hat? Da sitzen vier Leute rum und die kosten uns über 74.000 Euro im Monat. Was die der Firma bringen, weiß ich beim besten Willen nicht. Wir haben schon jetzt mehr Aufträge als wir erledigen können. Was brauchen wir da Leute, die zusätzlich Aufträge anschleppen sollen?"

Bachmeier hatte sich selbst in Begeisterung geredet. "74.000 Euro im Monat. Das sind fast 900.000 im Jahr, Chef".

Assmann hatte seinem Buchhalter ohne erkennbare Gemütsregung zugehört. "900.000", sagte er schließlich. "Und das Geld ist gut angelegt, Bachmeier. Die neue Abteilung war meine Idee, der Herrmann hat da überhaupt nichts mit zu tun".

Für den Oberbuchhalter war die Sache damit erledigt. Wenn der Chef meinte, die vier Nieten bezahlen zu müssen, sollte er damit selig werden. Aber seltsam fand er die Personalentscheidung immer noch.

Bachmeier konnte ja nicht wissen, dass er vier alten Kameraden mit der Anstellung ihrer Familienangehörigen nur ganz einfach einen Gefallen erwies. Zuerst war der alte Dr. Schürmann zu ihm gekommen, der inzwischen reichlich tattrige Kumpel aus der Dachauer Zeit. "Du musst mir helfen, Heini", hatte er geflennt. "Mein Gerhard hat es als Amtsarzt zu was gebracht. Aber der Friedrich ist eine Pfeife. Der hat zwei Scheidungen hinter sich und liegt mir auf der Tasche. Aber ich hab doch selbst nicht viel. Das bisschen Rente reicht nicht zum Leben und nicht zum Sterben. Und so wie der Friedrich rumgezogen ist, kriegt der keinen Job mehr. Hast Du nicht 'ne Arbeit für ihn"?

Da hatte Assmann seinem Prokuristen einfach die Einführung einer Marketing-Abteilung aufgetragen und den Friedrich Schürmann eingestellt. Und auf dem nächsten Kameradschaftsabend der Alt-Mitglieder der Totenkopf-Einheit hatte der Doktor überall herumposaunt, was für ein toller Kamerad der Assmann sei und dass er die Pflege der Ehrenbande für eine Ehrenschuld halte.

In der Woche nach dem Kameradschaftsabend hatten noch drei andere alte Kameraden auf seiner Matte gestanden und traurige Geschichten vom missratenen Nachwuchs erzählt. Und alle drei waren glücklich wieder abgezogen.

"Soll ich Ihnen die Zahlen hierlassen, Chef?"

Die Frage seines Buchhalters riss Assmann aus seinen Gedanken. "Ja, Bachmeier. Ich sehe sie mir später einmal an. Ich wünsch' Ihnen ein schönes Wochenende".

Assmann rückte den Aktendeckel mit dem Betriebsergebnis für das 1. Quartal mit dem rechten Zeigefinger so zurecht, bis er genau in einem rechten Winkel zur Schreibplatte auf dem Glastisch lag. Assmann liebte Ordnung. Und sobald er sein Zimmer verließ, flitzte seine Sekretärin aus dem Vorzimmer mit einem Lederlappen herein und wienerte das Glas. Assmann hasste Staub und Fingerabdrücke.

Es klopfte an seiner Tür. "Komm rein, Marianne".

Marianne Stolze war jetzt seit 29 Jahren seine Vorzimmer-Dame und geduzt hatte er sie vom ersten Tag an. Die inzwischen 55jährige Frau hatte nie protestiert.

"Ein Bote hat gerade einen Brief gebracht, Chef".

"Ein Bote? Streiken die Laumänner von der Post denn schon wieder?"

"Nein, Chef. Der Brief ist von der Landesregierung".

"Gleich wegschmeißen Marianne. Die Brüder wollen doch nur Geld. Diese Wahlspenderei hängt mir zum Hals raus. Besonders am Freitag".

Die Sekretärin setzte ihr wissendes Lächeln auf: "Das ist kein Bettelbrief, Chef. Der Umschlag ist handgeschöpftes Büttenpapier. Und so vornehm kassieren die doch nicht".

Assmann nahm den Briefumschlag, den die Sekretärin natürlich schon aufgeschlitzt hatte und er fischte das Schreiben heraus.

Oben, auf der Mitte des Bogens, prangte das Wappen des Landes Nordrhein-Westfalen. Und links in der Ecke war im Prägedruck zu sehen: Der Ministerpräsident. Die Staatskanzlei. Darunter die Anschrift: Herrn Dr. Ing. hc. Heinrich Assmann.

Den nachfolgenden Text las Assmann mit wachsendem Interesse: "Sehr verehrter, sehr geehrter Herr Dr. Assmann", stand da. "Es ist mir eine besondere Ehre und Freude, Ihnen mitteilen zu können, dass der Herr Bundespräsident mit Verfügung vom 20. April vergangenen Jahres und zum Anlass Ihres bevorstehenden 80. Geburtstages, Ihnen, sehr verehrter Herr Dr. Assmann, das Bundesverdienstkreuz I. Klasse verliehen hat. In der mir vorliegenden Verleihungsurkunde werden die großen Verdienste einer großen Unternehmerpersönlichkeit, eines opferbereiten Philanthropen und eines unermüdlichen Kämpfers für eine bessere Welt gewürdigt".

Dieser Einschätzung könne er sich nur mit vollem Herzen anschließen, schrieb der Ministerpräsident. Und er freue sich, dass dieses vorbildhafte Mitglied der Gesellschaft in seinem Bundesland zu Hause und tätig sei. Er bitte höflich um eine Kontaktaufnahme Assmanns mit der Staatskanzlei, zum Zwecke der Terminvereinbarung „für eine würdige Feierstunde in meinen Amtsräumen".

Assmann war mit sich, dem Minister- und dem Bundespräsidenten sehr zufrieden. "Marianne, schütte mir einen Cognac ein", sagte er. "Ich kriege wieder einen Orden".

Der künftige Ordensempfänger las das Schreiben des Herrn Ministerpräsidenten ein paar Mal und dann fiel ihm die Passage auf: „mit Verfügung vom 20. April". Pünktlich zum Geburtstag des Führers, sagte sich Assmann. Und das erfüllte ihn mit Stolz.

****

Zur selben Zeit, in der Assmann seinen Cognac trank, legte jemand eine Pressemitteilung der Staatskanzlei auf Schapiros Tisch. Mit Filzstift hatte der Chef vom Dienst des Anzeiger vermerkt: „Für Sport/Schapiro: Ist das nicht der Typ, um den du dich kümmerst? Mach' was draus."

Auf dem Blatt Papier teilte die Pressestelle der Landesregierung mit, dass dem Düsseldorfer Unternehmer und Chef der Assmann-Apparatebau, Dr. Ing. hc. Heinrich Assmann, für hervorragende Verdienste um die Bundesrepublik Deutschland vom Bundespräsidenten das Bundesverdienst-kreuz I. Klasse verliehen worden sei.

Na, dann manchen wir mal 'ne kleine Meldung, sagte sich Schapiro und tippte in seinen Computer:

Düsseldorf (Eigener Bericht) - Dr. Heinrich Assmann, Gründer und Alleininhaber der Düsseldorfer Assmann Apparatebau, ist mit dem Bundesverdienstkreuz I. Klasse ausgezeichnet worden. Wie die Pressestelle der Landesregierung am Mittwoch mitteilte, erhält Assmann die hohe Ehrung für seine hervorragenden Verdienste um die Bundesrepublik Deutschland.

Schapiro las den von ihm verfassten Text durch und sagte sich selbst: Das ist zu kurz und da fehlt doch auch etwas. Im Übrigen mussten die Meldungen im Anzeiger mindestens drei Sätze lang sein. Das war beim Blatt ehernes Gesetz. In diesem Augenblick fiel Theo ein, was da fehlte: Sollten der Herr Bundespräsident und der Herr Ministerpräsident etwa nicht gewusst haben, dass der zu Ehrende eine Nazi-Strafsache am Hals hatte? Oder war ihnen das egal?

Nach kurzem Nachdenken schrieb Theo weiter: „Der Unternehmer muss sich demnächst vor dem Landgericht Düsseldorf in einem NS-Verfahren verantworten. Die Düsseldorfer Staatsanwaltschaft wirft ihm vor, an Selektionen in einem polnischen Konzentrationslager beteiligt gewesen zu sein und damit den Tod von Häftlingen verursacht zu haben".

Schapiro schickte die Meldung per Knopfdruck an den Chef vom Dienst. Sollte der sich doch darum kümmern, auf welcher Seite die kurze Story veröffentlicht würde.

Theo sah auf seine Uhr und hatte es plötzlich eilig. Für 16.00 Uhr war er mit dieser Israelin in der Hotelhalle des „Breidenbacher Hofes" verabredet. Sie wollte unbedingt nach Solingen, zum Geburtsort Eichmanns. Schapiro hatte ihr im Cafe auf der Kö sofort angeboten, sie hinzufahren und ihr die Stadt zu zeigen. Er teilte ihre Eichmann-Neugier nicht und er konnte sich beim besten Willen auch nicht erklären, warum die Israelin so fasziniert war und was sie in Solingen suchte.

Aber um in der Nähe dieser Frau sein zu können, hätte er sie auch nach Wanne-Eickel gefahren. Schapiro war noch nie in der Kohlenpott-Stadt gewesen, aber er pflegte ohne nachzudenken das Vorurteil eines Unwissenden. Die Stadt war für ihn der Inbegriff einer verrußten Siedlung ohne Charakter, in der er nicht einmal hätte begraben sein wollen.

Beim Anblick Shulamits spürte Theo einen Knoten im Hals und er schluckte unbewusst. Das sich ihm bietende Bild der Gegenwart übertraf das Bild der Erinnerung, das ihn seit der Begegnung im Gericht verfolgte. Zum ersten Mal registrierte er die stark vorstehenden Wangenknochen in Shulamits Gesicht und er bemerkte, dass sie keine krumme Nase hatte.

Es drängte ihn, der Frau Komplimente zu machen. Komplimente zu ihrer Figur und dem einfachen Leinenkleid.

Shulamit streckte ihm zur Begrüßung ihre rechte Hand entgegen. Theo sah auf die Hand herab und bemerkte, dass sie keinen Ring trug.

"Frau Kollegin", begrüßte er sie. Mehr brachte er nicht heraus. Was hätte er auch sonst sagen können. Er war schließlich zu einer quasi dienstlichen Verabredung gekommen und nicht zu einem Rendezvous.

"Sie sind nicht verheiratet", sagte er dann aber doch. Und schon während er es sagte, bereute er es.

Shulamit zuckte zusammen. "Wie bitte?"

"Ich und mein großes Maul", tat Theo zerknirscht. "Ich hab' gesagt, dass Sie nicht verheiratet sind".

"Wie kommen Sie denn darauf?"

"Weil Sie keinen Ring tragen, Frau Kollegin".

Shulamit blickte auf ihre rechte Hand und erst in diesem Augenblick realisierten sich beide, dass Theo sie noch fest umschlossen hielt. Als seien sie bei irgendetwas ertappt worden, zogen beide ihre Hände ruckartig zurück.

"Nicht verheiratet? Stimmt, aber keinen Ring zu tragen, besagt doch noch gar nichts. Viele verheiratete Israelis tragen keine Ringe".

"Eigentlich schade. Ihnen würde ein Ring sehr gut stehen".

Shulamit hielt beide Hände ausgestreckt vor sich hin. "Hmm, und wohin packe ich das Schmuckstück?"

"An die rechte Hand natürlich".

"Wieso an die rechte? Kann das Ding nicht aufs linke Patschhändchen?"

"Ihr verwirrenden Frauen", klagte Theo. "An die rechte Hand natürlich. Damit auch der Ringträger immer weiß, dass er oder sie verheiratet ist".

"Tragen verheiratete Deutsche ihre Ringe an der rechten Hand?", wollte Shulamit wissen. "Israelis tragen ihre Ringe lieber links".

Theo schüttelte den Kopf. "Die Juden in Israel sind schon ein seltsames Völkchen".

Shulamit fixierte Theo: "Einverstanden. Aber eines Tages müssen Sie mir mal sagen, an welcher Hand deutsche Juden ihre Eheringe tragen".

Schapiro hatte seinen klapprigen Fiat Uno direkt vor dem Eingang der Nobelherberge geparkt. Der Portier hatte ihn wegscheuchen wollen, denn Rostlauben waren dem Image des „Breidenbacher Hofes“ sehr abträglich. Dauert nur ein paar Minuten, hatte Theo gesagt und den Goldlametta-Mann nicht weiter beachtet. Der Rost-Parker wusste, dass sich der Türsteher in sein Schicksal der Augenbelästigung fügen würde. Auf das Armaturenbrett hatte er einen Presse-Ausweis des „Anzeiger“ gelegt und der hatte schon viele Parkplatzwunder bewirkt.

Galant öffnete Theo die Beifahrertür für Shulamit und setzte sich dann selbst hinters Steuer. Der Wagen war nicht abgeschlossen gewesen, was aber kein Versehen war. Die beiden Schlösser funktionierten schon seit Monaten nicht mehr. Theo hoffte inständig, dass böse Buben seinen Fiat klauen und nach einer Spritztour im Unterbacher Baggersee versenken und zum Versicherungsfall machen würden. Aber offensichtlich hatten die Autodiebe in Düsseldorf und Solingen einen besseren Geschmack als der Sportredakteur vom „Anzeiger".

****

Theo fuhr über die Berliner Allee in Richtung Werstener Kreuz. Der Verkehr war schon sehr dicht. "Berufsverkehr", sagte Schapiro. "Ab 15.00 Uhr ziehen die Werktätigen wie die Lemminge nach Hause. Um 9.00 Uhr fahren sie rein und um drei Uhr wieder weg. Ich würde mal gern wissen, wie die auf ihre 35-Stunden-Woche kommen".

"Wie lange brauchen wir bis nach Solingen?", wollte Shulamit wissen.

"Über den Autobahnzubringer vielleicht 20 Minuten. Aber ich kann am Schloss von Benrath vorbeifahren. Das dauert zwar doppelt so lange, aber es lohnt sich".

Doch Shulamit war an deutschen Schlössern nicht interessiert. "Ich will Ihnen nicht zu lange zur Last fallen. Und ich möchte Ihre Heimatstadt auch gern im Hellen sehen".

"Meine Heimatstadt, oder die vom ollen Eichmann?"

Shulamit antwortete nicht. Bis zur Autobahnabfahrt Haan-Ost/Solingen sagte auch Theo kein Wort. Kurz hinter der Abfahrt hielt er den Wagen an und wies durch die Windschutzscheibe: "Voila. Solingen. Weltberühmte Stahlwaren en gros und en detail. Auch die Klingenstadt genannt".

Shulamit blickte angestrengt. Vor ihr lag eine hügelige Wiesenlandschaft mit grasenden Kühen. In der Ferne waren ein paar Häuser zu sehen, die von einer weißen Kirche mit grünem Glockenturm überragt wurden.

Die Frau auf den Spuren Eichmanns war überrascht. "Das ist ja ein Dorf. So habe ich mir immer den Schwarzwald vorgestellt".

Theo lachte. "Von wegen Dorf. Solingen hat fast 200.000 Einwohner. Aber Sie haben Recht. Die Leutchen verteilen sich über ein großes Gebiet. Solingen besteht eigentlich aus fünf früher selbständigen Städten. Die Nationalsozialisten haben sie dann alle eingemeindet. Unsere Gegend hier heißt offiziell das ‚Bergische Land'. Aber alles ohne bayerische Lederhosen".

Schapiro blickt seine Beifahrerin erwartungsvoll an. Er wollte sie lachen hören. Er liebte ihr Lachen. Das Lachen mit einer dunklen Stimme. Ein Lachen, bei dem sie sich wie ein kleines Mädchen beide Hände vor den Mund hielt.

Doch Shulamit starrte nur ernst und mit großen Augen auf Solingen. In diesem Augenblick wusste sie selbst nicht mehr, warum sie den Geburtsort Eichmanns hatte sehen wollen. Das sich ihr bietende friedliche Bild passte nicht zu dem, was sie mit den Namen Eichmann verband.

"Können wir am Tempel vorbeifahren?"

"Am was?"

"An der Synagoge. Sie haben doch bestimmt eine Synagoge. In einer Großstadt von 200.000 Menschen wird es doch ein jüdisches Gebetshaus geben".

Schapiro öffnete den Handschuhkasten und fischte eine angebrochene Rolle mit Pfefferminzbonbons heraus. Er versuchte, Shulamit nicht anzusehen. "Es gibt in Solingen keine Synagoge. In der Stadt leben zur Zeit 52 Juden, habe ich gelesen, und da lohnt sich das wohl nicht".

"Können es nicht 53 Juden sein?" Schapiro fühlte, dass er rot wurde. "Sind es nicht einmal sehr viel mehr gewesen?"

Der nicht mitgezählte Solinger Jude gab keine Antwort, startete den Fiat wieder und fuhr los. Erst einen steilen Berg hinab und nach dem Passieren der Brücke über einen kleinen Bach wieder einen steilen Berg hinauf. Sie kamen einem gelben Ortsschild vorbei, auf dem 'Solingen' und sonst nichts anderes stand.

"In Solingen gab es einmal eine Synagoge", sagte Schapiro schließlich. "Vielleicht auch mehrere. Aber ich weiß von einer. Die ist im November 1938 in Brand gesetzt worden. Und später haben sie die abgerissen".

"Und dann?"

"Nichts dann. Im Krieg ist die Solinger Innenstadt schwer zerstört worden. Da war das Meiste platt. Später ist alles wieder aufgebaut worden. Größer, schöner und moderner".

"Auch die Synagoge?"

"Die nicht. Es gab doch keine Juden mehr in Solingen. Die Stadtverwaltung hat das Gelände der ehemaligen Synagoge aufgeteilt. An einer Ecke haben sie ein evangelisches Gemeindehaus gebaut. Und gleich daneben das Finanzamt".

"Ist das nicht pietätvoll?" Shulamits Stimme hatte einen sarkastischen Unterton. „Die Geldeintreiber am klassischen Ort".

Wortlos fuhren sie durch die Stadt. Shulamit öffnete das Seitenfenster und der Fahrtwind wirbelte ihre Haare durcheinander. Sie bemerkte nicht, dass Theo sie bewundernd ansah. Sie atmete tief, als wolle sie die Luft spüren. Die Luft, die Eichmann geatmet hatte. Unsinn, sagte sie sich. Als er hier lebte, war die Luft ganz bestimmt anders.

"Können wir zum Gelände der Synagoge fahren?"

"Natürlich, aber da ist wirklich nichts zu sehen".

Shulamit legte beide Hände vor ihre Ohren als wolle sie nichts hören und sie sagte nichts.

Schapiro wurde unsicher. "Habe ich etwas falsch gemacht?"

Shulamit drehte sich zu ihm hin und lächelte ihn an. Ihre großen braunen Augen wirkten traurig, aber sie lächelte so vertrauensselig wie ein kleines Kind und legte ihre Hand auf Theos Kopf. "Nein", sagte sie, "wirklich nicht". Übergangslos fügte sie hinzu: "Wird es sehr dunkel sein, wenn wir zum Platz der Synagoge kommen?"

Mit der plötzlichen Geste der Vertrautheit hatte Schapiro nicht gerechnet und er wusste nicht, wie er reagieren sollte.

"In zehn Minuten können wir es schaffen".

Sie erreichten den alten Standort der Synagoge in sieben Minuten. Schapiro war viel schneller gefahren als erlaubt und wenn Ampeln auf Gelb sprangen, hatte er schnell noch Gas gegeben. Shulamit schien alles nicht wahrzunehmen.

Theo parkte am Straßenrand. "Hier ist es. Da ist das evangelische Gemeindehaus und da das Finanzamt. Der Architekt des Finanzamt-Gebäudes hieß Eiermann. Klingt jüdisch, finden Sie nicht auch? Und wenn, dann wäre das Finanzamt auf dem Boden der Synagoge zumindest etwas jüdisch geblieben".

"Ich möchte aussteigen", unterbrach ihn Shulamit. Automatisch wollte Theo die Fahrertür öffnen. Doch sie legte ihre Hand auf seinen Arm und bremste ihn. "Bleiben Sie bitte sitzen. Der Sabbat hat begonnen und ich möchte beten".

"Hier an der Mauer des Finanzamtes? Die Leute halten sie für verrückt, wenn die das sehen".

"Was die Deutschen von mir halten, ist mir im Augenblick ziemlich gleichgültig". Shulamit legte ein Kopftuch über ihre Haare. "Halten auch Sie mich für verrückt?".

Theo Schapiro schüttelte mit dem Kopf. "Nein", sagte er. "Wenn ich beten könnte, würde ich es vermutlich auch tun".

Shulamit stieg aus und Theo sah ihr nach. Doch dann kam er sich wie ein Voyeur vor und er blickte angestrengt in eine andere Richtung.

Nach nicht einmal fünf Minuten kam Shulamit zurück. "Alles erledigt und jetzt habe ich Hunger. Gibt es ein nettes Restaurant in der Gegend?".

Die israelische Kollegin wirkt auf Theo wie verwandelt. Er sah sie prüfend an und sagte schließlich: "Nehmen Sie mir meine Neugier bitte nicht übel: Warum haben sie plötzlich beten wollen? Und das ausgerechnet an einem Ort, an dem die Nazis eine Synagoge zerstörten?"

"Es hat mit der zerstörten Synagoge nichts zu tun. Meine Mutter ist vor fast sieben Monaten gestorben und ich bete für sie. Jeden Abend. Ein ganzes Jahr lang".

"Sie müssen ihre Mutter sehr geliebt haben".

"Ja. Aber ich würde auch für eine schlechte Mutter ein ganzes Jahr lang jeden Abend beten".

"Israelis haben seltsame Sitten".

"Nicht die Israelis, mein Lieber. Auf diese Weise ehren Juden ihre Mütter. Israelische Juden und auch alle anderen. Und im übrigen habe ich immer noch Hunger".

"Am Neumarkt gibt es einen piekfeinen Laden mit Kerzenschein und angeblich französischer Küche und gleich um die Ecke einen Eisladen mit phantastischen Pfannkuchen".

"Also Pfannkuchen. Latkes sind genau das Richtige, was ich jetzt brauche".

"Was für Dinger, bitteschön?"

"Latkes. Kartoffelpfannkuchen, gibt es die da nicht?"

"Nee", sagte Schapiro. "Die Pfannkuchen werden mit Mehl gemacht und auf gut Deutsch heißen die 'Crepes'".

****

Das Eiscafe war halbvoll. Die meisten der Gäste hatten offensichtlich ihre Einkäufe beendet. Neben den Tischen und auf freien Stühlen standen Plastiktüten mit der Aufschrift "Kaufhof", „Karstadt“ oder "Schippers Radio".

Shulamit und Theo zwängten sich an einen kleinen Tisch. "Stühle ohne Henkel", sagte sie, "Ich hoffe, Sie fühlen sich trotzdem wohl".

"Für die Pfannkuchen hier nehme ich alles in Kauf".

Theo bestellte für sich und Shulamit Capuccino und Crepes mit Vanilleeis und frischen Erdbeeren. "Lassen Sie sich überraschen", sagte er. "So etwas Gutes bekommen Sie in ganz Israel nicht".

Shulamit hatte Adolf Eichmann vergessen und sie warf Theo einen zweifelnden Blick zu. "Wir werden sehen, Herr Fremdenführer".

"Ach, das mit dem Führer lassen wir besser. Und wirklich fremd sind wir uns doch auch nicht mehr, oder?"

Shulamit sagte nichts, aber sie lachte Theo an. Und das war für ihn Antwort genug.

Am Tisch neben Shulamit saß eine alte Frau vor einer leeren Kaffeetasse. Sie las Zeitung und Theo erkannte sofort dass es die Solinger Ausgabe des „Anzeiger“ war. Die Frau war vielleicht 70 Jahre alt und sie las ohne Brille. Hin und wieder veränderte sie den Abstand zwischen der Zeitung und ihren Augen, indem sie ihren Oberkörper nach vorn und zurück bewegte.

"Solche Bilder geben mir Hoffnung", flüsterte Shulamit Theo zu. "Vielleicht kommen wieder Zeiten, in der Menschen in Frieden alt werden können".

Beide beobachteten die Frau, deren Augen sich plötzlich schreckhaft weiteten. "Das ist er!", sagte sie so laut, dass sich andere Gäste mit abweisenden Blicken nach ihr umdrehten.

"Das ist er! Das ist er! Das ist er bestimmt!"

Die Frau hatte die Zeitung fallengelassen. Sie sah sich wie hilfesuchend in dem kleinen Cafe um. "Das ist er!"

Die Frau zitterte am ganzen Körper und sie schüttelte plötzlich wild mit dem Kopf.

Mit einem kurzen Satz drehte Shulamit ihren Stuhl um, fasste die Frau an Arm und Schulter, um sie stützen.

"Ja, das ist er", bestätigte Shulamit ganz ruhig. "Halten Sie sich bei mir fest".

Die Augen der Frau füllten sich mit Tränen und sie schluchzte hemmungslos. Sie legte ihren Kopf an den von Shulamit, und während sie weinte ließ ihr Zittern nach.

Theo hatte ein Glas Wasser geholt. "Trinken Sie das. Es wird ihnen gut tun". Und während die Frau gehorsam trank, fügte er hinzu: "Können wir etwas für Sie tun? Sollen wir einen Krankenwagen holen oder Sie zum Arzt bringen?"

"Nein, nein, es ist schon wieder gut", sagte die Frau plötzlich abweisend. Tränen rollten ihr weiter über das Gesicht. Die anderen Gäste im Lokal hatten sich längst abgewandt. Die Sache mit der hysterischen Alten war wohl erledigt.

"Sind Sie sicher?", fragte Shulamit. "Sie haben sich sehr aufgeregt".

"Es ist nichts. Wirklich nichts. Entschuldigen Sie bitte".

"Ach was", beruhigte sie Shulamit. "Wir alle regen uns manchmal sehr auf".

"Ich danke Ihnen, mein Fräulein", sagte die Frau. Ihr war die Zuwendung Shulamits offensichtlich peinlich. "Es ist alles in Ordnung. Bitte bemühen Sie sich nicht".

Theo war um den Tisch gegangen und hatte die Zeitung genommen. Er starrte auf das Blatt, das die Frau so erregt hatte. "Komisch", sagte er mehr zu sich selbst. "Wen haben Sie denn hier erkannt?"

Die Frau erschrak. "Niemanden", sagte sie schnell.

Doch Schapiro, der Reporter, ließ nicht locker: "Irgendwas muss es doch gewesen sein".

Die Frau griff nach der Zeitung und während sie am Papier zog, sah Theo ein einspaltiges Bild. Es war dasselbe dpa-Foto, das er in seiner "Judenakte" auf dem Schreibtisch in der Redaktion hatte. Es war das Bild von Heinrich Assmann, der sich vor dem Landgericht in Düsseldorf wegen Verbrechen gegen die Menschlichkeit verantworten musste. Und unter dem Foto stand der kurze Text, den Schapiro gestern verfasst hatte.

Theo setzte sich wieder auf seinen Stuhl und sagte zuerst nichts. Und dann sprach er die Frau unvermittelt an: "Kennen Sie den SS-Mann von früher?"

Shulamit sah ihn verblüfft an und die Frau antwortete nicht.

"Haben Sie ihn im Konzentrationslager gesehen?", versuchte es Theo noch ein Mal.

Die Frau hob den Kopf und fixierte erst Shulamit und dann Theo. "Wer sind Sie?", fragte sie schließlich.

"Ich bin Reporter beim Anzeiger. Ich berichte vom Prozess gegen den SS-Mann vor dem Gericht in Düsseldorf".

Nach den Fragen von Theo hatte auch Shulamit instinktiv erfasst, warum es ging. Sie reichte der Frau ihre Hand. "Ich heiße Shulamit Stern und komme aus Israel. Ich schreibe für die Zeitung Ma'ariv über den NS-Prozess".

"Are you Jewish?" Die Frau sprach unvermittelt Englisch. Und es wirkte so als wolle sie in einer fremden Sprache sprechen, damit die anderen Menschen im Lokal es nicht verstehen konnten.

"Ja", antwortete Shulamit auf Deutsch, "und ich bin in Israel geboren. Meine Eltern stammen aus Deutschland. Sie sind nach der Machtergreifung nach Palästina ausgewandert".

"Meine Eltern hatten vor dem Krieg ein Affidavit für Amerika", sagte die Frau. "Aber sie sind nicht gegangen. Und dann haben sie uns geholt".

"War der Mann mit dem Bild in der Zeitung dabei?", wollte Theo wissen.

"Nein der nicht. Den habe ich erst in Chelmno getroffen. Im Konzentrationslager. Und ich weiß, dass er ein Mörder ist".

Die Hände der Frau begannen wieder zu zittern. Shulamit griff sie und drückte sie fest. "Sagen Sie jetzt nichts mehr".

"Aber ich muss es sagen", widersprach die Frau, „einmal muss ich es sagen. Ich trage es viel zu lange ungesagt mit mir herum".

"Aber nicht hier im Lokal", bestimmte Theo. "Hier hören zu viele Ohren zu"

"Ach, junger Mann", wehrte die Frau ab, "die Wahrheit hören doch nur Leute, die sie hören wollen. Sind Sie ein Jeckes?"

Theo verstand nicht, dass die Frau ihn danach fragte, ob er ein in Israel lebender deutscher Jude sei. "Nein, er lebt in Deutschland", sagte Shulamit schnell. "Seine Eltern sind nach dem Krieg nach Kanada gegangen".

"Ich könnte nicht mehr in Deutschland leben". Die Frau schüttelte entschieden den Kopf und blickte Theo an. "Aber ich verstehe Sie. Und vielleicht muss ich Ihnen sogar dankbar sein. Denn solange Sie und andere Juden hier sind, ist Deutschland nicht 'judenrein'."

Die Frau hat gleich gemerkt, dass er Jude ist, sagte sich Shulamit. Dabei wusste sie nicht einmal seinen Namen. Aber vielleicht glaubt sie auch nur, dass ein Mann, der mit einer Israelin in einem deutschen Lokal sitzt, automatisch Jude sein muss.

"Ich heiße Hannah Blau, geborene Menschik", sprach die Frau weiter. "Ich lebe jetzt in den Vereinigten Staaten und nach Deutschland bin ich nur gekommen, weil ich einiges mit unserem Haus regeln musste. Und dann liest man Zeitung und alles passiert einem ein zweites Mal".

Shulamit nickte nur. Sie wusste, dass die Frau auch unaufgefordert weiterreden würde. Doch Theo fragte: "Was ist denn passiert?"

"Na, die Sache mit dem Mann in der Zeitung".

Und danach erzählte Hanna Blau, geborene Menschik, ihre Geschichte von Verhaftung, Deportation, der Geburt Simons im Viehwagen und dem Sterben seiner unbekannten Mutter.

Shulamit und Theo unterbrachen sie nicht. Als Frau Blau schließlich eine Pause machte, räusperte sich Theo. "Ich brauche jetzt noch eine Tasse Kaffee. Sie auch?"

Die Kellnerin brachte drei Tassen. Frau Blau gab weder Milch noch Zucker hinein, doch sie rührte inständig in ihrer Tasse herum.

Schließlich sagte sie: "Und dann war da dieser SS-Mann an der Rampe. Er sah gar nicht böse aus. Eher wie eine Marionette. Er hat die Leute nach links und nach rechts geschickt. Und wir wussten doch nicht, was es bedeutet. Wie konnten wir denn wissen, dass es nach rechts in die Gaskammern auf den Lastwagen ging. Erst später haben wir das erfahren. Und nach links bedeutete Überleben. Für die meisten nicht sehr lange. Aber die nach links gehen konnten, durften erst einmal weiterleben".

Shulamit und Theo hörten wortlos zu. Theo wusste, dass auch seine Eltern selektiert worden waren. Und auch sie hatten das Glück gehabt, nach links gehen zu dürfen.

Frau Blau, geborene Menschik, wischte sich mit dem Ärmel ihres Kleides über die Augen.

"Aber mein Simon", sagte sie dann, "der konnte noch nicht gehen. Und er musste nicht nach rechts und er durfte auch nicht nach links. Wissen Sie, was passiert ist?"

Theo starrte die Frau regungslos an und Shulamit schüttelte nur mit dem Kopf.

"Er hat ihn mir weggerissen. Und ich hatte ihn doch so gut in meinem Kleid und unter meinem Mantel versteckt. Gelacht hat er. Der Mann. Mein Simon hat nichts gesagt. Er hat nicht gelacht und auch nicht geschrieen. Der Mann hat ihn an einem

Arm gepackt und weggerissen. Und dann hat er ihn weggeworfen. Einfach weggeworfen. Und der Simon hat immer noch nichts gesagt. Er hat nicht geweint und auch nicht geschrieen. Er hat ihn weggeworfen. Einfach weggeworfen. Einfach hinter sich auf einen Leichenberg".

Shulamit starrte Frau Blau an und Theo blickte hilflos auf die Marmortischplatte im Eisladen. Beide hatten ihr Essen noch nicht angerührt. Die Eiskugeln unter den umgeklappten dünnen Pfannkuchen waren längst geschmolzen.

Das Schweigen wurde durch die jetzt nur noch flüsternde Stimme von Frau Blau unterbrochen. "Ich wollte meinen Simon retten. Aber ich habe ihn nicht zurückholen können. Die Leute haben mich geschlagen und weggezerrt. Und ich bin auch gegangen. Ich bin nach links ins Leben gegangen. Und der Simon ist zweimal ermordet worden. Der SS-Mann hat es getan. Aber auch ich habe ihn getötet, weil ich den Simon nicht gerettet habe".

Shulamit schüttelte mit dem Kopf. "Nein", sagte sie. "Sie haben das Kind so lange beschützt, wie sie es beschützen konnten".

Theo und Shulamit brachten Frau Blau in ihr Hotel zurück. "Kommen Sie mich mal besuchen?", fragte sie. "Ich bleibe noch etwas hier".

"Wir kommen", versprach ihr Shulamit. "Wir kommen ganz bestimmt".

Auf der Rückfahrt nach Düsseldorf hingen Theo und Shulamit ihren Gedanken nach. Theo konzentrierte sich auf den Verkehr und er sprach Shulamit nicht an, weil er nicht wusste, was er hätte sagen können. Kurz vor dem Ende des Autobahnzubringers am Werstener Kreuz blickte er zu Shulamit hinüber. Sie saß auf dem Beifahrersitz und starrte einfach geradeaus. Sie weinte lautlos.

Theo lenkte den Fiat auf den Standstreifen und parkte. Einige Augenblicke sah er die Israelin an. Dann beugte er sich zu ihr hin, nahm ihr Gesicht in beide Hände und küsste sie. "Nicht weinen, kleine Shulamit", sagte er und küsste sie wieder. Shulamits Hände krallten sich in seine Haare und sie küsste auch ihn.

Als sich ihre Lippen trennten, rangen beide nach Luft. Und nach vielleicht einer Minute sagte Shulamit: "Wir sind verzweifelt, Theo Schapiro. Findest Du nicht auch?"

"Ja", bestätigte Theo, obwohl er nicht die geringste Ahnung hatte, was Shulamit mit ihrer Bemerkung meinen könnte.

Als sie beim „Breidenbacher Hof" vorfuhren, streckte ihm Shulamit ihre Hand hin: "Danke für alles". Theo drückte die Hand wortlos und dann sagte sie: "Wird die kleine Shulamit den großen Theo morgen wiedersehen? Zum Frühstück vielleicht? So um zehn Uhr in der Hotelhalle?"

Theo hatte das Gefühl, als drücke ihm jemand die Kehle zu. "Natürlich. Gern", brachte er schließlich heraus.

Shulamit nickte nur, drehte sich um und ging auf den Hoteleingang zu.

"Shalom", rief er ihr halblaut nach und deutlich hörte er ihr "Shalom, Shalom".

Für Theo war es das erste Mal in seinem Erwachsenenleben, dass er „Shalom" gesagt hatte. Und doch war es für ihn das Natürlichste der Welt. Während der Fahrt in seine Wohnung sagte er immer wieder „Shalom, Shalom, Shalom". Und er sagte es auch noch, als er die Stadtgrenze von Solingen passierte und die Geburtsstadt von Adolf Eichmann erreichte.

****

Im Wohnzimmer der Assmann-Villa am Rande des Grafenberger Waldes war der Fernsehapparat laut aufgedreht. Im

ZDF lief am Samstagabend wieder eine Volksmusiksendung. Heinrich Assmann liebte Volksmusik. Und natürlich wollte er auch Hedwig ärgern.

"Wenn die Nachbarn das hören", mahnte ihn seine Frau immer. "Die denken doch gleich, dass wir keine Kultur haben". Hedwig war eine geborene ‚von Zerfass'. Die von Zerfass waren eine kulturbeflissene Sippe von Apothekern und Drogisten. Hedwig war nach dem Abitur mit Heinrich Assmann verheiratet worden, der gerade sein Ingenieur-Examen abgelegt hatte.

Heinrichs Eltern, die eine kleine, aufstrebende Schuhfabrik betrieben, waren ständige Gäste im „Zerfass-Salon". Da spielten immer irgendwelche Leute auf dem Klavier herum und gelegentlich präsentierte eine Sopranistin von den Städtischen Bühnen Schubert-Lieder und Arien.

Der junge Ingenieur hatte sich bei den Festveranstaltungen im Salon immer neben die andächtig zuhörende Hedwig gesetzt. So war das Kultur-Geplärre für ihn erträglich. Die magische Anziehung zwischen Hedwig und Heinrich war den alten von Zerfass und den Assmanns natürlich nicht verborgen geblieben. Und bei Zigarren und Cognac nach einem wieder einmal besonders gelungenen Arien-Abend hatten die Väter des "Paares" beschlossen, dass die beiden heiraten würden.

Bis auf den heutigen Tag führten Heinrich und Hedwig Assmann eine unauffällige Ehe ohne Höhen und Tiefen. Heinrich machte sich immer noch über den 'Dünkel der hochnäsigen Sippe derer von Zerfass' lustig, obwohl Hedwigs Eltern schon vor vielen Jahren gestorben waren. Nach 1933 hatten sich die von Zerfass „arisierte" Apotheken zugelegt.

„Rechtmäßig erworben vom Staat", wie Hedwigs Vater stets mit Nachdruck versicherte. Zwei jüdischen Kollegen hatte er ihre Läden vor deren Auswanderung abgekauft.

Die Kaufpreise für die insgesamt sechs Apotheken mit ehemals jüdischen Besitzern waren nicht sehr hoch gewesen. Sie deckten nicht einmal den Wert der Medikamentenvorräte. Die Grundstücke, die Häuser und die Einrichtungen waren sozusagen umsonst.

Nach dem Krieg hatte es um die billigen Apotheken nur wenig Ärger gegeben. Lediglich einer der ausgewanderten Juden-Apotheker war zurückgekommen und wollte sein Geschäft zurückkaufen. Zum selben Preis, den er damals nicht ganz freiwillig akzeptiert hatte. Doch der alte von Zerfass hatte entrüstet abgelehnt. "Hab' ich den Juden etwa gezwungen, mir seine Apotheke zu verkaufen?", hatte er seinem Schwiegersohn entrüstet mitgeteilt. "Dankbar sollte der mir sein. Denn wenn ich ihm nicht auch noch Geld gegeben hätte, wäre das Ding doch enteignet worden. Oder hätte der Jud' den Steinklotz von Apotheke etwa mit nach Madagaskar oder Palästina nehmen können?"

Der jüdische Apotheker war stur geblieben und hatte geklagt, und den Prozess dann glatt verloren. "Vertrag ist Vertrag", hatte der Zivilrichter verkündet. Und ob der Kaufpreis für Haus und Apotheke damals 'angemessen' gewesen seien, lasse sich heute nicht mehr ermitteln.

Als der jüdische Apotheker dann auch noch beklagte, dass ihm die Gestapo den gesamten Kaufpreis anschließend als 'Ausreisesteuer' abgenommen und er plötzlich mittellos dagestanden habe, war der Richter richtig wütend geworden. "Wenn Sie wollen, können Sie ja die Gestapo verklagen", hatte er den ausgewanderten Juden angefahren.

Damit war der Fall erledigt und von Zerfass hörte vom Vorbesitzer seiner Apotheke kein Wort mehr.

Heinrich Assmann lauschte dem Zillerthal-Duo als Hedwig ins Zimmer kam und erwartungsgemäß mit ihrem üblichem

Gezeter begann. "Stell' den Kasten doch leiser", sagte sie. "Hast Du wirklich nichts Besseres zu tun?"

In diesem Augenblick wünschte der Volksmusik-Showmaster der Volksmusik-Gemeinde vor den Fernsehschirmen eine Gute Nacht und fügte mit freudiger Beschwörung hinzu: "In vier Wochen, meine lieben Freunde, sehen und hören wir uns wieder".

Seufzend drückte Assmann auf die Fernbedienung und die Mattscheibe wurde dunkel. "Was soll ich denn Besseres tun, um mich zu entspannen?“, fragte er seine Frau.

"Vielleicht siehst Du einmal die Papiere vom Dr. Nonnenmeier durch. Der wartet doch bestimmt auf eine Antwort von Dir".

Nonnenmeier war Assmanns Anwalt. Und Nonnenmeier sollte ihn beim Prozess vor dem Landgericht verteidigen.

"Ach, der soll mich in Ruhe lassen", winkte Assmann unwirsch ab. "Der hat sich wegen der läppischen Sache schon viel zu viel in die Hosen gemacht".

Hedwig Assmann blickte ihren Mann verständnislos an. "Läppische Sache, hast du gesagt? Hast du etwa den Verstand verloren? Die wollen dir Morde anhängen, Heinrich. Weißt du denn immer noch nicht, was darauf steht? Die wollen dich einsperren, und du tust das als läppische Sache ab?"

"Reg' dich nicht auf, Hedwig. Die Sache geht aus wie das Hornberger Schiessen. Und in ein paar Wochen kräht kein Hahn mehr danach. Glaub' mir. Es ist so."

Doch Hedwig Assmann ließ sich nicht beruhigen. "Wie kannst du nur so etwas sagen, Heinrich. Die Sache ist ernst. Bitter, bitter ernst!"

Heinrich Assmann ging zur Vitrine und dachte angestrengt darüber nach, ob er sich einen 'Napoleon' oder einen alten 'Remy Martin' genehmigen sollte. Schließlich fiel seine Wahl auf den ‚Napoleon'. Er goss sich den Cognac-Schwenker fast halbvoll und dann drehte er sich zu seiner Frau um.

"Nichts wird passieren", sagte Assmann mit Nachdruck. "Und weißt du auch warum?" Er nahm einen kräftigen Schluck.

"Es wird nichts passieren, weil ich vorgestern mit dem Nonnenmeier gesprochen habe. Und der geht jetzt zum Staatsanwalt. Und anschließend fällt die Sache ins Wasser, weil die ihre Anklage zurückziehen. Dafür verwette ich mein letztes Hemd".

Hedwig Assmann wurde unsicher. "Und was will der Nonnenmeier dem Staatsanwalt sagen, damit er die Anklage fallen lässt?"

Heinrich Assmann ging wortlos durchs Zimmer. Das Alter hatte ihn noch nicht sichtbar gebeugt. Mit dem Cognac-Glas in seiner Linken setzte er sich schließlich in seinen Sessel und fixierte seine Frau.

"Die können mich gar nicht verurteilen", sagte er. "Denn erstens habe ich nur meine Pflicht getan und gegen kein einziges Gesetz verstoßen. Und dann ist da noch die Sache mit dem Kind".

Assmann trank wieder, während sich Hedwig Assmanns Gesicht verzerrte. "Das Kind", sagte sie sehr laut. "Lass nur das Kind aus dem Spiel!" Und dann breitete sich in der Assmann-Villa lähmendes Schweigen aus. Die Gedanken von Hedwig und Heinrich Assmann, die nie Eltern geworden waren, beschäftigten sich mit einem Ereignis in ihrem Leben, das ein gutes halbes Jahrhundert zurücklag und über das sie nie wieder ein Wort verloren hatten.

****

Im Januar 1942 war SS Sturmbannführer Heinrich Assmann nach Kulmhof im Warthegau (Chelmno/Polen) versetzt worden. Hedwig Assmann hatte ihn gern an seinen neuen Dienstort begleitet. Denn die Städte im Ruhrgebiet und im Rheinland wurden immer häufiger bombardiert. Es verging kaum noch ein Tag, an dem sie von den Luftschutzsirenen nicht in die Bunker getrieben wurden.

Und dann hatten die Behörden auch noch die Lebensmittel weiter rationiert. Statt viereinviertel Pfund Brot in der Woche gab es nur noch Marken für vier Pfund pro Kopf. Die Fettration wurde von 269 auf 206 Gramm gekürzt und die Fleischration von 400 auf 300 Gramm in der Woche.

Der nach seinem Einsatz im Konzentrationslager von Dachau bei München inzwischen bei der Gestapo in Düsseldorf beschäftigte Heinrich Assmann schaffte es immer wieder, "Sonderzuteilungen" mit nach Hause zu bringen. Im Laufe der Zeit hatte sich bei den Assmanns auch ein kleines Warenlager von Stoffen und Weißwaren angesammelt. Darunter befanden sich Kisten, die noch die Adressenaufkleber von Geschäften jüdischer Besitzer trugen.

"Lange geht das mit dem Nachschub nicht mehr gut", hatte Heinrich Assmann seiner Frau schon mehrmals gesagt. "Bald gibt es nichts mehr. Aber bevor wir hungern müssen, fällt mir schon etwas ein".

Assmann hatte schließlich per Brief beim Reichssicherheits-Hauptamt in Berlin „untertätigst“ angefragt, ob er seinen „Dienst am Reich“ nicht wieder in der Verwaltung des KZ Dachau leisten könne. In Dachau fielen keine Bomben. Der Ort in Bayern lag außerhalb der Reichweite britischer Bomber und die amerikanischen Bomberverbände machten aus unerfindlichen Gründen um Dachau einen großen Bogen.

Assmanns KZ-Dienst in Dachau war höchst angenehm. Zwischen dem Verfassen von Geheimberichten für Berlin blieb ihm sehr viel Zeit für Ausflüge mit seiner Frau an die bayerischen Seen.

Assmanns Berichte handelten ausschließlich von medizinischen Versuchen, an denen auch der SS-Arzt Dr. Schürmann beteiligt war. In Dachau wurden gerade die für die Jagdflugzeuge der Luftwaffe neuentwickelten Plexiglaskuppeln getestet. Das Luftwaffenministerium in Berlin sorgte sich um die Sicherheit der Kampfflieger, die sich aus ihren im Luftkampf beschädigten Maschinen mit dem Fallschirm retten sollten.

Bei den Versuchen in Dachau wurden Häftlinge auf ein Katapult geschnallt und dann gegen die Kuppeln geschleudert. Jeder Versuchsperson wurde dabei, wie Assmann detailreich-penibel nach Berlin meldete, das Genick gebrochen.

Auf Schürmanns Anforderung wurden für neue Versuchsreihen schließlich dünnere Kuppeln geliefert. Mehrere Wochen lang ließ der SS-Arzt inhaftierte Kinder gegen das Plexiglas schleudern, das beim Aufprall regelmäßig zersplitterte. Die scharfkantigen Kunststofftrümmer trennten einigen der nackt festgeschnallten Kinder die Köpfe von den Rümpfen. Andere trugen tiefe Schnittwunden davon und verbluteten.

Als Ergebnis der Versuche konnte Assmann nach Berlin melden, dass dünnes Plexiglas für den Einbau in deutsche Jagdflugzeuge empfohlen werden könne. Ein Pilot mit Schutzhaube und Uniformbekleidung würde das Hochschleudern durch die Kuppel des Führerstandes mit allenfalls leichten Verletzungen überleben.

Statt der erbetenen Rückversetzung nach Dachau hatte Assmann den Marschbefehl nach Chelmno bekommen. "Da kannst du dich dick fressen und dämlich saufen", hatten ihm seine Vorgesetzten versprochen. "Und die Arbeit im dortigen Konzentrationslager ist der reinste KdF-Urlaub".

Die Versprechungen hatten sich für Hedwig Assmann erfüllt. Für sie und Heinrich war im Offiziersblock in der Nähe des Schlosslagers eine prächtige Vier-Zimmer-Wohnung eingerichtet worden. Auf der anderen Straßenseite stand die Schlosskirche, die Hedwig jeden Sonntag und auch an vielen Wochentagen besuchte. Der Organist übte fast jeden Tag auf der prächtigen Orgel. Und Hedwig war meist die einzige und sehr begeisterte Zuhörerin seiner Darbietungen.

Heinrich Assmann erlernte das Jagdhandwerk und er zog an vielen Tagen in die dichten Wälder von Rzuchowski und Skape. Alle paar Tage musste er auf den Bahnhof von Kolo, auf dem die Güterzüge mit den jüdischen Häftlingen ankamen. Meistens kamen die Züge aus dem Getto von Lodz und nur gelegentlich aus dem 'Altreich'.

Normalerweise erledigten zwei SS-Ärzte die Rampen-Selektion der Juden in 'arbeitsfähiges' und 'nicht arbeitsfähiges Material'. Aber wenn die Ärzte nicht aufzutreiben waren, musste Assmann ihre Arbeit übernehmen.

Ihm machte das Selektieren keine Schwierigkeiten. Befehl war Befehl und das befreite ihn von der Frage nach Sinn und Vertretbarkeit seiner Arbeit. Und er führte sie gewissenhaft aus: Alle offensichtlich Kranken, die über 50 Jahre alten Männer und Frauen und auch alle Kinder mussten nach rechts, die gesund aussehenden, arbeitsfähigen Erwachsenen bis höchstens 50 nach links.

Natürlich wusste Heinrich Assmann, was mit den nach rechts geschickten Menschen geschah: Sie wurden auf dem Bahnhof von Kolo in die offenen Wagen der Schmalspurbahn gepfercht und zum Bahnhof von Powiercie gefahren. Dort warteten Lastwagen auf sie, die sie hinter die Mauern des Schlosslagers brachten.

Der wartende Lagerkommandant begrüßte sie mit einer launigen Rede. Bevor sie in ihre Unterkünfte gehen dürften, müssten sie den Schmutz ihrer langen Reise abwaschen, erklärte er ihnen, und er wünschte einen "schönen Aufenthalt".

Die Ankömmlinge mussten sich aller Kleider entledigen und wurden dann, jeweils in Gruppen zu 50 bis 80 Menschen an Schildern mit der Aufschrift 'Zu den Waschräumen' vorbeigeführt. Der Weg gabelte sich in drei steile Rampen an deren Ende jeweils ein Lastwagen mit einem fensterlosen Aufbau stand.

Beim Anblick dieser Lastwagen schreckten die Gruppen nackter Menschen jedes Mal zurück und sie wollten nicht weitergehen. An den Rändern der Rampen standen ukrainische Hilfswillige mit nagelbewehrten Latten, mit Eisenstangen und mit Hunden, die sie auf die Menschen hetzten. Die Hunde zerbissen sich in den Genitalien der Männer und den Brüsten von Frauen, und etliche Tiere hatten bald Fleischstücke im Maul.

So wurden die Menschen in die Lastwagen getrieben. Sobald die Hilfswilligen die Hecktüren der gerade mal sechs Meter langen und innen nur 1,70 Meter hohen Aufbauten zugeschlagen hatten, starteten die Fahrer die Motoren. Die Auspuffgase wurden in den geschlossenen Kasten geleitet. Und mit den immer schwächer werdenden dumpfen Geräuschen im Aufbau setzten sich die Lastwagen in Bewegung. Ihr Ziel war das nahe gelegene Waldlager des Konzentrationslagers von Chelmno. Hier warfen zu diesem Einsatz gezwungene jüdische Häftlinge der Sonderkommandos die grotesk verrenkten Leichen in Massengräber oder schichteten sie zu Scheiterhaufen auf.

Heinrich Assmann hatte sich die Sonderbehandlung der von ihm aussortierten Menschen nie angesehen. Das war schließlich nicht seine Aufgabe. Er hatte nur einen Befehl zu befolgen: Genau nach Vorschrift zu selektieren.

Aber oft hatte er die arbeitsfähigen Juden bei ihrer Arbeit im Schlosslager beobachtet. Sie sortierten die abgelegten Kleider und eingeschmuggelte Gepäckstücke.

Von dem gefundenen Geld, von Gold und Juwelen hätte sich Assmann einfach etwas in die Tasche stecken können, aber er kam nicht einmal in Versuchung. Das wäre schließlich Diebstahl gewesen. Und stehlen, nein stehlen hätte Assmann nicht können. Ein Assmann macht nichts Ungesetzliches.

Assmann wusste von einem SS-Kameraden in Auschwitz, der Häftlingseigentum auf die Seite geschafft hatte. Von einem Sondergericht war er zum Tode verteilt worden. Aber weil er sonst ein "verdienter SS-Mann" war, erfüllte ihm der Richter noch einen Wunsch. Der verbrecherische Dieb wurde nicht am Galgen aufgehängt, sondern aufrecht und ehrenhaft erschossen.

Nach einer Selektion im Mai 1942 auf dem Bahnhof von Kolo schlenderte Assmann zu seinem Dienst-Mercedes 170 V, den er auf dem Vorplatz geparkt hatte. Seinen Fahrer hatte er wie meistens im Lager gelassen. Assmann genoss es, den Mercedes selbst über die staubige Landstrasse zu jagen.

Er ging an dem übel riechenden Berg der aus den Waggons geworfenen Leichen vorbei und hörte plötzlich ein kaum wahrnehmbares Wimmern. Automatisch zuckte seine rechte Hand zur Pistolentasche und er zog die Walther P-38 heraus. Mit flinken Augen suchte er den Haufen ab und dann sah er es: Ein nacktes Bündel Kind. Es verzerrte das Gesicht zum Schrei, aber aus seinem Mund kam nur das leise Wimmern.

Mit dem Lauf der Pistole drehte er das Gesicht des offensichtlich erst wenige Tage alten Kindes zu sich. Und während er ein paar Lumpen von seinen kurzen Beinen zerrte, erinnerte er sich. Das war das U-Boot. Das Kind, dass diese jüdische Schlampe mit ins Lager hatte schmuggeln wollen.

Assmann steckte die Walther wieder in die Tasche und er nahm den kleinen Jungen auf den Arm. Und er wusste, dass er das Kind retten und mit nach Hause nehmen würde. Jetzt hatte er einen Sohn, und schlagartig waren er und Hedwig eine richtige Familie.

Lediglich im Unterbewusstsein registrierte der SS-Mann, dass er ein jüdisches Kind anlächelte. Denn der Kleine war schließlich mit einem reinen Judentransport angekommen. Aber Assmann wischte den Gedanken beiseite. Denn was war an diesem Säugling schon jüdisch? Ein Kind ist ein Kind. Und im Übrigen war er ja auch nicht mehr im Dienst.

Im Mercedes legte Assmann den Kleinen behutsam auf den Beifahrersitz. Während der Fahrt quälte er den Motor mit schleifender Kupplung. Statt zu schalten hielt er mit seiner rechten Hand das Findelkind fest, damit es nicht auf den Boden rollte.

Keine hundert Meter vor dem Haus hielt Assmann den Wagen an und steckte das kraftlose Bündel Mensch in seine Aktentasche. Es war kein Verbergen. Er wollte Hedwig ein Geschenk mitbringen und sie überraschen.

****

Hedwig und Heinrich Assmann saßen nur da und beide dachten dasselbe. In ihre schweigende Erinnerung schrillte das Telefon. Hedwig zuckte zusammen als sei sie bei etwas Verbotenem ertappt worden.

Heinrich Assmann stand auf und bewegte sich sehr langsam auf das Telefon zu. Auch in seinem Kopf war es ein sehr langer Weg von Chelmno bis in die Gegenwart.

Nach einem "Hallo, Assmann", hörte er schweigend zu und sagte schließlich: "Aber das macht nichts, Dietrich. Komm doch einfach auf einen Sprung rüber" und damit legte er den Hörer auf die Gabel zurück.

In Hedwigs fragendes Gesicht sagte Assmann: "Der Nonnenmeier kommt vorbei. Der hat heute noch mal mit dem Staatsanwalt gesprochen und jetzt will er mit uns reden."

"Was hat der Staatsanwalt denn gesagt? Ist jetzt alles vorbei?"

Heinrich Assmann zuckte nur mit den Schultern. "Woher soll ich das wissen? Dafür kommt der Nonnenmeier doch her". Assmann merkte selbst die Gereiztheit in seiner Stimme und er wollte seine Frau beruhigen. "Aber mach Dir keine Sorgen. Wenn die mir wirklich was am Zeug flicken könnten, hätten sie doch längst die Aussetzung der Untersuchungshaft widerrufen und einen neuen Haftbefehl ausgestellt".

Und während er das sagte, hellte sich Assmanns Miene auf, denn er erinnerte sich. „Du, stell' dir vor, heute habe ich Post vom Ministerpräsidenten bekommen. Der Bundespräsident hat mir das Bundesverdienstkreuz verliehen. Was soll denn jetzt noch passieren".

****

Oberstaatsanwalt Friedrich Schomer hatte sich sichtlich gefreut als Rechtsanwalt Nonnenmeier in sein Dienstzimmer kam: "Na, du Rechtsverdreher, wie geht's dir?"

"Danke gleichfalls", sagte Nonnenmeier und ergriff die ausgestreckte Hand des alten Studienkollegen. "Ich wünschte, ich hätte deinen Job. 'Ne Halbtagsbeschäftigung mit Pensionsanspruch. Das ist doch was".

Schomer lachte: "Ich bin ja so stolz auf mich. Du fährst 'nen Mercedes und ich 'nen Opel. Bist du nur gekommen, um mich zu ärgern?"

Nonnenmeier blickte den Staatsanwalt plötzlich sehr ernst an: "Leider nicht, Fritz".

"Dienstlich?" Schomer war offensichtlich enttäuscht. "Etwa wegen der Assmann-Geschichte?"

"Ja. Und wegen der kriegen wir beide noch viel mehr Ärger, als wir haben wollen".

Schomer sah den Anwalt eine Zeitlang prüfend an und schüttelte dann mit dem Kopf. "Die irrst dich, lieber Dietrich. Ich zieh' das Ding vor Gericht in vier Wochen über die Bühne. Du hast doch die Liste der von uns geladenen Zeugen. Und welchen Ärger die uns mit ihren Aussagen machen sollten, sehe ich beim besten Willen nicht".

"Du hast dich mit der Anklage sehr weit aus dem Fenster gehängt", sagte Nonnenmeier gedehnt. "Und wenn du nicht aufpasst, wirst du rauslallen und dir den Hals brechen, Fritz".

Verblüfft sah Schomer den Anwalt an, mit dem ihn eine lebenslange Freundschaft verband. "Bist du besoffen?", fragte er. "Was soll das Gequatsche?"

Nonnenmeier stand auf und prüfte, ob die Tür zu Schomers Vorzimmer fest geschlossen war. "Ich will Dir einen Gefallen tun und Dich zur Einstellung des Verfahrens überreden".

"Ach", sagte Schomer. "Und mit welcher Begründung bitte? Willst du mir etwa mit einer Verwechslung kommen? Dein Mandant war gar nicht der, wofür ihn die Zeugen halten? So nach dem Motto: Hohes Gericht, der Angeklagte war zu Tatzeit nachweislich im Lazarett?"

Der Anwalt reagierte verärgert: "Mach mich doch nicht blöder als ich bin. Die Sache ist ganz anders. Der Assmann ist wirklich nicht der, wofür du ihn hältst, Fritz".

Schomer blickte Nonnenmeier entgeistert an. "Du bist übergeschnappt, Dietrich. Die Ausrede hat es schon gegeben als Adolf selig noch gar nicht geboren war. Und das soll ich so einfach akzeptieren?".

Der Assmann-Verteidiger nickte nur und wiederholte dann: "Der Assmann ist einfach nicht der, wofür du ihn hältst, Fritz".

Der Staatsanwalt wollte aufbrausen, besann sich aber eines Besseren. Nonnenmeier war schließlich sein Freund, "Ja, ich weiß", sagte er leichthin. "Mutter Theresa hat sich als Assmann verkleidet. Aber ’ne Einstellung des Verfahrens ist trotzdem nicht drin".

Nonnenmeier sagte nichts. Er holte eine Zigarettenpackung aus seiner Jackentasche und steckte sich eine "Dunhill Menthol" an. Er bot Schomer keine an, denn der hatte sich das Rauchen schon vor Jahren abgewöhnt.

"Der Assmann ist kein Mörder und auch kein Beihilfe-Täter", sagte der Anwalt schließlich. "Ganz im Gegenteil. Der hat unter Einsatz seines eigenen Lebens das Leben von Juden gerettet, mein lieber Fritz. Das werde ich im Prozess beweisen, wenn du stur bleibst. Und dann siehst du ganz schön belämmert aus".

Staatsanwalt Schomer spürte wie sein Gesicht zornrot wurde. "Gerettet? Ja wen denn, Herr Rechtsanwalt? Beweise will ich sehen, bevor ich mir solchen Quatsch anhöre. Beweise. Beweise. Verstehst Du mich Dietrich? Du kannst bei aller Freundschaft hier nicht reinkommen und mir Grimms Märchen erzählen. Und dann auch noch erwarten, dass ich dich ernst nehme!"

"Beruhige dich", sagte Nonnenmeier. "Ich sag’ dir ja alles, was ich weiß. Und dann wirst du mir vor lauter Dankbarkeit die Füße küssen".

"Na, da bin ich aber mal gespannt". Übergangslos fragte er: „Willst du auch einen Kaffee?" Ohne eine Antwort abzuwarten drückte er auf die Taste der Wechselsprechanlage ins Vorzimmer. "Frau Kammer bringen Sie uns doch bitte zwei Kaffee".

"Für mich schwarz", bestellte Nonnenmeier.

Keine Minute später klopfte es an der Tür und die Sekretärin brachte ein Tablett mit einer gläsernen "Krups"-Kaffeekanne, zwei Tassen und Schälchen mit Milch und Zucker.

Als sie die Tür hinter sich zugezogen hatte, sagte der Staatsanwalt: "Schieß los. Ich nehme an, dass du keinen Protokollführer dabeihaben willst".

"Noch nicht, Fritz". Nonnenmeier blätterte in der von Schomer verfassten Anklageschrift. "Blatt 22", sagte er. Sieh dir mal Blatt 22 an".

"Hab ich hier", sagte der Staatsanwalt. "Und?"

Nonnenmeier lächelte. "Du beschreibst die Arbeit an der Selektionsrampe im KZ und die angebliche Beteiligung von Assmann ja sehr einfühlsam, mein Freund. Aber das Wichtigste hast Du vergessen".

Schomer las Blatt 22 der Anklageschrift Wort für Wort durch, und dann noch einmal. Dann blickte er den Verteidiger kopfschüttelnd an. "Da ist nichts vergessen worden".

"Doch", sagte Nonnenmeier. "An der Rampe hat mein Mandant beispielsweise einem jüdischen Säugling das Leben gerettet. Und das können wir sogar beweisen. Du kennst sicher den jüdischen Spruch: Wer einem Menschen das Leben rettet, der rettet die gesamte Menschheit, oder so. Und für diese Sache gibt es Zeugen, Fritz. Viele Zeugen. Und wenn es sein muss, schleppe ich Dir die alle an".

Staatsanwalt Schomer blieb skeptisch. "Wer sind die Zeugen, wo sind sie, was können sie aussagen? Und vor allem: Wo ist das gerettete Kind, lieber Freund?"

"Das Kind haben wir noch nicht", sagte Nonnenmeier. "Aber wenn ich dir die Geschichte erzählt habe, bekomme ich ja Hilfe".

"Von wem?", wollte Schomer wissen.

"Von dir, verehrter Herr Staatsanwalt. Denn nach den schönen Regeln der Strafprozessordnung muss die hochverehrte Staatsgewalt ja auch nach allem fahnden, was einem Beschuldigten entlasten kann".

Mit dieser Einleitung erzählte Assmann-Verteidiger Nonnenmeier dem Oberstaatsanwalt Dr. Friedrich Schomer die wundersame Geschichte von der Rettung im KZ.

Wortlos hörte Schomer zu und er rührte seinen Kaffee nicht an. Als mitten in der Erzählung Nonnenmeiers die Sprechanlage summte, und seine Sekretärin anfragte, ob sie ein Telefongespräch durchstellen könnte, brüllte der Staatsanwalt: "Ich bin beschäftigt und will nicht gestört werden! Haben Sie das verstanden?!"

Assmanns Verteidiger registrierte den Ausbruch seines Freundes mit Erleichterung. Er hatte die Sache also richtig angepackt. Schomer war durch die plötzliche Wendung in der Strafsache Assmann aus der Fassung gebracht. Und ein verunsicherter Staatsanwalt ist der beste Staatsanwalt den sich ein Strafverteidiger wünschen kann.

Als Nonnenmeier seine Geschichte zu Ende erzählt hatte, sagte Schomer nichts. Stumm saß er an seinem Schreibtisch und drehte einen Kugelschreiber zwischen den Händen. Der Lärm der Strasse drang als undefinierbares Summen durch die Doppelfenster des Justizgebäudes.

Nach vielleicht zwei oder drei Minuten fixierte der Staatsanwalt den Verteidiger. "Hast Du mir die Sache als Freund oder dienstlich erzählt?", fragte er schließlich.

Nonnenmeier war verwirrt. "Was soll die Frage?"

"Also, ich weiß erst einmal von nichts", entgegnete der Staatsanwalt statt einer Antwort. "Denn wenn ich das offiziell zur Kenntnis nehme, sitzt dein Mandant ganz schwer in der Kacke, Dietrich".

Der Verteidiger wusste genau, worauf der Staatsanwalt hinauswollte, aber es beunruhigte ihn nicht im geringsten. Und mit fast fröhlicher Stimme wollte er wissen: "Was meinst du denn damit?"

"Ich kann mir nicht vorstellen, dass du es nicht bedacht haben solltest, Dietrich. Denn wenn du in der Hauptverhandlung als Entlastung für deinen Mandaten vorbringst, dass er im Verlauf seiner Selektionsarbeit im Konzentrationslager ein

Kind gerettet habe, kriegst du höchstens ein standesrechtliches Verfahren an den Hals".

Nonnenmeier lächelte immer noch. "Ach nee. Und warum, wenn ich fragen darf?"

"Weil du ein astreines Schuldanerkenntnis für deinen Mandanten ablieferst. Denn die Einlassung, dass dein Mandant bei der Selektion ein Kind von ebendieser Selektion ausgenommen habe, ist kongruent die Bestätigung der Mitwirkung Assmanns an Selektionen, die Gegenstand der Anklage sind und den Tatbestand der Beihilfe zum Mord erfüllen. Du kannst doch nicht so verrückt sein und das in der Hauptverhandlung von dir geben".

Nonnenmeier schüttelte nur mit dem Kopf, während sich der Staatsanwalt langsam in Rage redete: "Oder suchst Du nur nach einem Grund, um den Prozess platzen zu lassen? Aber nicht mit mir lieber Dietrich. Und damit würdest du deinem Mandanten auch keinen Gefallen tun. Denn dann ist es mit der Unterbrechung der Untersuchungshaft für ihn vorbei. Dann beantrage ich eine so hohe Kaution, die er nicht stellen kann, und dann wird er wieder eingebuchtet".

"Willst du mir drohen?", fragte der Verteidiger mit deutlich hörbarer Verärgerung in der Stimme.

"Nein, aber ich will dich davon abhalten, dass du Blödsinn..."

"Unsinn", fuhr Nonnenmeier dazwischen. "Den Blödsinn machst du. Denn dass die Rettungsgeschichte das Eingeständnis der Teilnahme an Selektionen sei, ist doch Quatsch. Selektionen, im Plural, hast du gesagt? Nein, mein Freund. Wenn schon, dann höchstens das Eingeständnis der Teilnahme an einer einzigen Selektion. Aber auch das ist falsch. Wenn wir den Beweis der Rettungstat führen, wird damit nur bestätigt, dass mein Mandant zu einer bestimmten Zeit an einem bestimmten Ort war und etwas sehr Schönes getan hat, wofür er einen Orden verdient und nicht eine Anklage wegen Beihilfe zum Mord. Wir reden von Befehlsnotstand und Lebensrettung. Ende der Durchsage, Herr Oberstaatsanwalt. In der Gedenkstätte von Yad Vashem werden Leute für solche Großtaten mit dem Pflanzen von Bäumen geehrt".

Schomer widmete sich endlich seinem Kaffee, der längst kalt geworden war und sagte dann: "Einspruch, mein Lieber. Mit deiner Einlassung unterstützt du zumindest die Feststellung der Anklage, dass Assmann an dem von dir hoffentlich genannten Tag an einer Selektion teilgenommen hat. Die anderen Tage lassen wir mal außen vor. Und dann kommen die Zeugen und sagen: 'Ja, der Assmann war da und hat die Leute ins Gas geschickt'. Und die Sache mit dem Befehlsnotstand kannst du dir schenken. Da hat niemand dem Assmann eine Pistole an die Schläfe gesetzt und gesagt: ‚Selektieren Sie mal schön, Herr Sturmbannführer, oder sie kriegen eine Kugel verpasst'. Wir haben andere Zeugenaussagen und damit ist er weg vom Fenster".

"Stimmt schon wieder nicht", beharrte Nonnenmeier. "Die von euch aufgebotenen Zeugen irren sich. Darauf kannst du Gift nehmen. Und wenn der Assmann gemacht haben sollte, was ihm die Anklage vorwirft, hat er das auf jeden Fall auch nicht freiwillig gemacht. Erst recht hat er nicht gewusst, was nach Selektionen mit den Häftlingen gemacht worden ist. Das Gegenteil kannst du ihm nicht beweisen, Herr Kollege“.

Der Anwalt lehnte sich zufrieden zurück. „Am Schluss steht höchstens fest, dass mein Mandant an einem bestimmten Tag ein jüdisches Kind gerettet hat und sonst gar nichts. Und damit ist deine Anklage endgültig im Eimer".

Noch während der Verteidiger sprach, hatte Schomer mit dem Kopf geschüttelt. "Die Zeugen sind sehr überzeugend, Dietrich. Die erinnern sich deutlicher, als deinem Mandanten lieb sein kann. Und die Rettungsgeschichte ist einen Dreck wert. Selbst wenn sie stimmen würde, wäre sie ein Nullum.

Denn rechtlich wäre deine 'Rettung' nur der mehr oder weniger vorsätzlich vorgenommene Verzicht auf eine Beihilfetat zum Mord in diesem einen Fall. Und dafür, dass sich jemand mal ausnahmsweise nicht als Schwein benommen hat, dafür gibt es nichts".

"Was du nicht sagst", unterbrach ihn Nonnenmeier. "Das sehe ich aber ganz anders".

Oberstaatsanwalt Schomer ließ sich nicht beirren. "Nimm doch Vernunft an", bat er seinen Freund schon fast flehentlich. "Erinnere dich an den 'Endlöser' Eichmann. Den haben die Israelis gekascht und angeklagt, weil er ein paar Millionen Juden auf dem Gewissen hat. Und ein paar andere Millionen haben er und die Nazis laufen lassen. Millionen, Dietrich. Millionen ermordet und ein paar Millionen nicht. Aber geholfen hat das dem Eichmann beim Prozess in Jerusalem nicht die Bohne. Die Israelis haben ihn aufgehängt, seine Leiche verbrannt und die Asche im Meer verstreut. Und das war richtig so".

"Meinst du jetzt das Urteil oder die juristische Fiktion", fragte Nonnenmeier gereizt.

Schomer winkte resigniert ab. "Lassen wir das. Fest steht, dass du mit der Kindesrettung im Verfahren keinen Blumentopf gewinnen kannst".

"Wobei ich dir das Gegenteil beweisen werde, Friedrich". Nonnenmeier hatte seine Fröhlichkeit wiedergefunden. "Denn du vergisst, dass die Verhandlung vor einem Schwurgericht stattfinden soll. Und wenn die Geschworenen vom Baby und vom edlen Retter erfahren, sind die ganz weg und deine anderen so genannten Beweise interessieren dann niemanden mehr".

"Du unterschätzt das Gericht, die Geschworenen und auch mich, Dietrich. Und im übrigen musst du das Kind erst mal haben, um es tränendrückend vorzeigen zu können".

"Na klar", trompetete Nonnenmeier. "Aber, wie gesagt: Zum Glück habe ich ja dich. Und ob du nun willst oder nicht, du wirst mir beim Suchen helfen."

"Muss ich wohl", entgegnete der Oberstaatsanwalt. "Schöne Strafprozessordnung".

****

Zur selben Zeit wie Oberstaatsanwalt Friedrich Schomer hörten noch zwei andere Leute die Geschichte vom geretteten Kind. Keine 200 Meter vom Gebäude der Staatsanwaltschaft entfernt nahmen in einer von zwei angeblichen Medizinstudenten der Düsseldorfer Universität angemieteten Wohnung an der Schadow-Strasse zwei israelische Agenten die Kopfhörer von den Ohren.

"Interessant", sagte der Eine und schaltete das mitlaufende Tonband ab. Weder der Oberstaatsanwalt, noch Strafverteidiger Nonnenmeier wussten, dass einer der Beiden das Telefon Schomers angezapft hatte. Ein Mossad-Mann war einfach im "Blaumann" in die Telefonzentrale im Justizgebäude marschiert und hatte die Telefondamen freundlich gefragt: "Hallo, ich bin von der Telekom. Wo ist denn hier der Hauptverteilerkasten?"

"Da vorne in der Ecke", hatten sie gesagt und der Monteur hatte sich ans Werk gemacht. Den kaum mehr als stecknadelkopfgroßen Sender an die Verbindung zur Nebenstelle 301 von Schomer zu klemmen, war eine Angelegenheit von 20 Sekunden. Und seitdem war das Telefon auf Schomers Schreibtisch ein schön funktionierendes Mikrofon. Sozusagen mit Direktleitung zum Mossad. Aber davon wussten natürlich weder der Staatsanwalt noch sein Besucher etwas.

"Nächstesmal bringe ich den schönen Damen Pralinen mit", hatte der freundliche "Monteur" verkündet und die Telefonistinnen hatten gekichert. Als er zur Tür ging, riefen sie ihm nach: "Pralinen nicht vergessen".

Während die beiden "Studenten" den Tonband-Mitschnitt vom Computer digitalisieren und verschlüsseln ließen und dann über eine Datenleitung zur "Firma" in Tel Aviv schickten, ging Anwalt Nonnenmeier in sein Büro zurück und ließ den 2. Akt seines Verteidigungsplanes für den SS-Mann Heinrich Assmann anlaufen.

Beim Chefredakteur des "Anzeiger" klingelte das Telefon. "Guten Tag, Herr Hendrich", sagte Nonnenmeier. "Hier ist Rechtsanwalt Nonnenmeier. Ich bin der Verteidiger von Herrn Heinrich Assmann, der sich vor dem Landgericht in der NS-Strafsache verantworten soll. Und ich habe da ein paar Informationen, die Sie interessieren werden. Können Sie jemanden zu einem Hintergrundgespräch in meine Kanzlei schicken?"

Chefredakteur Hendrich war interessiert. Und er schickte seinen Gerichtsreporter Theo Schapiro.

****

Shumalit Stern saß auf ihrem Bett im Hotelzimmer und starrte auf den Teppichboden. Das graublaue Muster verschwamm vor ihren Augen und verformte sich zu dem Gesicht eines Mannes, den sie vor drei Tagen noch gar nicht gekannt hatte. Es war das Gesicht von Theo Schapiro.

Mit klopfendem Herzen erinnerte sich Shulamit an die Tränen auf der Autobahn. Großer Gott, sagte sie sich. Das alles darf es für mich nicht geben. Nicht nach Noahs Tod. Und vor allem nicht hier in Deutschland.

Shulamit schloss die Augen und versuchte, sich an Noahs ewig junges Gesicht zu erinnern, aber es gelang ihr nicht. Stattdessen sah sie Theo vor sich. Das lachende Gesicht des Mannes, den sie liebte. Das Gesicht eines deutschen Juden, der kein Jude sein will und der vom Judentum so gut wie nichts weiß oder nichts wissen will.

Ich habe ihn nicht gesucht, aber ich habe ihn gefunden, sagte sich Shulamit. Er ist mir einfach zugeflogen. Oder ich ihm?

Shulamit blickte vom Teppichboden hoch auf den kleinen Schreibtisch am Fenster. Auch da war Theos Gesicht zu sehen. Verblüfft realisierte sie sich, dass er keinen dunklen Krauskopf, sondern lange blonde Haare hatte.

Reiß' dich zusammen, wies sie sich selbst zurecht und sie schaltete den Laptop an, der auf der Tischplatte lag. Nur nicht immer an Theo denken.

Der kleine Computer gehörte der "Firma" in Tel Aviv. Es war ein ganz normaler Laptop, wie er in jedem Computerladen zu kaufen ist. Aber natürlich konnte er etwas mehr als Laptops normalerweise können. Beispielsweise verschlüsselte Botschaften des israelischen Geheimdienstes Mossad senden und empfangen. Doch dazu musste man erst einmal wissen, wo das Codierprogramm auf der Festplatte versteckt ist und wie man es zum Laufen bringt.

Shulamit wusste es. Per Internet ließ sie sich mit der Webseite eines obskuren holländischen Internet-Betreibers verbinden, bei dem die Mossad-Zentrale eine Mailbox für Shulamit angelegt hatte. Schon Sekunden später zeigte sie eine „neue Message“ an.

Shulamit lud sie auf ihren Computer, brach die Verbindung ab und las amüsiert: "Lieber John, mein Beinbruch ist gut verheilt. Und falls es dich interessiert, schicke ich Dir als Anlage ein Foto von Buddy, meinem treuen Rottweiler mit. Schöne Grüsse Patrick".

Die Botschaft war in englischer Sprache abgefasst und natürlich Nonsens. In der angeblich in London abgeschickten Mitteilung wies nichts darauf hin, dass sie in Tel Aviv auf die Reise geschickt worden war. Und Shulamit wusste auch, was es mit dem angeblichen Hundefoto auf sich hatte. Mit normalen Programmen betrachtet, zeigte die Aufnahme natürlich einen Hund. Aber wer ein Mossad-Chiffrierprogramm hatte, konnte aus dem Hundebild eine verschlüsselte Textbotschaft herausfiltern.

Shulamit machte sich erst gar nicht die Mühe, das als Attachment zur E-Mail mitgesendete Hundefoto mit dem JPEG-Programm auf dem Bildschirm sichtbar zu machen. Sie mochte schließlich keine Hunde. Rottweiler genauso wenig wie Schäferhunde. Stattdessen dechiffrierte sie die E-Mail-Anlage mit dem Mossad-Schlüssel. Das dauerte mehrere Minuten obwohl die im Hundefoto versteckte Mitteilung aus nur wenigen Zeilen bestand.

Assmanns Anwalt habe sich eine seltsame Verteidigungs-Strategie für den Prozess ausgedacht, hieß es da und Shulamit musste unwillkürlich lächeln. Sie konnte sich schon vorstellen, wie die Zentrale von den Plänen des Anwalts erfahren hatte: Jemand hatte ihm ein paar Abhörmikrofone in die Praxis und ins Auto gepflanzt und dann auf Tonband mitgeschnitten.

Ich bin also nicht allein hier, dachte sich die Agentin. Aber gleichzeitig fand sie den Gedanken auch einigermaßen beunruhigend. Denn wenn die Kollegen den Anwalt und den Angeklagten beobachteten, würden sie vielleicht auch ein wachsames Auge auf sie selbst werfen. Und bestimmt würden sie nach Tel Aviv melden, dass sich die israelische Agentin in Deutschland mit einem deutschen Zeitungsreporter abgibt.

Ich will nicht, dass Theo in die Sache hineingezogen wird, sagte sie sich. Denn was wissen die in der Zentrale schon von ihm? Sie sollen mir ihn nicht wegnehmen.

In diesem Augenblick wurde der Bildschirm erst dunkel und dann wurde das Foto eines Rottweiler-Welpen sichtbar. Das Dechiffrierprogramm hatte sich automatisch abgeschaltet, weil Shulamit nicht wie vom Programm vorgeschrieben alle paar Sekunden die %-Taste gedrückt hatte.

Seufzend machte sich die Mossad-Agentin daran, die Botschaft aus der Zentrale noch einmal vom Computer entschlüsseln zu lassen. Als der mit lateinischen Buchstaben geschriebene und in Englisch und nicht hebräisch abgefasste Text sichtbar wurde, las sie genauer, welche Verteidigungsstrategie Assmanns Anwalt im Prozess verfolgen wollte:

"Zeugen sollen im Prozess aussagen, dass Assmann im Konzentrationslager Chelmno Anfang 1942 ein neugeborenes Kind, Mutter ohne nähere Angaben, vermutlich jüdischen Glaubens, an sich genommen, mit nach Hause genommen, und somit das Leben gerettet hat", stand da nüchtern. "Der Verbleib des Kindes ist ungeklärt. Unseren Quellen zufolge hat sich das Kind nur kurze Zeit im Hause Assmann in Chelmno aufgehalten. Assmanns Schwager, Heiner von Zerfass, Korvettenkapitän und vermutlich Angehöriger des Amtes für Auslandsaufklärung, Büro Canaris, soll das Kind übernommen und womöglich in ein Land außerhalb des Deutschen Reiches verbracht haben."

"Die Verifizierung der Absicht der Verteidigung Assmanns ist erfolgt. Zu klären sind folgende Fragen: Wohin hat Zerfass das Kind gebracht und was ist über sein weiteres Schicksal in Erfahrung zu bringen? Wer ist das ‚Kind'? Falls es noch lebt, wird es die Verteidigung mit Sicherheit als Entlastungszeugen vor Gericht aussagen lassen wollen. Ein solcher die Verurteilung Assmanns eventuell gefährdender Auftritt muss verhindert werden. Wir bitten um Nachforschungen. Ende."

Das ist ja die Geschichte dieser Frau Blau aus dem Cafe, sagte sich Shulamit verwirrt. Oder träume ich etwa? Der Zufall hat mich mit Theo Schapiro zusammengebracht. Zufällig sind wir in dieses Cafe in Solingen gegangen, in der wir die Frau Blau getroffen haben. Und jetzt weiß auch die Zentrale von ihr? Das Ganze wird mir unheimlich.

Shulamit nahm mit zitternder Hand den Hotel-Kugelschreiber auf dem kleinen Hotel-Schreibtisch und warf ihn achtlos in den Papierkorb.

Auf dem Nachttisch neben dem Bett lagen ein Notizblock mit gelbem Papier und ein blauer Filzschreiber. Vor Auslandseinsätzen drückte die "Firma" ihren Agenten immer gelbe Notizblöcke und blaue Filzschreiber in die Hand. Gelbes Papier fällt auf und Mossad-Leute im Ausland wissen, dass sie auf gelbes Papier immer gut aufpassen müssen. Und Filzschreiber haben die Eigenschaft, dass sie beim Schreiben nicht auf unbeschriebene Blätter durchdrücken. Das schützt vor neugierigen Blicken.

Nicht mehr benötigte Filzschreiber-Notizen kann man auch spurenlos verschwinden lassen. Beispielsweise in jeder Toilette. Das Wasser verwischt sofort die Farbe. Wenn jemand am anderen Ende des Toilettenrohrs sitzen und die Mossad-Notizen herausfischen würde, wäre er sehr enttäuscht.

"Heiner von Zerfass, Korvettenkapitän", notierte sich Shulamit. Und darunter schrieb sie ebenfalls mit lateinischen Buchstaben: "Abwehr", "Chelmno" und "Anfang 1942". Sie ließ den Zettel offen auf dem Schreibtisch liegen, was gegen eine eindeutige Mossad-Regel verstieß. Und in diesem Augenblick wusste die Agentin aus Israel auch noch nicht, dass der Zettel sie noch in Schwierigkeiten bringen würde.

****

Shulamit verspürte Hunger aber sie hatte keine Lust, allein im Restaurant des Hotels herumzusitzen und sich von einem

Haufen deutscher Männer anstarren zu lassen. Sie rief beim Roomservice an und bestellte eine Spargelcreme-Suppe und ein Club-Sandwich. "Ohne Speckstreifen", verlangte sie ausdrücklich.

"Selbstverständlich, gnädige Frau", versicherte der Mann am anderen Ende der Leitung. Er sprach Deutsch mit einer offensichtlich pakistanischen Klangfärbung. "Darf es auch etwas zu trinken sein?"

"Ja, ein Glas Wein. Haben sie einen Sauvignon Blanc?"

Als der Mann wieder "Selbstverständlich, gnädige Frau" sagte, unterbrach ihn Shulamit: "Halt, warten Sie. Bringen Sie mir doch auch ein Mineralwasser. Ein Perrier-Wasser, bitte".

Daraufhin wiederholte der Kellner die Bestellung: "Also ein Perrier, einen Wein, eine Spargelcreme-Suppe und ein Club-Sandwich".

"Ohne Speckstreifen".

"Selbstverständlich, gnädige Frau. Es wird etwa 20 Minuten dauern".

Shulamit sagte "Danke", legte den Hörer auf die Gabel zurück und schaltete den Computer wieder ein. Na, dann suchen wir mal den Korvettenkapitän von Zerfass vom Canaris-Verein, sagte sie sich. Warum hat das die Zentrale nicht schon längst getan? Die haben doch viel bessere Möglichkeiten.

Einmal im Internet versuchte Shulamit erst gar nicht, eine Verbindung zum Mossad-Computer herzustellen, der vermutlich die Namen vieler Korvettenkapitäne der deutschen Kriegsmarine gespeichert hatte. Und bestimmt ausnahmslos alle Männer und Frauen, die jemals bei der Abwehr der Deutschen beschäftigt waren. Denn von außen konnte der Mossad-Computer nicht einmal vom Premierminister angezapft werden. Wer Daten aus dem Mossad-Speicher haben wollte, musste sich schon an eines der speziellen Terminals in den Mossad-Büros in Israel setzen. Und ein zweiter Agent musste als Aufpasser immer daneben sitzen.

Bei der Internet-Suchmaschine gab Shulamit das Stichwort "Heiner+Zerfass" ein. Fehlanzeige. Bei "Canaris" und "Awehr" tauchte jedes Mal "Bundesarchiv in Koblenz" auf. Schon eine Minute nach dem Anklicken wusste die Mossad-Surferin, dass sie sich weiteres Suchen im Internet sparen konnte. Die Bundes-Archivisten wollten wissen, wann die gesuchte Person verstorben sei, denn in den ersten 50 Jahren nach dem Tod könne das Archiv Fremden keine Auskünfte erteilen.

"Woher soll ich wissen, wann sich der Korvettenkapitän verabschiedet hat", teilte Shulamit dem Computer lautstark mit. Und dann las sie, was ihr die Zornröte ins Gesicht trieb: Falls das Sterbedatum nicht bekannt sei, würden die Personendaten ab Geburtsdatum 130 Jahre lang gesperrt.

"Verdammte Deutsche", sagte die Agentin. „Den alten Nazis billigt ihr also eine Lebenserwartung von 80 Jahren und dann noch eine Schonzeit von weiteren 50 Jahren zu. So alt habt ihr unsere Leute im KZ aber nicht werden lassen. Die habt ihr gnadenlos abgemurkst. Männer, Frauen und Kinder".

Und dann rechnete sie: Bei Kriegsende war der Korvettenkapitän mindestens 25 Jahre alt. Gab es damals 25jährige Korvettenkapitäne? Was soll's. Dann wäre er also 1920 geboren worden. 130 Jahre drauf. Macht das Jahr 2050. So lange soll ich also warten, bis ich was vom Korvettenkapitän Zerfass erfahren kann. Verdammte Deutsche.

Es klopfte an der Hotelzimmertür.

"Roomservice".

Shulamit blickte durch den "Spion" in der Tür und sah einen untersetzten jungen Mann. Mit einem Tablett auf der Hand.

"Was bringen Sie?", fragte sie durch die geschlossene Tür.

"Roomservice".

"Nein. Ich meine: Was haben Sie auf dem Tablett?"

Der Kellner war offensichtlich verblüfft. "Oh, oh", sagte er und dann: "Spargelcreme-Suppe und Sandwich".

Shulamit erkannte die Stimme wieder. Es war der Pakistani, der ihre Bestellung angenommen hatte. Sie nahm den Stahlbügel von den Tür weg und öffnete.

"Guten Abend, gnädige Frau", sagte der Mann. "Wo darf ich das Tablett hinstellen?"

"Am besten auf den kleinen Schreibtisch".

Shulamit unterschrieb einen Zettel. Der Kellner nickte fröhlich lachend mit dem Kopf und sagte beim Hinausgehen "Guten Abend, gnädige Frau". Es war offensichtlich sein Lieblingssatz.

Noch bevor sie die Suppe ausgelöffelt hatte, klingelte das Telefon. Es war Theo Schapiro. "Ich habe etwas, was Sie interessieren wird", sagte er und seine Stimme klang aufgeregt.

"Und was interessiert mich?"

"Nicht am Telefon. Können wir uns sehen? Es eilt. Ich kann in zehn Minuten bei Ihnen im Hotel sein".

Shulamit wollte ihm zuerst sagen, dass sie auf diesen Trick nicht hereinfalle. Aber sie spürte, dass irgendetwas passiert war. Etwas, dass nichts mit der Fahrt nach Solingen und nichts mit dem Kuss auf der Autobahn zu tun hatte.

"In Ordnung", sagte sie nur. "Zimmer 306".

Bevor sie noch mehr sagen konnte, war die Leitung tot. Schapiro hatte einfach aufgelegt.

****

Shulamit aß nicht weiter. Sie ging zum Kleiderschrank und holte ein langes, weites Hemd heraus. Sie zog es über ihr weißes T-Shirt, verknotete es unter ihrer Brust und betrachtete sich prüfend im Spiegel. In ihrem großen Hemd über den engen

Jeans sah sie wie ein junges Mädchen aus, das beschützt werden muss.

Mit dem was sie sah, war Shulamit aber noch nicht zufrieden. Auf nackten Füssen eilte sie ins Bad und bürstete methodisch ihre dunklen Haare. Sie wollte schön sein. Schön für Theo.

Als es an der Tür klopfte, öffnete Shulamit diesmal sofort. Jeder Anfänger in der Firma weiß, dass sich Betriebsangehörige in ausländischen Hotelzimmern vorher immer überzeugen müssen, wer hinter der geschlossenen Tür steht. Aber Shulamit erwartete schließlich Theo und sie hatte dabei schon wieder eine der wichtigsten Grundregeln für Auslandseinsätze vergessen.

"Guten Abend", sagte Theo strahlend, aber auch etwas atemlos. Mit leichter Enttäuschung registrierte Shulamit, dass Theo Schapiro sie nur flüchtig ansah und sich unaufgefordert auf den Stuhl neben dem Hotelzimmer-Schreibtisch setzte.

"Entschuldigen Sie, dass ich Sie so einfach überfalle. Aber ich hatte gerade einen wichtigen Termin. Und Sie werden nicht glauben, was ich da gehört habe".

"Dann stellen Sie mich doch mal auf die Probe".

"Ich war beim Verteidiger von Assmann. Und stellen Sie sich vor: Der ist gar kein KZ-Schlächter. Ich meine den Assmann. Der hat im Gegenteil Juden das Leben gerettet".

Shulamit stieß enttäuscht Luft durch ihre kleine Nase: "Und das hat Sie so aufgeregt, mein Lieber? Mein Gott, es hat doch schon so viele NS-Prozesse gegeben. Und die Angeklagten waren durch die Bank alle unschuldig und manchmal sogar auch noch Lebensretter. Haben sie zumindest behauptet. Und wenn es gerechte Prozesse waren, kam am Schluss immer heraus, dass sie doch nicht so nett gewesen sind".

Theo Schapiro schüttelte mit dem Kopf. "Kann ja in der Vergangenheit so gewesen sein. Aber diesmal ist es anders. Der Assmann hat ein jüdisches Kind aus dem KZ rausgeschmuggelt und in Sicherheit gebracht. Assmanns Anwalt hat es mir bei einem Hintergrundgespräch haarklein erklärt".

Theo konnte seine Erregung kaum verbergen. „Erinnern Sie sich, was uns die Frau im Cafe erzählte? Das stimmt hundertprozentig. Aber die Frau kennt nur einen Teil der Geschichte. Die geht noch weiter. Der Assmann hat das Kind an sich genommen und es gerettet. Da kann man mal sehen, was bei Hintergrundgesprächen alles rauskommt".

Theo sah Shulamit triumphierend an, doch die zog nur fragend die Augenbrauen zusammen und behielt lieber für sich, dass sie denselben Sachverhalt gerade auch von der Zentrale in Tel Aviv übermittelt bekommen hatte.

"Bei was für einem Gespräch hat Ihnen das der Anwalt gesagt?"

"Bei einem Hintergrundgespräch. Unter Drei".

Shulamit wiederholte: "Also Hintergrundgespräch".

Theo spürte instinktiv, dass die Kollegin aus Tel Aviv mit dem Begriff offensichtlich nichts anfangen konnte. Und dass "Unter Drei" im Journalisten-Jargon "absolut vertraulich" bedeutete, wusste sie wohl auch nicht.

Ist schon komisch, dachte er sich und ihm fiel auch gleich eine mögliche Erklärung ein: Im Zeitungsgeschäft in Israel geht es wohl anders zu als in Deutschland. Ist doch klar.

Theo erklärte ihr deshalb, dass er die Informationen des Anwalts nicht einfach drucken lassen könne, sondern nur als Anlass für eigene Recherchen benutzen dürfe.

"Na klar, selbstverständlich", sagte Shulamit und fragte gleich hinterher: "Haben Sie schon Nachforschungen angestellt und etwas für Ihr Blatt geschrieben?"

Theo grinste. "So fix bin ich nun auch wieder nicht. Für die Politik ist bei uns um 21.00 Uhr Umbruch".

Shulamit reagierte nicht. Was ist bloß ein Umbruch?, ging es ihr durch den Kopf. Ich hätte mich vielleicht etwas besser auf meinen Einsatz als Journalistin vorbereiten sollen. Aber wer konnte schon wissen, dass ich einem richtigen Journalisten so nahe kommen würde?

Um das etwas einseitige Fachgespräch zu beenden, sagte sie: „Kann ich Ihnen etwas zu trinken anbieten? Ich habe eine Flasche Perrier hier. Die ist noch nicht aufgemacht".

Theo ging auf den Vorschlag ein: "Lieb von Ihnen. Ich habe auch einen ganz trockenen Hals".

Während Shulamit den Schraubverschluss von der Flasche entfernte, bewunderte Theo wieder ihre schlanken Hände, an denen sie immer noch keinen Ring trug.

Shulamit nahm das unbenutzte Glas vom Tablett mit dem Sandwich und stellte es zusammen mit der Perrier-Flasche auf den Schreibtisch.

"Sie sind ein Schatz", sagte Theo und während er nach Glas und Flasche griff, fiel sein Blick auf einen Block mit gelbem Papier und in Sekundenschnelle hatte er gelesen, was jemand mit einem blauen Filzstift auf das oberste Blatt geschrieben hatte: "Heiner von Zerfass, Korvettenkapitän, Abwehr, Chelmno, Anfang 1942".

Im selben Augenblick wusste auch Shulamit, dass sie einen Fehler gemacht hatte. Notizen einfach herumliegen zu lassen, hat schon einigen Agenten das Leben gekostet.

Theo trank schweigend und auch Shulamit sagte kein Wort. Auf Situationen wie diese war sie in ihrer Ausbildung nicht vorbereitet worden. Sie wusste nur, was die Firma im Fall einer Enttarnung von ihr verlangte: Sofort untertauchen, wenn es noch geht. Oder verhindern, dass der "Enttarnter" sein Wissen weitergeben kann. Shulamit dachte flüchtig an den kleinen Browning-Revolver, den ihr Nachum ins Gepäck gelegt hatte, und der Gedanke erschien ihr absurd.

"Sie wissen mehr als ich", sagte Theo in das Schweigen hinein. "Und ich frage mich schon einige Zeit, was für eine Art Journalistin Sie sind".

Theo wunderte sich selbst über seine nüchterne und emotionslose Stimme. Dabei raste sein Herz und er wünschte sich, dass ihm Shulamit um den Hals fallen und eine harmlose Erklärung mitteilen würde.

Doch Shulamit blieb regungslos auf der Bettkante sitzen und starrte Theo einfach an.

Nach ein paar Minuten Schweigen platzte es schließlich aus ihm heraus: "Sagen Sie doch endlich etwas!"

Shulamit hatte ihr linkes Bein über das rechte gelegt und zeichnete mit den linken nackten Fuß Kreise in die Luft.

"Sie haben Recht. Ich bin keine Journalistin".

Das lapidare Eingeständnis verschlug Theo den Atem: "Aber was sind Sie dann, Shulamit Stern? Sie sind bei Gericht doch als Berichterstatterin für eine israelische Zeitung akkreditiert."

Shulamit stellte beide Füße fest auf den Boden als brauche sie Halt. Sie wollte Theo die Wahrheit sagen. Denn eines Tages würde er es ohnehin herausfinden. Schließlich sagte sie: "Ich bin Angestellte der israelischen Regierung und ich soll den Prozess gegen Assmann beobachten. Und um das Ganze einfacher zu machen, bin ich beim Gericht als Korrespondentin der Ma'ariv angemeldet worden".

Theo brauchte nicht lange, um zu begreifen. "Ach so, ich verstehe", sagte er schulterzuckend.

Shulamit war von Theos unaufgeregter Reaktion verwirrt: "Verstehen Sie wirklich?"

"Natürlich", bestätigte er. "Und morgen gehen wir in die Kö-Gallerie und kaufen Ihnen einen schönen Schlapphut. Denn das tragen doch Regierungsangestelle wie Sie immer dienstlich, oder?"

"Nein. Ja. Ach Quatsch", stotterte Shulamit. Linkisch umarmte sie Theo, um sich gleich wieder von ihm zu lösen.

"Nach dem das alles geklärt ist, können wir die letzten drei Minuten ja vergessen", sagte er. "Bis auf die Umarmung. Davon möchte ich noch etwas länger zehren, Frau Kollegin".

"Frau Kollegin, haben Sie gesagt?".

Theo spielte den Verwunderten: "Ja, was denn sonst? Die Korrespondentin einer israelischen Zeitung ist und bleibt doch eine Kollegin, oder nicht?"

"Aber klar doch Herr Kollege". Shulamit war aufgeregter und sehr viel unkonzentrierter als eine "israelische Regierungsangestellte" während eines Einsatzes sein sollte. Und an Nachums Pistole im Koffer dachte sie auch nicht mehr.

"Ich weiß nicht, warum sich der israelische Geheimdienst für Assmann interessiert", sagte Theo lapidar, "und ich will es auch nicht wissen. Aber da wir beide jetzt etwas mehr über das gerettete Kind und den geheimnisvollen Retter erfahren wollen, können wir doch zusammenarbeiten. Was halten Sie davon?"

Shulamit sah Theo an. 'Verdammt, warum habe ich in seiner Gegenwart nur immer Schmetterlinge im Bauch, fragte sie sich. Und dabei drehte sie ihren Kopf etwas zur Seite und sie wirkte auf Theo wie ein junges Mädchen, dass sie plötzlich auch wieder war. "Ein fairer Vorschlag. Unter einer Bedingung".

"Und die wäre?", wollte Theo wissen.

"Wir kümmern uns gemeinsam um den Fall und es gibt dabei keine Geheimnisse zwischen uns".

"Gar keine Geheimnisse mehr zwischen uns?", fragte Theo zurück.

Shulamits Fingerspitzengefühl für mögliche Gefahren war wieder da. "Keine Geheimnisse bei der Suche nach dem Kind und seinem angeblichen Retter", sagte sie.

"Einverstanden". Theo strahlte. „Auch ich habe eine Bedingung".

"Welche?"

"Dass wir eine spätere Vertiefung unserer Zusammenarbeit nicht ausschließen".

Shulamit lachte: "Ihr Deutschen seid unmöglich. Ihr gebt wohl nie auf".

Theo blickte sie mit plötzlichem Ernst an: "Ach nein. Plötzlich bin ich wieder ein mit Vorsicht zu genießender Deutscher?"

Auch Shulamit lachte nicht mehr. Sie stand auf, ging ans Fenster ihres Hotelzimmers und blickte in den Hofgarten hinaus. "So habe ich das nicht gemeint", sagte Shulamit leise. "Ich wollte nur sagen, dass Sie ein typischer deutscher Jude sind. Mit einem deutschen Nicht-Juden würde ich mich nicht einmal über das Wetter einigen können".

"Damit kann ich leben", sagte Theo. "Glaube ich zumindest". Er war neben Shulamit ans Fenster getreten und er legte ganz leicht seine Hand auf ihre Schulter. Shulamit wehrte sich nicht. Die Berührung war ihr angenehm und sie fühlte sich zum ersten Mal seit ihrer Abreise aus Tel Aviv fast wie zu Hause. Und das in Deutschland.

"Wir müssen mit dieser Frau Blau sprechen", sagte Theo mit belegter Stimme. Shulamit nickte nur.

****

Walter Malon begrüßte Günter Lührs mit betont höflicher Jovialität. „Schön, dass Sie gekommen sind, Günter. Kommen Sie, ich nehme Ihnen den Mantel ab".

Als geschäftsführender Inhaber der Bauträgergesellschaft Malon GmbH & Co. KG kannte der Unternehmer den Oberregierungsrat auch dienstlich. Malon verdiente mit Steuern sparenden Immobilien-Abschreibungs-Modellen Millionen und Lührs verfügte dienstlich die steuerliche Förderungswürdigkeit.

Alles streng nach Recht und Gesetz. Zumindest weitgehend. Vor dem Einreichen der Anträge leistete Lührs öfter Formulierungshilfe. Lange Zeit hatte sich der Oberregierungsrat gesträubt, sich die Feierabendarbeit bezahlen zu lassen.

„Ich bin Beamter und habe keine Genehmigung für diese Nebentätigkeiten, Walter", hatte Lührs abgewunken. Aber ein Mann, der Millionen macht, kann solche kleinen Probleme aus der Welt schaffen.

Vor drei Jahren hatte der Baumann seinen Freund beim Finanzamt überredet, mit ihm einen kurzen Urlaub auf der Bermuda-Insel zu machen. Walter Malon flog regelmäßig hin. Und das nicht nur, um sich im „Southampton Princess-Hotel" verwöhnen zu lassen und am rosafarbenen Strand der Horseshoe Bay schwimmen zu gehen.

Malon hatte jedes Mal größere Bargeldbeträge und Schecks im Handgepäck, die er auf sein Konto bei der „Bank of N.T. Butterfield" einzahlte. Und beim gemeinsamen Insel-Urlaub hatte Malon seinen Freund Lührs ohne Scheu mit ins Bankgebäude an der Front Street in der Inselhauptstadt Hamilton genommen und sein Konto um 528.000 DM in bar und 2,2 Millionen in Schecks aufgestockt.

„Verwendungszweck wie immer?", hatte der Bankmensch gefragt. „Ansparen für eine schöne Villa in Tuckers Town?"

Malon hatte bestätigend mit dem Kopf genickt. Alle Beteiligten wussten natürlich, dass es nicht stimmte und der „Anspar-Vermerk" nur den Zweck hatte, weitere Kontrollen nach dem Geldwäsche-Gesetz zu vermeiden.

Ohne Lührs zu fragen, hatte Malon dem Kundenberater mitgeteilt: „Ich möchte ein weiteres Konto einrichten. Auf US-Dollar. Wie hoch sind die Zinsen bei sofortigen Fälligkeiten?"

„3,75 Prozent, Mister Malon. Ab 20.000 Dollar Einlage 4,25 Prozent."

„O.K., dann fangen wir mal mit 40.000 Dollar an. Lassen Sie die Einlage einfach von meinem Dollar-Konto abbuchen."

„Auf welchen Namen soll das Konto lauten?" Der Kundenberater füllte den Antrag selbst aus. Kunden wie Mister Malon werden die schriftlichen Lästigkeiten selbstverständlich abgenommen.

„Stiefelfreund", hatte Malon ohne lange zu überlegen erklärt. „Vorname 'Stiefel', Nachname 'Freund'. Als Referenz nehmen Sie mich. Meine Unterlagen haben Sie ja".

„Und welche Anschrift?"

„Keine. Die Kontoauszüge werden persönlich abgeholt. Bermuda ist doch immer eine Reise wert, oder?"

Der Kundenberater lächelte verbindlich: „Sie haben Recht wie immer, Mister Malon. Und wie ist es mit der Verfügungsberechtigung? Wollen Sie wie bei Ihren anderen Konten alleinverfügungsberechtigt sein?"

„Nein", hatte Malon kopfschüttelnd mitgeteilt. „Allein verfügungsberechtigt ist Mister Günter Lührs". Dabei hatte er sich zu Lührs umgedreht: „Geben Sie mir mal Ihren Pass, Günter. Sie haben ihn doch in der Tasche oder?"

Mechanisch hatte Lührs nach seiner Brieftasche in der Jacke gegriffen und den Reisepass herausgenommen und gestottert: „Ja, aber, was soll das?"

Der Kundenberater nahm den Pass mit den Worten an sich: „Sie gestatten doch. Ich werde nur mal eben eine Fotokopie machen".

„Das ist das Konto für Ihr Mitarbeiter-Honorar, Günter. Sie haben mir ja keine andere Wahl gelassen", erklärte Malon seinem Freund.

Erregt hatte Lührs protestieren wollen: „Aber das geht doch nicht. Ich kann doch nichts unterschreiben. Wenn das herauskommt, Malon!" Doch der hatte nur gelacht: „Was soll schon rauskommen? Von diesem Konto wissen nur Sie und ich etwas.

Sonst erfährt kein Sterblicher was davon. Und an das Geld kommen nur Sie allein. Und die Zinsen sind auch noch steuerfrei. Genial was?“

Lührs war wie vor den Kopf geschlagen. „Mensch Malon, ich kann doch hier nichts unterschreiben“.

Steuerkünstler Malon hatte nur gelacht: „Müssen Sie auch nicht, mein Lieber. Den Antrag unterschreib’ ich schon selber. Sie brauchen sich nur das Geld abzuholen. Ihre Unterschriftenprobe haben die von der Passkopie ja in den Akten. Und ich werde Sie auch in Zukunft anständig für Ihre Arbeit bezahlen“.

Seitdem hatten Lührs und Malon ihr kleines Bermuda-Geheimnis. Nur ab und zu leistete sich der Bauherrenmensch kleine Anzüglichkeiten wie auch jetzt beim Besuch von Lührs.

„Mensch, Sie sehen so blass aus, Günter. Sie sollten mal wieder Urlaub machen“.

Lührs ging nicht darauf ein und Malon schob ihn in das Wohnzimmer seiner Villa am Düsseldorfer Stadtrand. „Hinein mit Ihnen, die anderen sind schon alle da“.

Der Oberregierungsrat kannte alle anderen, sie waren schließlich seine Freunde: Die Creme der Gesellschaft im Großraum Düsseldorf. Der Mann vom Bankhaus, der Spediteur, der Finanzmakler, der kleine Immobilienkönig, mit dem Malon häufiger Geschäfte machte, der pensionierte Dr. Schürmann, die beiden Richter und fünf Unternehmer. Zu denen gehörte auch Heinrich Assmann, der Chef der Firma Assmann Apparatebau. Doch der war heute nicht da.

Bis auf Malon, Lührs und die beiden Richter hatten alle eine kleine Narbe an der Unterseite des linken Oberarms. 20 Zentimeter über dem Ellenbogen und nicht einmal einen Zentimeter lang. Dort war bei den betagteren Herren mal die Blutgruppe des Armträgers eintätowiert gewesen. Die SS sorgte sich sehr um ihre Mitglieder. Nach dem ausgefallenen Endsieg hatten die alliierten Sieger die SS als „verbrecherische Organisation“ eingestuft, womit die tätowierten Mitglieder der „Totenkopfverbände“ natürlich nicht einverstanden waren. Doch sicherheitshalber hatten sie sich die verräterische Blutgruppen-Eintragung schnell wegoperieren lassen.

Alle 14 Tage trafen sie sich zum Herrenabend. Immer am Mittwoch und abwechselnd bei Malon und bei Assmann. Malon war stolz auf seine Bierglas-Sammlung. Jedes dieser Gläser hatte die Form eines Stiefels und fasste einen halben Liter. Und schon bei einem der ersten Treffen hatte jemand verkündet: „Wir sind ein Verein, Kameraden, und wir brauchen einen Namen. was haltet ihr von 'Stiefel-Freunde'?“ Niemand hatte eine bessere Idee.

In gemütlicher Runde wurde diskutiert. Meistens über den Niedergang des Landes. Die Schuldigen daran kannte Jeder in der Gruppe: Die lasche Justiz war’s, die afrikanische Drogendealer mit Samthandschuhen anfasste, nur weil die „Kanaken“ Asylanträge gestellt hatten. Und natürlich die Wohlfahrtsempfänger und Arbeitslosen, die der Gesellschaft auf der Tasche liegen. Und obendrein dann auch noch die „Juden-Mafia“, die sich in der deutschen Wirtschaft schon wieder ungewöhnlich breit machte.

Dass da ein Arbeitsdienst „wie unterm Reichskanzler“ schnelle Abhilfe schaffen würde, war der Runde schon lange klar. Die „Türken und das ganze Kroppzeug“ waren ein weiteres Ärgernis. Mit Kummer in der Stimme hatte der Spediteur schon ein paar Mal die traurige Geschichte aus seiner eigenen Familie erzählt: „Statt zu arbeiten, klaut der missratene Nachwuchs von denen unsere Autos und vögelt unsere Töchter“.

Dass im Land andere Verhältnisse hergestellt werden müssten, bekräftigten die Herrenfreunde bei jeder Zusammenkunft. Auch diesmal führte Gottfried Kellermann, Herr über eine Lackfabrik in Neuss, wieder das entsprechende und große Wort: „Wir hatten mal Zucht und Ordnung und alles lief wie geschmiert“, klagte Kellermann. „Aber das darf man heute ja nicht einmal mehr laut sagen. Und was machen diese Scheiß-Politiker? Diese Weicheier machen Gesetze, die uns kaputt machen. Ich muss im Betrieb einen Haufen Behinderte beschäftigen. Die bringen kaum Leistung, aber ich muss denen den vollen Lohn zahlen. Und ich kann sie nicht einmal rausschmeißen. Die haben einen besseren Kündigungsschutz als der Papst“.

Die Runde brach in schallendes Gelächter aus, obwohl sie die von Kellermann zum Besten gegebene Behinderten-Geschichte schon mindestens ein Dutzend Mal gehört hatten. Und alle wussten auch, dass es in der Lackfabrik längst keinen einzigen behinderten Beschäftigten mehr gab. Aller aufgezwungenen „Krüppel“ hatte sich Kellermann stets sehr schnell mit fristloser Kündigung entledigt. Bei Kontrollen hatte der Werksschutz in den Spinden der behinderten Arbeiter regelmäßig ein paar offensichtlich geklaute Werkzeuge entdeckt. Die überführten Arbeiter konnten sich beim besten Willen nicht erklären, wie das wertvolle Zeug in ihre Schränke gekommen war. Aber Diebstahl bleibt Diebstahl und ist ein Grund zur fristlosen Entlassung.

„Ich weiß, warum wir so Mist-Gesetze haben“, meldete sich Verwaltungsrichter Elmar Frenzen. „Weil die Nationalsozialisten mit Behinderten und den jüdischen Schmarotzern nicht immer sehr freundlich umgegangen sind, müssen wir denen jetzt Zucker in den Arsch blasen. Denn sonst schreien die Abzocker bei uns und in Israel sofort auf und schlagen Krach: 'Jetzt fängt das schon wieder an'“.

Da schaltete sich Oberregierungsrat Günter Lührs ein: „Hör' mir bloß mit den Juden auf. Mit denen hab' ich genug Ärger“.

„Ach nee“, sagte Malon. „Welchen denn?“

„Ich kann ja keine Namen nennen“, zierte sich Lührs. „Aber vor ein paar Tagen hat 'ne alte Jüdin aus Amerika bei mir rumgeheult, die hier in der Gegend ein Haus hat. Die wollte Schuldzinsen abgesetzt haben, die nach unseren Gesetzen keine Sau absetzen kann. Und die ist mir mit der jüdischen Tour gekommen. Für eine wie sie müsste man doch eine Ausnahme machen, hat sie gesagt. Der hätte ich am liebsten gesagt: Schleich Dich Mutter. Vor unseren Gesetzen sind alle gleich und für Juden werden keine Ausnahmen gemacht. Aber ich bin ganz nett zu der Tante gewesen. Denn wegen denen hole ich mir doch keine Dienstaufsichtsbeschwerde an den Hals".

„Das lohnt sich wirklich nicht", sagte Gottfried Kellermann, der Herr der glänzenden Lacke. „Ein paar hat der gute Adolf eben vergessen".

„Nein", ereiferte sich Lührs. „Diese Typen sind für uns übrig geblieben. Die sollen uns daran erinnern, dass es doch das Prinzip der Höherwertigkeit gibt".

„Von Höherwertigkeit verstehen die Juden was", schaltete sich Malon ein. „Denen geht's doch nur ums Geld. Die jammern noch in der dritten Generation über die schlimme Verfolgung der Urgroßelterngeneration und ziehen uns ungerührt Schadenersatz aus der Nase".

„Das ist das geeignete Stichwort, um zum gemütlichen Teil überzuleiten", sagte Walter Menke, der Inhaber einer Kette von Lebensmittelläden, und blickte Lührs an. „Wir brauchen wieder die Hilfe deines Freundes", sagte er. „Dieser Wolfgang Bandler hat schon zwei kleine Geschäfte aufgekauft. Ganz bei mir in der Nähe und mir laufen die Kunden weg".

„Wolfgang Bandler klingt aber nicht so als gehörte er zu unserem Vereinszweck", wandte der Lackfabrikant ein. „Nicht, dass wir uns da die Finger verbrennen".

Walter Menke widersprach sofort. „Ja, hab' ich zuerst auch gedacht. Vor einiger Zeit hätte der gute Wolfgang im Personalausweis auch noch 'Wolfgang Israel' geheißen. Der gehört zu einer jüdischen Krämerfamilie aus Hannover. Die haben sich in den letzten Jahren wieder viele ihrer angeblich arisierten Läden unter den Nagel gerissen“.

Lührs nahm den Zettel mit dem Namen von Wolfgang Bandler an sich und fragte: „Wo hat der denn seinen Firmensitz“.

„In der Normannenstrasse“.

Wolfgang Bandler würde schon bald Besuch von der Steuerfahndung bekommen. Lührs' Freund bei der Oberfinanzdirektion Düsseldorf war für Hinweise stets dankbar. Die Unternehmen, deren Namen ihm Lührs zusteckte, nahm der Oberfinanzdirektions-Mann selbst unter die Lupe. Das Ergebnis der Untersuchungen waren regelmäßig enorme Steuernachforderungen, die schon etliche „Steuersünder“ in den Konkurs getrieben hatten. Der Steuerfahnder fand Nachweise für Steuerhinterziehungen, die andere Steuerfahnder nicht fanden. „Wenn du kreativ bist“, hatte der Freund Lührs einmal erklärt, „kannst du bei Juden alles entdecken“.

Lührs und seine Vereinsfreunde betrachteten die Hebung der Steuermoral als ihre „völkische Pflicht“.

„Die Juden haben unsere Wirtschaft schon ein Mal versaut“, pflegte Malon öfter zu verkünden. „Wir dürfen deshalb nichts unversucht lassen, zumindest unsere Gegend endlich judenrein zu machen“. Dass ihnen die finanzamtliche Reinigungsarbeit auch ein paar lästige Konkurrenten vom Hals schaffte, war da nichts als eine erfreuliche Begleiterscheinung.

„Die Sache wird in die Wege geleitet“, versprach Lührs und fügte lächelnd hinzu: „Diesen Schmarotzern ins Portemonnaie zu greifen, ist ja schön und gut. Aber die Brüder tauchen doch schnell wieder auf und drehen ein anderes Ding. Ich wünsche mir so oft, dass ich sie ein für allemal aus dem Verkehr ziehen könnte“.

Offensichtlich in Erinnerungen schwelgend schwiegen die Vereinsmitglieder. Bis Malon sagte: „Da kommst du ein paar Jahre zu spät, mein lieber Günter“.

****

Es war schon fast Mitternacht, als sich die Runde in Malons Wohnzimmer verabschiedete. „Kommt heil nach Hause“, sagte der amtierende Vereinsvorsitzende und fügte unter dem brüllenden Gelächter seiner Freunde hin: „Oder darf man das heute auch nicht mehr sagen?“

Auf dem Weg zu ihren Autos zog Richter Elmar Frenzen den Oberregierungsrat vom Finanzamt am Ärmel. „Warten Sie noch einen Augenblick, Günter. Ich muss etwas mit Ihnen bereden“.

Lührs lächelte den Richter an: „Sie werden sich doch nicht bei den Baukosten für Ihr Haus verrechnet haben? Da gibt es böse Buben, die das als Steuerhinterziehung einstufen“.

„Nein, mein Freund, mit meiner Steuererklärung ist alles wasserdicht. Und wenn nicht, würde ich unsere Freundschaft für solche Reparaturen nicht missbrauchen“.

Der Richter blickte Lührs mit besorgtem Gesicht an. „Es geht gar nicht um mich, Günter. Wir machen uns nur große Sorgen um Assmann“.

„Assmann“, fragte Lührs irritiert. „Was sind das denn für Sorgen? Und wer ist 'Wir'“?

„Unser Freundeskreis, mein Lieber. Und wir wollen den Assmann nicht hängen lassen. Denn wenn wir nicht zusammenhalten, auf wen können wir uns dann noch verlassen?“

Lührs sagte nichts und er überlegte, um welche Sorgen es bei Assmann gehen könnte und was er damit zu schaffen hatte. Natürlich wussten alle Stiefelfreunde, dass Assmann diesen Prozess vor dem Düsseldorfer Landgericht am Hals hatte. In

Assmanns Anwesenheit hatten die Freunde nie ein Wort darüber verloren. Aber wenn er nicht da war, waren sich alle einig: Assmann hatte im Krieg nichts als seine Pflicht getan.

Stiefelfreund Elmar Frenzen hatte die Runde auch immer beruhigt: „Ich kenne doch die Richter am Landgericht. Und beim Vorsitzenden Richter brauchen wir uns keine Sorgen zu machen“. Der habe zwei geplante NS-Prozesse schon vor der Eröffnung soweit zusammengestutzt, dass die Staatsanwaltschaft die Verfahren schließlich einstellte.

„Die Richter sind bestimmt keine Nazis“, wusste Frenzen zu berichten. „Aber die wissen, dass man die Sachen von damals nicht mehr durch die Schwarz-Weiss-Brille von Gut und Böse sehen muss und alles sehr viel komplizierter war. Und sie wissen auch, dass mit dem Verfolgungsunsinn endlich Schluss sein muss“.

Er sei überzeugt gewesen, dass die Richter am Landgericht auch Oberstaatsanwalt Schomer zur Vernunft bringen könnten, sagte Elmar Frenzen. Aber seit ein paar Tagen habe er große Zweifel.

Der Vorsitzende Richter im geplanten Assmann-Prozess habe ihm jetzt sein Leid geklagt. Der Schomer sei für vernünftige Argumente einfach nicht zugänglich und lehne jeden Kompromiss ab. „Der Typ will mit dem Kopf durch die Wand und keine einzige Verfahrensfrage auf dem kleinen Dienstweg lösen“.

Für die Besessenheit des Oberstaatsanwalts gebe es auch einen beunruhigenden Grund. „Der Mann ist ein ausgesprochener Juden-Freund, hat mir der Vorsitzende Richter unter dem Siegel der Verschwiegenheit mitgeteilt. Schomers Frau ist Mitglied bei diesem Verein für christlich-jüdische Zusammenarbeit!“

Das habe er natürlich sofort und sehr diplomatisch Assmanns Verteidiger Nonnenmeier gesteckt. Doch auf den zarten

Hinweis, dass Schomer bei der Vertretung in einer NS-Sache doch sehr befangen sei und vielleicht mit einem Befangenheitsantrag aus dem Fall gekegelt werden könne, habe Nonnenmeier nichts wissen wollen. „Das können wir nur im Notfall machen, hat er mir gesagt. Denn der Schomer sei ein alter Freund von ihm".

Wortlos hatte sich Lührs angehört, was ihm Frenzen mitteilen wollte und ihn dann gefragt: „Mein lieber Elmar, und was hat das mit mir zu tun?"

„Wir müssen Assmann helfen. Wir sind doch seine Freunde. Kameraden lassen einen alten Kameraden nicht hängen".

„Ich sehe da wirklich nicht, was ich da machen könnte". Lührs hatte den dringenden Wunsch, in sein Auto steigen und nach Hause fahren zu können. „Mit der Justiz habe ich doch nichts zu tun", sagte er und wandte sich zum Gehen.

Richter Elmar Frenzen rührte sich nicht und sagte einfach: „Aber mit dem Finanzamt, mein Freund".

Lührs blieb wie angewurzelt stehen. „Ja, und?"

„Der Staatsanwalt hat eine Steuerakte wie jüdische Lebensmittelhändler", gab ihm der Richter Bescheid. „Die kann sich ihr Freund doch mal ansehen".

In Lührs stieg Ärger hoch. „Das kann ich nicht machen, das ist doch viel zu heiß. Einem Staatsanwalt die Steuerfahndung auf den Hals zu hetzen, würde einen Riesenwirbel machen und da kann man auch nichts drehen. Kein Staatsanwalt ist so blöd und versucht, den Staat zu bescheißen".

Richter Frenzen lachte laut auf. „Mensch, Sie sind viel zu vertrauensselig", sagte er. „Man muss sich Akten nur genauer ansehen, wenn man auf Verdachtsmomente stoßen will. Das wissen Sie doch besser als ich. Vergessen kann Jeder mal was. Zinsgutschriften beispielsweise, für die von der Bank keine Kontrollmitteilungen geschrieben werden. Denn es soll ja sogar

Beamte geben, die ein kleines schwarzes Konto in Luxemburg oder Bermuda haben“.

Dieses blöde Schwein von Malon, dachte sich Lührs, musste die Sparkonten-Geschichte in Bermuda natürlich gleich weitererzählen. Und dieser Frenzen will mich jetzt erpressen.

Lührs bemühte sich um ein unbeteiligtes Gesicht und sagte so ruhig wie möglich. „Na gut, ich werde mir die Akte vom Schomer mal selbst kommen lassen. Aber Sie werden sehen, dass er keinen Dreck am Stecken hat“.

Frenzen nickte nur gleichmütig. „Vielleicht haben Sie Recht, Günter. Und wenn nicht, werden wir weitersehen. Gute Nacht mein Freund“.

Auch Lührs wünschte ihm eine gute Nacht. Auf der Fahrt in seine Wohnung fragte er sich immer wieder: Bei aller Verbundenheit mit den Idealen der Stiefelfreunde - Wie komme ich nur aus diesem Dilemma heraus?

****

Beim Betreten seines Büros sah Oberstaatsanwalt Schomer sofort den dünnen Aktendeckel auf seinem Schreibtisch. Hilfreich wie immer hatte seine Sekretärin einen Zettel angeheftet. „Leiche freigeben?“ stand darauf.

Seufzend klappte Schomer den Aktendeckel auf. Er enthielt nur ein paar Blatt Papier: Ein mit Maschinenschrift ausgefülltes Formular der Mordkommission der Kripo Düsseldorf und auf rosa Paper eine „Todesfeststellung“ des Gerichtsmediziners.

Wieder ein Selbstmord, wusste Schomer sofort und er griff zum Formular, mit dem er die Freigabe der Leiche zur Beisetzung verfügen konnte.

Dabei fiel sein Blick auf den Namen des Toten: „Dr. med. Schürmann, Grafenberger Allee“ stand da. Interessiert griff der

Oberstaatsanwalt zum Protokoll der Kripo und mit wachsendem Interesse las er: „Nach einem um 0.23 Uhr bei der Notrufzentrale eingegangenen Notruf begab sich die Besatzung von Alex 26 mit Polizeiobermeister Hirsch und Hauptwachtmeister Benseleer zur angegebenen Adresse, an der sich ein häuslicher Unfall ereignet haben sollte. Unmittelbar bei der Besichtigung des Unfallortes forderte die Besatzung von Alex 26 Notarzt und Krankenwagen an".

„Alles schön nach Vorschrift", murmelte Schomer und las weiter: „Der eintreffende Notarzt konnte nur noch den Tod des Verletzten feststellen. Nach seiner Einschätzung lag ein Freitod vor. Die Besatzung von Alex 26 forderte pflichtgemäß die Entsendung von Beamten der Mordkommission an. Diesseits wurden keine Hinweise auf Fremdverschulden festgestellt. Der Tod wurde offensichtlich durch eine mit einem sichergestellten Glasstück herbeigeführten Schnittwunde an der Halsschlagader ausgelöst".

Der Oberstaatsanwalt wunderte sich und sagte laut: „Das ist ja ganz was Neues. Sich mit einem Stück Glas die Halsschlagader aufschneiden. Warum hast du kein scharfes Messer genommen? Das geht viel schneller und da muss man auch nicht wie ein Verrückter am Hals herumsäbeln".

Interessiert griff Schomer zum kurzen Obduktionsbericht des Gerichtsmediziners und las: „Der Tod trat durch Verbluten nach Durchtrennen der Halsschlagader rechtsseitig mit einem scharfkantigen Stück Plexiglas ein. Der Zeitpunkt des Todes wird mit etwa 23.00 Uhr angenommen".

Da stimmt etwas nicht, sagte sich der Oberstaatsanwalt und in diesem Augenblick erinnerte er sich dunkel. Den Namen Dr. med. Schürmann hatte er doch schon einmal gehört. Er kam in einer alten Ermittlungsakte vor. Aber in welcher nur? Und Plexiglas als Tatwaffe, hatte er das nicht schon 'mal irgendwo gelesen? Das war lange vor seiner Zeit gewesen.

Schomer schaltete seinen Computer ein. Zum Glück war der gesamte Aktenbestand der Staatsanwaltschaft eindigitalisiert worden und konnte mit einfachen Suchbegriffen durchforstet werden. Der Staatsanwalt tippte „Schürmann“ ein und Sekundenbruchteile später sah er es:

In den 70er Jahren hatte es mehrere Strafanzeigen gegen den Dr. Schürmann gegeben. In Israel lebende Juden und ehemalige Häftlinge im Konzentrationslager von Dachau hatten sich bei der Düsseldorfer Staatsanwaltschaft gemeldet und die hatte eine Ermittlungsakte „wg. Beihilfe zum Mord an KZ-Häftlingen“ angelegt. Den Angaben zufolge führte Schürmann „medizinische Versuche an Männern, Frauen und vor allem Kindern“ durch. Die hätten darin bestanden, dass er „Probanden angeblich durch Plexiglasscheiben katapultierte“. Die behaupteten Folgen seien regelmäßig Genickbrüche gewesen.

In einem Aktenvermerk hatte Schomers Vorgänger festgehalten, dass die Einleitung eines Ermittlungsverfahrens wegen „zweifelhafter Glaubwürdigkeit der anzeigenden Zeugen hohen Lebensalters nicht angezeigt“ sei.

Du Ignorant, kommentierte Schomer die Nichtaktion des damals amtierenden Staatsanwalts. Du hast dem Plexiglasdoktor im KZ einen schönen Persilschein ausgestellt. Und jetzt ist er durch Plexiglaseinsatz selbst in die ewigen Jagdgründe eingegangen.

Oberstaatsanwalt Schomer musste nicht lange nachdenken. Ist ja gut möglich, dass ihm jemand mit einem Stück Plexiglas an den Hals gegangen ist und ihm mit Verspätung die Quittung für seine Menschenversuche verpasst hat, sagte er sich. Aber was kümmert mich das? Der Amtsarzt bescheinigt Freitod und was soll ich mich da aus dem Fenster hängen? Denn wenn es ein Vergeltungsmord war, würden die Mörder längst über alle Berge sein.

Mit einem Seufzer der Erleichterung griff Schomer zu einem Filzschreiber und vermerkte auf dem Aktendeckel: „Nichts zu veranlassen. Leiche zur Beisetzung freigegeben".

Schomer war sehr mit sich zufrieden.

****

Schon Stunden zuvor waren drei Herren mit dem Intercity-Zug von Düsseldorf-Hauptbahnhof zum Flughafen Frankfurt gefahren. Dort angekommen, hatten sie mit drei verschiedenen französischen Kreditkarten mit den Namen Jean-Baptiste Etienne, Jean-Louis Thibald und Bernard Cotillard Flugtickets nach Paris-Charles-de-Gaulle gekauft und bei der Sicherheitskontrolle des Bundesgrenzschutzes entsprechende französische Pässe vorgelegt.

Nach der Landung in Paris fuhren die drei mit einem Taxi in die Stadt und später, nach einem guten Essen, mit dem Bus zum Flughafen zurück. Mit kanadischen Pässen und Kreditkarten der „Royal Bank of Canada", die nicht die Namen Etienne, Thibald und Cotillard trugen, traten die drei Herren ihre „Geschäftsreise" nach Tel Aviv an.

Als Nachum Schamir, der Bürochef des „Mossad"-Geheimdienstes in Tel Aviv, vom Ausflug der drei Herren erfuhr, tobte er: „Warum ist das nicht mit mir abgesprochen worden?". Doch der zuständige Kollege hatte nur mit den Schultern gezuckt: „Hast Du mir etwa gesagt, was Deine Leute in Düsseldorf machen?"

****

Auf der Autofahrt nach Solingen-Gräfrath hingen die Wolken fast auf der Fahrbahn. Schapiro fummelte dauernd am Schalter für den Scheibenwischer herum und fluchte: "Sauwetter". Der

Himmel konnte sich nicht entscheiden, ob er die Menschen auf der Erde mit Regen beglücken oder ihnen nur nasse Fetzen um die Ohren schlagen wollte.

Shulamit Stern saß wortlos auf dem Beifahrersitz. Sie wusste, dass "Sauwetter" in Tel Aviv sehr viel schöner als in der Geburtsstadt von Adolf Eichmann ist. "Ich mag Regen", sagte sie plötzlich. "Aber nicht den deutschen. In Israel freuen sich alle über Regen, aber der in Deutschland macht so traurig".

Theo gab keine Antwort. Noch von Shulamits Hotelzimmer aus hatte er Frau Blau angerufen und sie offensichtlich aus dem Schlaf geholt. "Frau Stern und ich haben Ihnen versprochen, dass wir uns wiedersehen", hatte er gesagt. "Können wir uns morgen treffen?"

Hannah Blau war sofort einverstanden gewesen. Und in ihrer Stimme, die zuerst verschlafen gewesen war, hatte Theo spontane Wiedersehensfreude erkannt. "Ja, das würde mich sehr freuen. Können Sie beide zu mir kommen? Ich hoffe, das macht Ihnen nicht zuviel aus".

Frau Blau hatte ein Treffen in Gräfrath vorgeschlagen. "Da gab es früher auf dem Marktplatz, direkt hinter dem Brunnen eine Konditorei. Gibt es die noch? Das ist doch hoffentlich im Krieg nicht zerstört worden."

Theo hatte die alte Frau beruhigen können: "Im Stadtkern von Gräfrath ist im Krieg nicht viel passiert. Das sieht wohl alles noch so aus wie früher. Und die Konditorei hinter dem Brunnen steht auch noch. Das ist inzwischen ein Bistro geworden".

"Ein was, sagen Sie?"

"Ach, das ist ein Restaurant. Das nennt man nur Bistro. Und es heißt 'Das Kaffeehaus'".

"Diese Deutschen", sagte Frau Blau, und es hatte einen spöttischen Unterton, "die sind ja so modern geworden".

Theo fiel auf, dass Frau Blau "die Deutschen“ und nicht "ihr Deutschen" sagte. Offensichtlich zählte sie Theo bei den Deutschen nicht mit. Und sich selbst auch nicht.

Nur um etwas zu sagen, hatte Theo gefragt: "Kennen Sie die alte Konditorei von früher?"

Es hatte eine kleine Pause gegeben und dann hatte Frau Blau gesagt: "Ich bin nie dagewesen, aber ein Onkel von mir hat mir davon erzählt. Da hat er, das muss 1941 gewesen sein, noch ein Brot vom Bäcker bekommen. Einen herrlichen Semmel. Stellen Sie sich das mal vor. Das hat die Familie nie vergessen".

Shulamit und Theo entdeckten Frau Blau im "Kaffeehaus" sofort. Sie hatte sich in eine Ecke ans Fenster gesetzt und konnte das Lokal überblicken und gleichzeitig auf den alten Marktplatz sehen.

"Schön, dass ich Sie noch einmal sehe", sagte Frau Blau. "Sie müssen den Käsekuchen probieren. Der ist ganz vorzüglich. Oder haben Sie richtigen Hunger?" Frau Blau fixierte die beiden Besucher und entschied: "Sie sehen ja ganz durchgeblasen aus. Sie werden jetzt erst einmal etwas Vernünftiges essen".

"Erst Kaffee", sagten Shulamit und Theo fast gleichzeitig und die Dreierrunde musste lachen. „Und zwei Käse-Baguette“.

"Was haben Sie in den letzten Tagen so alles gemacht?", erkundigte sich Theo.

Frau Blau zog die Schultern hoch. "Nicht viel. Ich hab' ein paar Ecken abgeklappert, die ich von früher kenne. Aber da gibt es ja nicht mehr viel. Meine alte Schule steht noch. Aber der jüdische Friedhof ist abgeriegelt und darf nicht mehr betreten werden, haben mir die Leute gesagt. Aber den hab ich sowieso nicht gesucht. Denn was soll ich da? Da ist ja keiner von meiner Familie. Die sind alle irgendwo anders".

Übergangslos fügte sie hinzu: "Sind Sie mit dem Automobil gekommen?"

"Herr Schapiro hat gleich um die Ecke in einer Seitenstrasse geparkt", sagte Shulamit. "Wir können Sie später in Ihr Hotel zurückfahren".

Frau Blau schüttelte mit dem Kopf: "Das ist sehr lieb von Ihnen. Aber ich werde wieder mit dem Taxi fahren. Es sei denn, es kommt das falsche. Denn ich steige nicht in jedes ein".

"Das ist die richtige Einstellung", pflichtete ihr Theo bei. "Wenn schon Taxi, dann soll es auch ein Mercedes sein".

"Ach, das ist es nicht", widersprach Frau Blau sofort. "Ich fahre nur mit jungen Fahrern. Oder welche, die direkt wie Ausländer aussehen. Bei älteren deutschen Fahrern mache ich sofort kehrt".

Shulamit verstand, aber Theo sah Frau Blau verständnislos an.

"Ich will nicht mit älteren Deutschen fahren", sagte sie. „Denn ich will nicht daran erinnert werden, dass die mich vor langer Zeit vielleicht schon einmal gefahren haben. Und das in eine Gegend, in die wir bestimmt nicht wollten".

Frau Blau starrte wieder auf den Marktplatz. "Natürlich ist das Unsinn", sagte sie. "Denn ich kann ja rechnen. Die Fahrer von damals sind heute zum Taxi-Chauffieren viel zu alt. Und trotzdem kann ich es nicht". Fast im gleichen Atemzug wies sie auf die Teller, die von der Kellnerin schon vor einigen Minuten mit einem fröhlichen "Mahlzeit, meine Herrschaften" auf den Tisch gestellt worden waren: "Fangen Sie doch endlich mit dem Essen an. Wenn Sie noch länger warten, bekommt der Käse Schimmel".

Theo und Shulamit plauderten mit Frau Blau über Gott und die Welt, und die von Erinnerungen geplagte Frau fühlte sich in der Gesellschaft der beiden jungen Menschen sichtlich wohl.

Die Erlebnisse, die sie zusammengeführt hatten, erwähnte keiner der Drei auch nur mit einem einzigen Wort.

"Wir sind ja schon so etwas wie alte Bekannte", sagte Frau Blau schließlich, "und deshalb müssen Sie mir auch eine Frage gestatten: "Warum siezen Sie beide sich eigentlich?"

Shulamit und Theo wurden gleichzeitig rot. "Wir kennen uns noch nicht lange", versuchte Shulamit zu erklären.

Frau Blau musterte beide mit einem skeptischen Blick. "Noch nicht lange?", fragte sie gedehnt. "Was heißt denn schon lange? Manchmal weiß man schon nach fünf Minuten, dass es lang genug war".

Shulamit und Theo gelang nur ein hilfloses Lächeln. Keiner von beiden wusste, wie sie jetzt reagieren sollten.

Da meldete sich auch schon wieder Frau Blau: "Also, Kinder, ich könnte ja Eure Großmutter sein. Und deshalb schlage ich vor, dass ihr jetzt Brüderschaft trinkt".

Shulamit zog protestierend eine Schnute: "Und wenn ich nicht will, dass er mein Bruder wird?" Auch Theo war nicht einverstanden. Er legte die Stirn in Falten und zeigte auf Shulamit: "Das soll meine Schwester werden? Niemals!"

"Schluss mit dem Theater, Kinder", bestimmte Frau Blau. "Also hoch die Tassen und duzt Euch. Und wenn ihr auch ganz brav seid, dürft Ihr 'Oma Blau' zu mir sagen.

Frau Blau hatte schon ihre Tasse in der Hand und die Drei stießen an.

„L'Achaim", sagten Shulamit und Frau Blau wie aus einem Mund. Theo wusste nicht, dass der hebräische Trinkspruch „auf das Leben“ bedeutet, und sagte einfach: „Also dann, Oma Blau".

Frau Blau war mit sich zufrieden. Den Rest der Verbrüderungsszene würden die beiden jungen Leute irgendwann später veranstalten. Da war sie ganz sicher.

"Frau Blau", sagte Shulamit. Doch die Angesprochene korrigierte sie sofort: "Wir hatten uns gerade auf 'Oma Blau' geeinigt".

"Ganz vergessen", stotterte Shulamit und Frau Blau spürte, dass ihr die junge Frau etwas mitteilen wollte, was über den Rahmen des bisherigen Geplänkels hinausging: "Schiessen Sie los, mein Kind, ich bin ganz Ohr".

"Es hat im Gerichtsverfahren gegen Assmann eine Entwicklung gegeben. Die Verteidiger wollen in der Verhandlung behaupten, dass Assmann ein Lebensretter ist".

Frau Blau starrte Shulamit an. "Lebensretter haben sie gesagt? Ein Mörder ist das. Ein Mörder und nichts anderes".

Shulamit legte besänftigend ihre Hand auf die von Frau Blau: "Ich muss Ihnen eine Geschichte erzählen, die auch für Sie wichtig sein kann".

Frau Blau starrte Shulamit abweisend an, doch die ließ sich nicht beirren. "Also das ist so: Der Assmann will vor Gericht behaupten, dass er bei einer Selektion ein neugeborenes Kind von einem Transport mit nach Hause genommen und es damit gerettet hat".

Frau Blau reagierte nicht.

"Und später soll dann ein Verwandter von Assmann das Kind aus Chelmno herausgeschmuggelt und irgendwo in Sicherheit gebracht haben".

"Unmöglich", sagte Frau Blau wütend. "Total unmöglich. Dieser Unmensch hat die Leute ins Gas geschickt. Ins Gas, hören Sie?! Auch meine Mutter und meinen Bruder. Das ist kein Lebensretter, das ist ein Mörder!"

"Sie haben ja Recht", schaltete sich Theo ein. "Aber es gibt ein paar Details in seiner Behauptung, über die wir reden sollten".

Frau Blau winkte ab. "Da gibt es nichts zu reden".

"Vielleicht doch", widersprach Theo und beugte sich näher zu ihr hin. "Der Assmann will behaupten, dass er bei einer Selektion einer Frau ein neugeborenes Kind abgenommen und es auf einen Haufen mit alten Kleidern abgelegt habe. Und nach der Selektion sei er dann dort hin gegangen und habe das Kind, einen Jungen, mit zu sich nach Hause genommen".

Während Theo sprach, hatten sich Frau Blaus Augen schreckhaft geweitet. "Wie bei mir", sagte sie schließlich. "Wie bei mir".

Shulamit fixierte Frau Blau und sagte dann langsam: "Wir sind sicher, dass Sie die Frau gewesen sind, von der Assmann spricht. Denn so mit neugeborenen Kindern umzugehen, wie Sie es erlebt haben, war ja auch im Konzentrationslager von Chelmno nicht üblich".

Gespannt warteten Theo und Shulamit auf Frau Blaus Reaktion. Die nahm fahrig die Kaffeetasse in die Hand und setzte sie, ohne getrunken zu haben, wieder ab. Sie bewegte die Lippen, aber es war nicht zu verstehen, was sie murmelte.

Plötzlich straffte sich ihr Rücken und sie sagte mit klarer Stimme: „Der Mann lügt. Das ist ein Mörder. Der hat meine Mutter und meinen Bruder ins Gas geschickt. Und meinen Simon hat er nicht auf einem Haufen mit Kleidern abgelegt. Er hat ihn auf einen Leichenberg geworfen. Vonwegen gerettet. Mein Simon kann das doch gar nicht überlebt haben. Ein Mörder ist das, nichts als ein Mörder“.

„Das haben wir zuerst auch gedacht“, meldete sich Shulamit. „Aber der Assmann will vor Gericht aussagen, dass er das Kind später mit nach Hause genommen hat. Und dafür will er Zeugen aufbringen“.

Frau Blaus Atem ging stoßweise. Fahrig fuhren ihre Hände über den Tisch und schließlich fragte sie stockend: "Und was ist mit dem Kind passiert?"

"Wir wissen nur, dass Assmann behaupten will, dass das Kind nicht lange in seiner Familie geblieben sei. Ein Schwager von Assmann, der auch ein hochrangiger Nazi war, habe das Kind ins Ausland geschmuggelt. Das alles will er beweisen".

Frau Blau blieb skeptisch. "Das ist doch gar nicht möglich. Warum sollte ein Nazi ein jüdisches Kind ins Ausland schmuggeln? Und wie soll er das denn gemacht haben? Die Nazis haben doch auch gegenseitig auf sich aufgepasst".

"Es gab eben solche und solche Nazis", gab Theo zu bedenken. Doch Frau Blau wies ihn sofort zurecht: "Wollen Sie etwa die Nazis verteidigen?"

Theo schüttelte mit dem Kopf. "Natürlich nicht. Aber es gab vielleicht auch Nazis, die menschlich geblieben sind".

"Ich habe von den Gerechten keinen gesehen", widersprach ihm Frau Blau. "Und so viele sind es wohl auch nicht gewesen".

"In unserem Fall würde ein Einziger genügen", erwiderte Theo.

Shulamit spürte die aufkommende Verstimmung. "Also in unserem Fall ist das so: Der Schwager von Assmann, der das Kind ins Ausland gebracht haben soll, der war bei der Abwehr. Beim Amt von Admiral Canaris. Und der hat etliche deutsche Juden beschäftigt".

Theo war genauso überrascht wie Frau Blau und er reagierte als erster: "Bei der Abwehr der Nazis waren Juden? Das kann doch nicht wahr sein!"

"Doch", bekräftigte Shulamit. "Der Hitler und der Himmler haben den Canaris ständig gedrängt: 'Nun schmeißen Sie endlich die Juden raus'. Aber der Canaris hat sich bis zum Schluss geweigert. 'Ich brauche die Leute', hat er den Obernazis immer gesagt. 'Die können Aufgaben erledigen, bei denen ich Arier nicht einsetzen kann'. Warum der Canaris das gemacht hat, weiß kein Mensch genau. Aber auf jeden Fall hat er damit etlichen Juden das Leben gerettet. Und kurz vor Kriegsende haben die Nazis den Canaris an den Galgen gebracht".

"Wahnsinn", sagte Theo nur. "Absoluter Wahnsinn".

Frau Blau strich mit ihrer rechten Hand über die Marmor-Tischplatte im "Kaffeehaus" und ohne Shulamit anzusehen, fragte sie: "Und einer dieser Juden vom Canaris hat das Kind dann weggebracht?"

Die Kellnerin kam an den Tisch und fragte: "Hat es den Herrschaften geschmeckt? Kann ich Ihnen noch etwas bringen?"

Shulamit blickte in die Runde und sagte: "Drei Kaffee, bitte" und keiner widersprach.

"Nein", sagte sie dann. "Der Schwager von Assmann war kein Jude. Der war Mitglied in der NSDAP und Korvettenkapitän der Kriegsmarine. Zerfass, hieß der. Heiner von Zerfass. Mehr wissen wir noch nicht".

"Woher wissen Sie das alles?", wunderte sich Frau Blau und Theo antwortete ihr sofort: "Wir sind doch Journalisten und da hört man so allerlei. Und wir haben gestern mit dem Anwalt von..."

Frau Blau unterbrach ihn mit einer ungeduldigen Handbewegung. "Wie hieß der Mann, der das Kind weggebracht hat? Zerfass, haben Sie gesagt?"

"Ja, Zerfass", bestätigte Theo. "Korvettenkapitän Heiner von Zerfass".

Frau Blau dachte einen Augenblick nach. "Na, dann habe ich Sie also richtig verstanden. Heiner Zerfass. Und das ist komisch. Wir haben bei uns im Tempel auch einen Heiner Zerfass. Heiner von Zerfass, glaube ich. Der ist wohl nach dem Krieg nach Amerika ausgewandert. Das ist ein ganz Stiller. Ob der etwas mit der Sache zu tun hat?".

"Glaube ich kaum", meinte Theo. "Ich nehme an, dass die Gemeindemitglieder bei Ihnen alles Juden sind. Und da Ihr

Zerfass Jude ist, kann er nicht der Mann sein, der das Kind weggebracht hat. Denn der war kein Jude".

"Woher wissen Sie denn das", wollte Frau Blau mit wachsender Erregung wissen.

"Ganz einfach", sagte Theo. "Weil wir wissen, dass unser Zerfass Korvettenkapitän war. Und beim Canaris mag es ja Juden gegeben haben, aber bei der Kriegsmarine gab es während des Krieges mit Sicherheit keine".

"Da haben Sie wohl recht", bestätigte ihm Frau Blau. "Ich bin ja auch nur auf die Idee gekommen, weil unser Zerfass auch so heißt". Und mit plötzlich wieder aufkeimender Hoffnung fragte sie: "Und wenn der Zerfass bei uns in der Gemeinde nun mit dem Zerfass verwandt ist, der das Kind weggebracht hat. Das ist doch möglich oder? Er gibt viele Familien, in denen der eine Teil jüdisch ist und der andere nicht".

"Kann ja sein", meinte Theo. "Aber dass da zwei Leute in ein und derselben Familie den gleichen Vornamen haben sollen, wäre ein bisschen viel Zufall. Und im Übrigen gibt es die 'Zerfass' auch wie Sand am Meer. Allein hier in Deutschland gibt es mehr als 314 Leute, die Zerfass heißen. Das sind zumindest diejenigen, die Telefon haben. Und dann gibt es noch jede Menge Menschen, die Zerfas oder Zerfahs heißen. Aber ein Heiner Zerfass ist nicht darunter".

Jetzt war es an Shulamit, verblüfft zu sein: "Wo haben Sie das denn her?" Die gerade erst begonnene Duzfreundschaft hatte sie offensichtlich schon wieder vergessen.

"Ich hab' eine CD in meinem Computer in der Redaktion laufen lassen. Da sind alle deutschen Telefonanschlüsse drauf. Ich hab' mir gedacht, dass ich vielleicht den Korvettenkapitän dabei finde. War aber Fehlanzeige. Und wahrscheinlich hat der ja auch schon das Zeitliche gesegnet. Viele Korvettenkapitäne werden 1945 nicht übriggeblieben sein".

"Ach, was soll's auch", seufzte Frau Blau resigniert. "Ist doch alles egal". Aber dann griff sie plötzlich mit beiden Händen nach Theo und Shulamit: "Es kann doch sein", sagte sie, "dass der Assmann wirklich den Simon mit nach Hause genommen hat. Und wenn der Schwager das Kind dann weggebracht hat, dann lebt der Simon ja vielleicht noch. Können Sie das nicht herausfinden, ob das der Simon war und wo er jetzt ist? Können Sie das nicht?"

"Wir werden tun, was wir können". Shulamit blickte Frau Blau zuversichtlich lächelnd an. "Das sind wir Ihnen doch schuldig, Oma Blau".

****

Im Hotel brachte Theo Shulamit auf ihr Zimmer. Sie waren schweigend von Solingen nach Düsseldorf gefahren.

„Solingen ist solch eine schöne Stadt", sagte sie schließlich. „Und doch macht mir die Stadt Angst. Wie können Sie da nur leben, Theo Schapiro?"

„Ach Gott", sagte er leichthin. „Ich bin dort geboren, meine Eltern auch und ich fühl' mich da wohl. Und seitdem Sie gekommen sind, habe ich auch den Eindruck, dass die Sonne öfter scheint als früher".

Shulamit lächelte ihn an, aber das Lächeln erreichte nicht ihre Augen. „Für mich wird Solingen immer die Stadt Eichmanns sein. Ich habe in unserem Büro alle Akten über seinen Prozess 1961 in Jerusalem gelesen, jedes Wort seiner Aussage. Und besonders ein Detail werde ich nie vergessen".

Theo spürte, dass er zuhören musste. „Und was bedrückt Sie da?". Auch ihm war nicht bewusst, dass er Shulamit immer noch siezte.

Shulamit setzte sich am Fußende auf die Kante des Bettes. „Wussten Sie, dass Eichmann am 19. März 1906 in Solingen geboren wurde? Er war ein unschuldiges Kind. Und am selben Tag im selben Krankenhaus kam ein anderes Kind zur Welt. David hieß er, glaube ich. David war das Kind jüdischer Eltern. Und Adolf Eichmann und David sind als Freunde aufgewachsen. Nach einiger Zeit beherrschte Eichmann ein paar Brocken Hebräisch, die sein Freund David aus der Jüdischen Sonntagsschule mitbrachte.

Theo lächelte Shulamit nur an und die sprach schon weiter: „Die beiden haben sich ewige Freundschaft geschworen. Einer für Alle, Alle für Einen, haben sie wohl gesagt. Aber dann ist ihre Freundschaft unterbrochen worden. Eichmanns Eltern zogen nach Linz in Österreich und die beiden Jungen, die besten Freunde, verloren sich aus den Augen".

„Aber dann gab es doch ein Wiedersehen. Im Februar 1942 in Auschwitz in Polen. Der SS-Mann Eichmann inspizierte das Konzentrationslager. Schön rausgeputzt in seiner Uniform mit den blankgeputzten Stiefeln, nehme ich an. Und mit dem Totenkopf an seiner Mütze. Und David war auch da. Verdreckt und verlaust in seiner gestreiften Häftlingsuniform. Angetreten zum Appell. Da hat Adolf Eichmann seinen Freund David wiedergesehen. Und was hat Eichmann getan, hat er seinen Freund gerettet?"

Theo rührte sich nicht im Stuhl vor dem kleinen Schreibtisch im Hotelzimmer. Shulamit trat ans Fenster und dann hörte er sie sagen: „Ich habe alle Akten durchgewühlt. Wie eine Verrückte. Ich wollte bestätigt haben, dass auch ein Mensch wie Eichmann noch einen Rest von Menschlichkeit in sich hat. Aber ich habe nichts gefunden. Keine Spur von David, dem jüdischen Freund Eichmanns. Es gibt nichts, kein Grab und keine Asche. Verstehen Sie jetzt, dass ich Angst habe? Ich habe Angst vor Solingen, vor Deutschland und all diesen Deutschen."

Theo ging auf sie zu, umarmte sie und fragte: „Auch Angst vor mir?“

Shulamit drehte ihren Kopf, sie lächelte Theo an und diesmal erreichte das Lächeln auch ihre Augen. „Nein“, sagte sie, „ich vertraue dir“.

Sie schloss die Augen und sie sah ein Gesicht vor sich. Es war nicht das Gesicht von Noah, es war das Gesicht von Theo Schapiro.

Und dann schliefen sie miteinander.

****

Die Synagoge der “Hebrew Congregation” an der Washingtoner Massachusetts Avenue war an diesem Freitag voller als sonst. Juden in aller Welt feierten “Yom Hashoah”. Die Gemeinden gedachten der sechs Millionen ermordeten Juden in der Nazizeit. Einige der Gläubigen trugen kleine Blumensträuße mit sechs Tulpen in der Hand. Im großen Gemeindesaal brannten sechs Kerzen. Eine für jeweils eine Million Opfer.

In der Eingangshalle rückte Heiner von Zerfass seine goldbestickte Kippa zurecht und ging an dem offenen Karton vorbei, in dem vielleicht hundert weit weniger aufwändige Yarmulkes lagen. Viele der männlichen Mitglieder der Reform-Gemeinde hatten sich wie üblich erst gar nicht die Mühe gemacht, ihre eigene Kopfbedeckung für den “Service” mitzubringen und bedienten sich einer der Leih-Yarmulkes.

Zerfass ging wie üblich langsam, er zog das linke Bein etwas nach und ein Gehstock gab ihm Halt. “Eine alte Kriegsverletzung aus Deutschland”, hatte er schon vor Jahren seinen Nachbarn erklärt. Die hatten natürlich wissen wollen, ob er das Kriegsende in Deutschland miterlebt habe. Der humpelnde Veteran hatte wahrheitsgemäß mit “Ja“ geantwortet und weitere Fragen mit dem Hinweis abgewehrt, dass es “schlimm” gewesen sei und er darüber nicht reden wolle.

Die Nachbarn verstanden und respektierten, dass der alte Soldat vergessen wollte. Dennoch kursierten Gerüchte in der Nachbarschaft. Der aristokratisch auftretende Nachbar entstamme einer prominenten jüdischen Familie in Deutschland, “wussten” bald alle. Als die Nazis an die Macht kamen, habe er sich einer jüdischen Untergrundbewegung angeschlossen und den “Krauts” mächtig eingeheizt. Auch Zerfass waren die Berichte seiner “Heldentaten” zu Ohren gekommen, aber er ignorierte sie.

Während die Gemeinde in der Synagoge den Kaddisch sprach, beugte sich ein neben dem mit geschlossenen Augen tonlos betenden Zerfass sitzender Mann zu ihm herüber und flüsterte kaum hörbar in deutscher Sprache: “Herr Korvettenkapitän, wir müssen mit Ihnen reden”.

Zerfass nickte kaum merkbar mit dem Kopf und seine Erregung war ihm nicht anzumerken. Deutsch war etwas, was er vergessen wollte.

Nach einer Weile lächelte Zerfass den Unbekannten an, der ihn angesprochen hatte. “Nicht Korvettenkapitän bitte. Schütze Arsch, Strafkompanie. Darauf lege ich Wert”.

Der Unbekannte nickte: “Selbstverständlich. Wie Sie wollen, Herr Korvettenkapitän”.

Beim Schluss des Gottesdienstes begleiteten zwei Männer Zerfass vor die Tür. Der Unbekannte und ein weiterer Unbekannter, den der “Korvettenkapitän” vorher nicht bemerkt hatte.

“Setzen wir uns doch dort an den Tisch”, sagte der Flüsterer und wies auf eine der Gartentisch-Sitzgruppen auf der Terrasse der Synagoge. „Ach, und entschuldigen Sie bitte, ich bin Ari Dor. Und das ist mein Kollege Itzchak Kleinberg”.

"Mich glauben Sie ja zu kennen, Herr Dor", stellte Zerfass resignierend fest. "Und aus Ihrem Deutsch höre ich heraus, dass Sie irgendwo im Hessischen geboren wurden oder zumindest dort aufgewachsen sind".

"Sie haben Recht, Isenburg bei Frankfurt. Ich bin beeindruckt, Herr Korvettenkapitän".

Mit einer müden Bewegung hob Zerfass die Hand. "Lassen wir das. Zerfass ist besser. Und da sich Ihr Büro, wie ich annehme, am International Court hier in Washington befindet, sind Sie mir eine Erklärung schuldig: Was wollen Sie von mir?"

Dor und Kleinberg lachten. Am International Court befindet sich die Botschaft Israels in der amerikanischen Hauptstadt. Und so schnell wie von Zerfass waren sie in ihrer gesamten Laufbahn noch nicht enttarnt worden. Die beiden Israelis mutmaßten, dass der Korvettenkapitän auch die Art ihrer Arbeit in der Botschaft erraten hatte.

"Wir wollen Ihnen ein paar Fragen stellen", sagte Kleinberg, doch Zerfass unterbrach ihn: "Sie wollen also etwas von mir wissen. Vielleicht werde ich Ihnen sogar antworten. Aber zuerst müssen sie mir einmal sagen, was Sie denn schon über mich gesammelt haben".

"Die ganze Geschichte oder die Kurzfassung?", erkundigte sich Dor.

"Kurzfassung reicht", gab ihm Zerfass Bescheid, "meine Restlebenserwartung lässt sich in Monaten berechnen".

"Ich mach's in Stichworten", versprach Dor. "Also: Geboren 1916, getauft, evangelisch. Physikstudium, 1939 Eintritt in die deutsche Kriegsmarine. Einflussreicher Gönner. Admiral Wilhelm Canaris, Chef der deutschen Abwehr".

Dor machte eine Pause. „War das ein Vetter Ihrer Mutter oder Ihres Vaters?"

Zerfass antwortete nicht.

“Na egal. Also: Sie machen Karriere bei der Abwehr. Mit kleiner Nebenbeschäftigung. Besorgen Juden gefälschte Pässe für die Flucht ins Ausland”.

Dor sagte nichts mehr. Dafür meldete sich Kleinberg: „Sie sind der erste ‚Chasid Umot ha-Olam’, dem ich in meinem Leben begegnet bin. Es gibt nur 427 deutsche ‚Gerechte unter den Völkern’, die Juden das Leben retteten. Sie haben es als Goi, als Nichtjude, getan, und Sie sind der 428.“

„Ich bin kein Deutscher“, widersprach Zerfass. „Ich bin Amerikaner, das sollten Sie wissen“.

„Natürlich“, bestätigte Dor und fuhr mit seinem Stichwort-Bericht fort: „Die Gestapo kommt dahinter. Anklage vor einem SS-Gericht. Todesurteil. Canaris hilft. Degradierung zum einfachen Soldaten. Strafkompanie an der Ostfront. Russische Kriegsgefangenschaft, 1950 Auswanderung in die USA. Arbeit als Ingenieur in Philadelphia. Konvertierung zum Judentum. Nie wieder Deutschland besucht“.

„Sie haben sich sehr viel Mühe gemacht“, meinte Zerfass. „Erwarten Sie von mir, dass ich mich für die Fleißarbeit bedanke? Was soll das Ganze?“

„Wir brauchen Ihre Hilfe“, sagte Dor. „Uns fehlt ein wichtiges Detail aus Ihrem Leben“.

Zerfass fixierte die beiden Israelis und zog die Schultern hoch. „Ich wüsste nicht, womit ich Ihnen helfen kann. Sie haben gründliche Arbeit geleistet. Da ist nichts mehr, was ich Ihnen noch sagen könnte“.

Kleinberg widersprach. „Sie haben einen Schwager in Deutschland. Heinrich Assmann. Und dem haben Sie auch geholfen, wenn wir uns nicht irren“.

„Warum fragen Sie?“

Dor und Kleinberg blickten sich an und Dor antwortete schließlich: „Sie wissen, dass Assmann vor einem deutschen

Gericht angeklagt werden soll. Wegen Beihilfe zum Mord. Deshalb sind wir hier“.

„Ja, das weiß ich. Aber ich weiß nichts von dem, was ihm vorgeworfen wird. Selbst wenn ich etwas wüsste: Glauben Sie, dass ich den Mann meiner Schwester ans Messer liefern würde?“

Dor lächelte. „Das haben wir auch nicht erwartet. Wir wollen nur die Wahrheit ergründen. Wir wollen etwas über das Kind erfahren. Das Kind mit den zwei Rettern. Einer der Retter heißt Assmann und der andere Zerfass, wenn wir uns nicht irren“.

„Warum?“, fragte Zerfass nur.

„Wir wollen das Kind finden, um es zu schützen. Wir wollen nicht, dass der Junge, der ja schon lange ein erwachsener Mann ist, in die Sache hingezogen und als Zeuge vor Gericht gezerrt wird“.

Zerfass holte tief Luft. „Sie sagen mir nicht die ganze Wahrheit, aber die kann ich von Ihnen wohl auch nicht erwarten. Deshalb können Sie von mir auch nicht erwarten, dass ich Ihnen etwas sage, was ich Ihnen nicht sagen will. Fragen Sie“.

Dor blickte Zerfass lange an und er sagte nichts. Er fühlte Schweiß auf der Stirn, aber das lag nicht an der warmen Frühlingssonne in Washington. ‚Mann’, ich bin ein Schwein’, sagte sich Dor. ‚Da sitze ich vor einem Helden, der sein Leben für Unbekannte riskierte und der damit sein eigenes Leben zerstörte. Und ich komm’ her und lege ihn rein’.

Dor, der Stationsleiter des Mossad in Washington, gab sich einen Ruck: „Hat Assmann bei der Selektion eines Juden-Transports im Konzentrationslager von Chelmno einen Säugling mit nach Hause genommen, um das Kind dann als sein eigenes auszugeben?

„Ja, er ist eines Tages mit einem Kind angekommen“.

„Haben Sie das Kind dann weggeschafft?“

„Ja“.

„Warum?“

Zerfass lachte gequält. „Warum? Ganz einfach, weil meine Schwester und ihr Mann damit ziemlich schnell aufgeflogen wären. Die Gestapo hatte etwas gegen die liebevolle Betreuung jüdischer Kinder durch SS-Offiziere. Die hätten mit dem Retter kurzen Prozess gemacht. Und mit dem Kind ebenfalls. Beantwortet das ihre Frage?“

„Wohin haben Sie das Kind denn gebracht?“

„In den Hunsrück“.

„Nicht ins Ausland?“

Zerfass hob die Schultern hoch. „Nein, nicht ins Ausland. Da liefen mir zu viele deutsche Soldaten herum. Ich hab’ den Jungen zu einem Bauernehepaar im Hunsrück gebracht. Die haben den dann als ihr eigenes Kind ausgegeben“.

„So einfach war das?“

„Ja, so einfach. Auf dem Dorf kann man mauscheln. Und die Leute haben mir einen Gefallen getan, weil ich ihnen vorher einen großen Gefallen habe tun können. Einen dienstlichen“.

„Haben Sie dem Ehepaar die Herkunft des Kindes erklärt?“

„Warum sollte ich? Die wollten ein Kind haben und sie haben es bekommen. Ein Kind ist ein Kind, meinen Sie nicht auch? Und warum sollte ich die Sache unnötig komplizieren?“

„Haben Sie Assmann gesagt, wo das Kind geblieben ist?“

„Nein, der hat auch nicht danach gefragt“.

„Das Kind hat dann den Namen seiner Ersatzeltern bekommen?“

„Ja“.

„Wie hieß er dann?“

„Lührs, Günther Lührs“.

„Das beweist aber immer noch nicht, dass dieser Lührs wirklich das Kind aus dem Konzentrationslager ist“, wandte Kleinberg ein.

„Halten Sie mich für einen Amateur?“ fragte Zerfass zurück. „Natürlich kann ich es beweisen. Denn ich habe den Jungen etikettiert“.

„Sie haben was gemacht?“, wollte Dor wissen.

„Ich habe den Ersatzeltern des Jungen gesagt, dass sie ihn beim Standesamt unbedingt als im Katholischen Krankenhaus von Graimberg in Westfalen Geborenen registrieren lassen müssen. Ich habe ihnen die entsprechenden Papiere mit ihren Namen als leibliche Eltern gegeben“.

Zerfass nickte sich selbst zu. „Es gibt aber kein Graimberg in Westfalen. Und auch kein Katholisches Krankenhaus. Wenn Sie jetzt jemanden finden, der im Mai 1942 in Graimberg in Westfalen geboren wurde, dann ist es der Junge, den Sie suchen“.

Dor hielt die Luft an und auch Kleinberg sagte kein Wort. Die beiden Männer wussten, dass sie alles erfahren hatten, was zu erfahren war. Diesen Lührs jetzt in Deutschland ausfindig zu machen, würde für die Kollegen ein Kinderspiel sein. Und die würden schon dafür sorgen, dass er nicht vor Gericht erschien, um aus Assmann einen Retter der Menschheit zu machen.

Dor reichte Zerfass wortlos die Hand, doch der ergriff sie nicht. Zerfass saß einfach da und starrte vor sich hin. „Da ist noch ’was“, sagte er schließlich. „Ich weiß, was aus dem Jungen geworden ist und es gefällt mir nicht“.

Dor und Kleinberg schwiegen. Sie wussten instinktiv, dass Zerfass von sich aus weiterreden würde.

„Nach dem Kriegsende habe ich nach dem Jungen gesucht und viel über seine ‚Eltern’ erfahren. Das waren schlimme Maulheld-Antisemiten. Wissen Sie, was Maulheld-Antisemiten sind?“

Dor und Kleinberg nickten.

„Die haben rumgeredet, ohne zu wissen, dass ihr heißgeliebter Sohn Jude ist. Wenn es nicht so verdammt beschissen wäre, müsste ich lachen. Und der Günter Lührs hat seine Eltern nicht enttäuscht. Der ist noch antisemitischer geworden als sie".

Wie schmerzverzerrt verzog Zerfass das Gesicht und beugte sich vor. „Ich hatte ja alte Abwehr-Kollegen, die wieder im Dienst waren. Erst bei der Polizei und später beim deutschen Verfassungsschutz. Denen ist Günter Lührs häufig begegnet. Als Jura-Student gehörte er einer antisemitischen Burschenschaft an, die ein Trinklied hatten: ‚Es ist das Höchste im Leben, eine Jüdin umzulegen'".

„Und Lührs hat nicht nur gesungen. Der hat als freiwillige Aufnahmeverpflichtung angegeben, die Welt in seinem Leben zumindest von einem Juden zu befreien".

Dor und Kleinberg hörten nur zu. Was ihnen Zerfass mitteilte, würden sie auch ohne Aufschreiben nicht vergessen.

„Seinem verhassten Jura-Professor Cohen hat Lührs in anonymen Schreiben an die Staatsanwalt vorgeworfen, homosexuell zu sein, Studenten zu sich nach Hause einzuladen, um dort ‚unzüchtige Handlungen' an ihnen vorzunehmen. Und wissen Sie, warum Lührs das gemacht hat? Für ihn war Cohen ein ‚Judenschwein'. Die Justiz hat natürlich ein Ermittlungsverfahren wegen Vergehens gegen den Paragrafen 175 eingeleitet. Homosexualität wurde damals in Deutschland ja noch mit Zuchthaus bestraft. Der Professor wurde vom Dienst suspendiert. Aber die Staatsanwaltschaft stellte das Verfahren schließlich ein, weil sie keine ‚Opfer' finden konnte. Der Lührs hatte sich das alles aus den Fingern gesogen".

Zerfass strich sich gequält mit der Hand über die Augen. „Trotzdem war der Ruf des Professors ruiniert und er hat sich schließlich das Leben genommen. Beerdigt wurde er auf einem katholischen Friedhof. Denn Lührs hatte sich geirrt. Der Professor hatte nur einen jüdisch klingenden Namen, der war ein lupenreiner Katholik. Die persönliche Judenbefreiung des Lührs hat nicht stattgefunden".

„Und das hatte für Lührs keine Folgen?", wollte Kleinberg wissen.

Zerfass lachte kurz auf. „Natürlich nicht. Der ist Referendar geworden, der konnte unbelästigt die 2. juristische Staatsprüfung ablegen und die Finanzverwaltung hat ihn mit Kusshand eingestellt. Der Verfassungsschutz hat ihn natürlich überprüft und auch das Finanzministerium informiert. Aber die haben Lührs ‚Jugendsünde' nicht weiter beachtet".

Zerfass schüttelte sich, als wolle er eine unangenehme Erinnerung vertreiben. „Ich frag' mich oft, ob ich wirklich ein jüdisches Leben gerettet oder vielmehr einen Juden zum lebensgefährlichen Juden-Hasser gemacht habe. Verstehen Sie jetzt, warum ich Deutschland verließ und konvertierte? Ich habe einen Fehler gemacht und es nicht mehr ausgehalten. Ich habe eine jüdische Identität zerstört, die von Günther Lührs. Auch deshalb bin ich Jude geworden. Ein ehemaliger Nazi, ein Mitglied der NSDAP, ist jetzt ein Ersatz-Jude. Dass ich nicht lache".

„Nein", widersprach Dor. „Mir wäre wohler, wenn es mehr Juden gäbe wie Sie. Ich verneige mich vor Ihnen mit Respekt und Dankbarkeit, Herr Korvettenkapitän. Sie sind ‚a mensch'".

Die drei Männer standen auf. Dor und Kleinberg gaben Zerfass wortlos die Hand. Beim Weggehen sagten sie „Shabat Shalom". Zerfass antwortete mit „Shalom, Shalom". Auch er ging. Gestützt auf seinen Gehstock zog er das linke Bein etwas nach. Die alte Kriegsverletzung schmerzte.

****

Shulamit und Theo schlenderten über die Berliner Allee in Düsseldorf. Der Himmel war grau und gelegentlich fielen ein paar Regentropfen.

„Jetzt bin ich länger als drei Monate in Deutschland und eines ist mir schon lange aufgefallen“, sagte Shulamit. „Die Menschen sehen sich nicht ins Gesicht. Die meisten blicken ständig vor sich auf den Boden“.

Theo zuckte mit den Achseln. „Kann ja sein. Die Leute wollen eben sehen, wo sie laufen und nicht stolpern und auf die Nase fallen“. Und dann grinste er: „Wenn ich mit dir zusammen bin, sehe ich nie auf den Boden. Ich habe nur Augen für dich“.

„Nein, ernsthaft“, protestierte Shulamit. „Warum sehen sich die Menschen nicht ins Gesicht? Wollen sie sich verstecken oder nicht erkannt werden? Wer andere Menschen nicht sieht, kann sie nicht anlächeln. Bei uns in Israel ist das ganz anders“.

„In Israel scheint Vieles anders zu sein“, sagte Theo als Shulamit ruckartig vor dem Schaufenster eines Reisebüros stehen blieb. Auf einem großen Plakat wurden unter dem Bild des Felsendoms in Jerusalem „Reisen mit der Bahn“ angeboten.

„Ich hab’ nicht gewusst, dass man mit der Eisenbahn nach Jerusalem fahren kann“, lachte die Israelin. „Selbst wenn es Schienen gebe würde, wäre die Reise wegen ein paar zwischen Deutschland und Israel liegenden Ländern auch nicht besonders empfehlenswert, weil ....“

Mitten im Satz unterbrach sich Shulamit und starrte auf ein kleineres Plakat. „Städtereisen nach Paris, London, Brüssel, Rom, München, Berlin“. Und ganz am Schluss noch zwei Städte: „Hamburg“ und „Bremen“.

Shulamit dachte an Nachums Vorschlag, ein Mal nach Bremen zu fahren, um nach den „Wurzeln“ ihrer Eltern zu suchen. Oder hatte der Mossad-Chef in Tel Aviv noch einen anderen Grund?

Shulamit blickte Theo an. „Ich war noch nie in Bremen, kennst du die Stadt?".

„Und ob. Ich hab' in Bremen an der Uni studiert. Ist ein ziemlich linker Laden. Warum fragst du?".

„In der Gegend sind meine Eltern geboren worden".

„Und du warst noch nie da?"

„Nein, warum sollte ich".

Theo antwortete nicht. Sie schlenderten weiter über die Berliner Allee und er sagte schließlich: „Komm, wir fahren". Shulamit nickte nur.

In Theos klapprigem Fiat fuhren sie die Berliner Allee hinunter bis zum Werstener Kreuz und dort auf die Autobahn Richtung Norden. Shulamit blickte verwundert aus dem Fenster: „Bist du sicher, dass wir uns nicht verfahren haben? Hier geht's doch nicht zum Hotel und auch nicht nach Solingen, mein Lieber".

Theo zuckte mit den Schultern. „Weiß ich. Wir fahren nach Bremen".

„Du bist verrückt. Was soll ich denn da?"

„Hast du mir nicht gesagt, dass deine Eltern aus der Gegend da oben stammen? Und da wir gerade nicht Besseres zu tun haben, könntest du dir die Gegend ja mal ansehen", meinte Theo gleichmütig.

„Ich bin froh, dass es dich gibt", sagte Shulamit nur.

Theo nickte. „Wenn dir Bremen nicht gefällt, können wir ja wieder nach Hause ins Hotel zurückfahren. Solange wird die Kiste ja wohl noch durchhalten".

Shulamit unterbrach ihn: „Kennst du Bremen-Vegesack?"

„Na klar. Willst du da hin? Und wenn ja, warum?"

„Da haben meine Eltern lange gewohnt. Im U-Boot-Bunker in Farge bei Vegesack ist ein Bruder meiner Mutter umgekommen. Und mein Vater hat mir viel vom Hafen erzählt. Da soll ein riesiger Walfischknochen 'rumstehen".

„Den Knochen kenn' ich", sagte Theo. „In zwei oder drei Stunden sind wir da".

Am Autobahnkreuz Bremen bog er auf die Autobahn 27 und sie erreichten schließlich die Ausfahrt „Bremen-Nord". Kurz dahinter stand die Hinweistafel „Vegesack". Shulamit erkannte das Schild und zitterte. „Ich bin in der Heimat meiner Eltern und ich habe Angst".

„Keine Angst, Kleines", sagte Theo. „Erstens bin ich bei dir und zweitens bist du schon etwas länger in der Heimat deiner Eltern. Und zwar seit deiner Landung in Deutschland".

„Deutscher Klugscheißer, hat mein Vater immer gesagt", protestierte Shulamit und beide mussten lachen.

Theo parkte am Hafen und sie gingen zum „Walfischdenkmal" an der Hafenmole. Sie blickten am „Utkiek" auf die vorbeifließende Weser und Shulamit weinte lautlos. „Über diese Strasse sind bestimmt auch meine Eltern gegangen".

Theo umarmte sie und schob Shulamit ins Restaurant „Havenhaus". „Komm' ich habe Hunger. Und etwas Essen wird auch dir gut tun".

Im Restaurant bestellte Shulamit bei der Kellnerin „Putenbrust" und Theo „Geschnetzeltes". Als das Essen kam, beugte sich Shulamit zu ihm und sagte leise: „Koscher ist das nicht gerade".

Die Kellnerin, die es gehört hatte, stotterte nur: „Entschuldigen Sie bitte. Das habe ich nicht gewusst".

Jetzt war Theo verwirrt. „Was haben Sie nicht gewusst?"

„Dass Sie koscher halten. Nicht Milchiges und Fleischiges zusammen auf einem Teller". Die Kellnerin strahlte: „Ich habe einen jüdischen Freund. Und der hält auch koscher".

Shulamit lachte laut: „Meiner aber nicht. Lassen Sie ihm das Geschnetzelte. Es wird ihm schmecken und vermutlich auch nicht schaden".

Die Kellnerin schüttelte mit dem Kopf und beim Weggehen murmelte sie: „Da kenne sich einer mit den Juden aus".

Beim Essen fragte Theo unvermittelt: „Dein Onkel ist im U-Boot-Bunker hier um die Ecke umgekommen. War der etwa deutscher Soldat?"

„Er wäre es gern gewesen", antwortete Shulamit. „Aber die Nazis wollten ihn nicht und haben ihn ins KZ Neuengamme gesteckt. Und zusammen mit 16.000 anderen Häftlingen hat er in den beiden letzten Kriegsjahren im Bunker U-Boote zusammenschrauben müssen. Das waren alles Juden und Kriegsgefangene aus Russland und Polen. Mehr als 6.000 Häftlinge sind im Bunker verhungert oder von den Aufsehern ermordet worden. Der Bruder meiner Mutter war eines dieser Opfer".

Ein älteres Ehepaar am Nachbartisch hatte aufmerksam zugehört. „Immer diese Schauermärchen", sagte der Mann plötzlich. Er sprach nicht laut, aber es war deutlich zu verstehen. Die neben ihm sitzende Frau wollte ihn unterbrechen. „Sei doch ruhig, Erwin. Iss lieber weiter". Doch der Mann ließ sich nicht beirren: „Ich hab's dir doch schon so oft gesagt Inge: Die allermeisten Juden haben sich vor dem Krieg doch alle schnell aus dem Staub gemacht. Vonwegen Holocaust! Wir, die anständigen Deutschen, mussten hierbleiben und den Bombenterror der Angloamerikaner ertragen".

Der Mann redete sich in Rage und ließ sich von den schreckgeweiteten Augen seiner Begleiterin nicht bremsen. „Ich sag's dir, Inge. Die Juden haben uns ausbluten lassen und machen das jetzt immer noch. Na ja, einige von denen sind verhaftet worden. Aber da gab es bestimmt auch Gründe für. Wenn so viele Juden gestorben wären wie immer behauptet wird, würde es jetzt nicht so viele von denen geben. Und sie könnten auch nicht so die Klappe aufreißen und dauernd die Hand aufhalten".

An einem Tisch gegenüber tuschelte eine Gruppe von drei jungen Männern. Einer von ihnen nickte Shulamit und Theo freundlich zu und schüttelte mit dem Kopf. Sie winkten die Kellnerin heran, zahlten und wandten sich zum Gehen.

Ein vielleicht 20Jähriger aus der Gruppe machte einen kleinen Umweg zum Tisch des Schwadronierers und stoppte. Er sah den Mann an und sagte freundlich: „Mein Herr, Sie sind ein Dreckskerl. Und wenn sie nicht so ein alter Sack von Nazi wären, würde ich Ihnen jetzt ein paar in die Fresse geben".

Der Angesprochene sagte nichts und blickte den jungen Mann nur verwirrt an. Shulamit aber stand spontan auf, ging auf den Sprecher zu. Sie streckte ihm die Hand hin und sagte „Danke".

„Nichts zu danken", wehrte er ab. „Ich bin Türke mit deutschem Pass und mag nicht, wenn Leute andere Leute runtermachen". Dabei lächelte er und fragte dann: „Und was sind Sie?"

„Jüdin aus Israel", sagte Shulamit laut.

Der vielleicht 20Jährige lachte: „Na, dann haben wir ja öfter dieselben Sorgen". Und ohne ein weiteres Wort verließ er mit seinen beiden Freunden das Restaurant.

****

Rechtsanwalt Nonnenmeier kam in der Assmann-Villa gleich zur Sache. „Wir haben ein kleines Problem, Heinrich. Der Staatsanwalt macht Zicken. Die Sache mit dem Kind läuft doch nicht so reibungslos, wie wir uns das vorgestellt haben".

Heinrich Assmann hörte ihm ungerührt zu. „Trink erst Mal was. Ich hab' 'nen guten ‚Napoleon hier". Ohne Nonnenmeiers Antwort abzuwarten schenkte Assmann ein.

„Na, das macht doch nichts“, sagte er leichthin. „Ich hab’ da noch etwas. Und wenn das so ist, werden uns eben die Israelis helfen“.

Assmann strahlte, die Sache schien ihm Spaß zu bereiten. „Stell dir vor, Herr Rechtsanwalt. Wir bügeln die Sache weg. Und wer wird da kräftig mitbügeln und sich beim Bügeln überschlagen? Unsere Freunde des Judenstaates, mein lieber Freund. Da bist du platt was?“

Nonnenmeier hatte mit offenem Mund zugehört und sagte zuerst ein Mal gar nichts. Er nahm einen großen Schluck aus dem Cognac-Schwenker und dann sagte er: „Jetzt bist du ganz übergeschnappt. Hast du ein amtsärztliches Attest für deine Geistesverwirrung?“

Das Telefon klingelte ein Mal und dann war es still. Offensichtlich hatte Hedwig den Hörer abgenommen.

Assmann nahm die Diagnose seines Anwalts nicht zur Kenntnis und er lächelte noch immer.

„Nein, ganz im Ernst. Die Israelis können sich gar nicht erlauben, dass der Prozess stattfindet und ich tatsächlich verurteilt würde und dann sogar ins Gefängnis käme. Die Brüder brauchen mich“.

Die Israelis brauchen dich also“, sagte Nonnenmeier nur und fuhr dann lauter werdend hinzu: „Die Israelis brauchen dich? Die brauchen dich ungefähr so dringend wie ein Loch im Kopf. Und wenn ich als dein Freund und Anwalt hinzufügen darf: Das ist wohl auch, was sich die Israelis wünschen. Ein Loch in deinem Kopf und nicht in ihrem, mein lieber Heinrich“.

Unbeirrt schüttelt Assmann wieder mit dem Kopf. „Nein“, sagte er, „Ich bin ein treuer und unersetzbarer Freund des Judenstaates und die IDF haben mich ganz fest in ihr jüdisches Herz geschlossen“.

„Die ID ... was?“, wollte Nonnenmeier wissen.

„Na, die israelische Wehrmacht“, gab Assmann bereitwillig Auskunft. „Die Israeli Defense Forces. Denn denen hat meine Firma etwas Schönes geliefert. Und das verhindert, dass sie von ihren Nachbarn ins Meer getrieben werden“.

Nonnenmeier schien zu verstehen. „Produziert ihr etwa Kriegsgerät? Und dafür hast du von Berlin eine Ausfuhrgenehmigung bekommen? Heinrich, du wirst immer rätselhafter.“

„Ach Quatsch“, fuhr ihm Assmann ins Wort. „Mit dem Mist will ich nichts zu tun haben. Wir produzieren medizinische Apparate, wie Du weißt. Teure und du kannst mir glauben, bessere als die von Siemens. Aber keines unserer Geräte ist je in einem israelischen Krankenhaus gelandet“.

Nonnenmeier war sichtlich verwirrt. „Also, damit ich das richtig verstehe: Ihr produziert medizinische Apparaturen. Und die Israelis kaufen dir das Zeug ab um es dann unausgepackt in den Keller zu stellen? Das macht doch keinen Sinn, Heinrich“.

„Wer hat etwas von nicht auspacken gesagt“, fragte Assmann fröhlich. „Die haben ausgepackt, aber daraus ein Staatsgeheimnis gemacht. Die brauchen unsere Geräte nicht zur jüdischen Lebensverlängerung, sondern für was anderes“.

„Wie bitte?“, fragte Nonnenmeier ungläubig.

Assmann lehnte sich zurück. „Sei doch nicht so ungeduldig. Also, eines Tages haben wir in der Firma Besuch bekommen. Drei Herren, angeblich aus Zypern. Denen hatten wir ein paar Monate zuvor einen Computertomographen geliefert. Und die Herrschaften wollten noch 12 weitere Tomographen haben. 12 Stück, für Zypern. Bisschen viel für die kleine Insel, meinst du nicht auch? Und ich hab’ natürlich gleich gewusst, dass die nicht in Zypern bleiben sollen. Aber ich hab’ das Geschäft sofort abgeschlossen.“.

Heinrich Assmann unterbrach sich, als wolle er schnell im Kopf nachrechnen, wie viel der Zypern-Auftrag seiner Firma einbrachte.

„Und dann haben mich die drei Herren in eine Fachsimpelei verwickelt und ich hab' den Braten ziemlich schnell gerochen. Die Typen hatten von Medizin ungefähr soviel Ahnung wie du, Dietrich. Nämlich so gut wie keine. Das waren Physiker. Die haben sich nur für die Verarbeitung magnetischer Impulse interessiert, die wir ganz anders gelöst haben als die Konkurrenz. Und weißt du, wofür man die magnetische Resonanz außer zur Darstellung von Tumoren im Körper gebrauchen kann? Um Raketen auf Flugbahnen zu halten, auf denen sie fliegen sollen".

Nonnenmeier hörte sprachlos zu.

„Hinterher habe ich mich für die Herren aus Zypern natürlich näher interessiert. Ich hab' ja noch ein paar alte Freunde, die auch wieder Freunde haben. Beispielsweise beim BND oder auch beim MAD, was weiß ich. Und von denen habe ich erfahren, dass meine freundlichen Zyprioten Israelis waren. Einer von denen war sogar General bei der IDF. Und nun rate mal, was die IDF mit meinen Tomographen gemacht hat: Die haben die Elektronik rausgenommen, ein bisschen daran herumgefummelt und sie als Steuergeräte in eine neue Mittelstreckenrakete eingebaut. Das muss man denen lassen: Clever sind sie.".

„Na, da ist die israelische Regierung aber dankbar", meldete sich Nonnenmeier. „Doch was das alles mit deinem Prozess zu tun haben soll, weiß ich nun wirklich nicht. Die werden doch nicht zum Verfahren kommen und sagen: Also lasst den verehrten Herrn Angeklagten in Ruhe, denn der hat soviel Gutes getan und uns bei der Produktion einer geheimen Rakete geholfen".

„Ich sehe, du spielst kein Schach“, stellte Assmann fest. „Du kannst nicht um die Ecke und auch nicht drei Züge im Voraus denken. Natürlich halten die Israelis die Klappe, weil ihre Bastelarbeit nicht rauskommen soll. Hörst du, mein Lieber: Die Sache soll nicht rauskommen. Und was bedeutet das? Niemand soll reden. Ich auch nicht. Und die Israelis sind doch nicht blöd. Die müssen doch damit rechnen, dass ich mich bei einem Prozess hinstellen würde und aussage: Also, Hohes Gericht. Ich soll etwas gegen Juden haben? Dass ich nicht lache. Im Gegenteil, ich bin ein Freund der Juden und des Judenstaates“.

„Und das soll dir helfen, dass der Staatsanwalt die Anklage fallen lässt?“, fragte Nonnenmeier ungläubig. „Wie willst du das denn anstellen? Ganz abgesehen davon, dass die Gerätelieferung ja herzlich wenig mit einer Anklage wegen Beihilfe zum Mord zu tun hat“.

Assmann war alles andere als beunruhigt. „Im Gegenteil. Ganz einfach“, sagte er. „Jemand muss den Israelis sagen: Wenn der Prozess gegen Assmann stattfindet, muss der leider auch berichten, dass er den Juden nicht schadet, sondern den Staat Israel im Gegenteil herzensgut unterstützt. Der arme Angeklagte kann das gar nicht für sich behalten, denn er muss und will die Wahrheit sagen. Natürlich würde es euch nicht gefallen, wenn die Sache mit den Tomographen und den Raketen herauskommt. Und deshalb darf der Prozess nicht stattfinden, damit der gute Assmann weiterhin schweigen kann wie bisher“.

„Ich bin beeindruckt“, meinte Nonnenmeier und Assmann wusste nicht, ob sein Freund und Anwalt nun zynisch reagierte oder wirklich beeindruckt war. „Der Haken ist nur, dass die deutsche Justiz, nämlich die Staatsanwaltschaft in Düsseldorf, die Anklage gegen dich erhoben hat und nicht die Israelis“.

„Schon wieder nicht um die Ecke gedacht“, tadelte Assmann. „Die israelische Regierung muss nur unseren Bonzen in

Berlin Bescheid geben, dass der Prozess in Düsseldorf die Sicherheit Israels aufs höchste gefährden würde und deshalb nicht stattfinden darf. Und darauf wird die Bundesregierung den Arsch zusammenkneifen und die Staatsanwaltschaft anweisen, die Sache schnellstens abzublasen“.

„Selbst wenn das eine Möglichkeit wäre“, wandte Nonnenmeier ein, „wie willst du die Israelis dazu bringen, in Berlin zu intervenieren?“

„Das lass mal meine Sorge sein“, entgegnete Assmann. Ich hab’ ja noch alte Verbindungen, die das auf dem kleinen Dienstweg regeln können. Der BND und der Mossad arbeiten doch auf das Angenehmste zusammen“.

Hedwig Assmann kam ins Zimmer. Sie war bleich und schien zu zittern. „Er hat angerufen“, stammelte sie. „Heiner hat angerufen“.

Heinrich Assmann verstand nicht sofort. „Wer hat angerufen? Jetzt reiß dich doch mal zusammen“.

„Mein Bruder. Hast du vergessen, dass ich einen Bruder habe?“

Assmann hob die Schultern. „Ach, das gute Brüderchen. Der Judenfreund in Amerika. Oder ist er schon in Israel, damit er dort auch begraben werden kann?“

„Lass das“, fauchte ihn Hedwig an. Die Gegenwart des Anwalts und Familienfreundes schien sie nicht zu bemerken. „Ich verbiete dir, so über ihn zu reden. Nach allem, was er für uns getan hat“.

Assmann starrte seine Frau fassungslos an. So hatte Hedwig noch nie mit ihm geredet.

„Ist schon gut“, lenkte er ein. „Was wollte dein Bruder? Der hat sich doch seit Urzeiten nicht mehr bei uns gemeldet. Was wollte er denn? Etwa Geld?“

Hedwig Assmann musterte ihren Mann und sie hatte das Gefühl, einem Fremden gegenüber zu stehen. Sie fasste sich an die Stirn, sie öffnete den Mund, aber kein Ton kam heraus. Sie drehte sich zum Fenster hin und dann hörte Heinrich Assmann seine Frau sagen: „Heiner hat mir gesagt, was aus dem Kind geworden ist“.

Heinrich Assmann war wie elektrisiert: „Das Kind, das Kind, das er weggebracht hat?“

„Ja, das Kind. Es lebt. Und es ist geworden wie du, hat Heiner gesagt“.

„Das ist ja großartig“. Assmann sprang auf, er ging auf seine Frau zu und machte Anstalten, sie zu umarmen.

Doch Hedwig Assmann stand starr wie eine Salzsäule und blickte ihren Mann hasserfüllt an. „Du begreifst mich nicht“, sagte sie. „Du hast mich nie begriffen“.

„Was soll ich denn da begreifen? Dein Bruder kommt endlich zu Verstand und zeigt reichlich spät, aber immerhin, dass Familienangehörige zusammenhalten müssen. Dein Heiner liefert mir einen Entlastungsgrund frei Haus. Hätte ich gar nicht mehr von ihm erwartet“.

Anwalt Nonnenmeier beobachtete alles wortlos. Er verstand in großen Zügen warum es ging. Aber den Grund der Erregung der Ehepartner verstand er nicht. „Ich glaube, ich sollte gehen“, sagte er. „Ihr habt ja einiges zu besprechen“.

„Nein. Bleib’“, herrschte ihn Hedwig mit schneidender Stimme an. „Du bist ja sein Freund und auch vor dir sollte er keine Geheimnisse haben“.

Heinrich Assmann war das Verhalten seiner Frau peinlich. „Nun reg’ dich doch nicht auf, Hedwig“, sagte er. „komm setz’ dich hin“.

Hedwig Assmann fixierte ihren Mann. „Das Kind lebt, Heinrich. Hörst Du? Es lebt. Und es ist geworden wie du“.

„Na großartig. Er ist also ein erfolgreicher Unternehmer geworden. Ein Apfel fällt nicht weit vom Stamm, wie man so schön sagt“.

„Du bist ein Idiot, Heinrich“, fuhr ihn Hedwig wieder an. „Der Junge wurde wie du. Und weißt du, was du bist?“

„Ja, ein erfolgreicher Unternehmer. Ein sehr erfolgreicher sogar. Und ich bin etwas größer als ein Betreiber von ein paar Apotheken-Klitschen, wenn ich das mal sagen darf“.

Anwalt Nonnenmeier rutschte unruhig in seinem Sessel. Ich muss hier raus, sagte er sich. Warum soll ich mir keifende Ehepartner anhören? Doch da hörte er Hedwig Assmann mit fester Stimme sagen: „Du bist, was du schon immer gewesen bist, Heinrich. Du bist ein Judenhasser, ein widerlicher Antisemit“.

Hedwig Assmann stand auf und verließ ohne ein weiteres Wort das Zimmer.

„Kompletter Blödsinn“, rief ihr Heinrich Assmann nach. „Bist du etwa auch vom Staatsanwalt aufgehetzt? Im Übrigen habe ich immer nur meine Pflicht getan. Ehrenvoll, wenn ich bitten darf“.

Assmann beruhigte sich langsam wieder und er wandte sich Nonnenmeier zu. „Du musst mit ihr reden Dietrich. Und dann nimm Kontakt mit dem Knaben auf. Ich weiß, dass er mir helfen wird“.

Da hörten Assmann und Nonnenmeier die Stimme der im Türrahmen stehenden Frau: „Du brauchst niemanden schicken, der mir gut zuredet, Heinrich. Und nach dem Kind müsst ihr auch nicht lange suchen. Der arbeitet bei einer Behörde in Solingen“.

Nach dieser Mitteilung ging Hedwig Assmann. Wenige Minuten später fuhr das rote Golf Cabrio der Unternehmer-Gattin weg.

„Ich hoffe ja nur, dass sie nicht nach Solingen fährt und irgend welchen Blödsinn macht“, sagte Assmann. Aber nach einem schnellen Blick auf seine Armbanduhr war er beruhigt.

„Es ist schon nach 6 und um diese Zeit ruhen Beamte ja schon“.

Er wandte sich wieder dem Anwalt zu. „Wie gesagt Dietrich. Tu mir den Gefallen und krieg’ raus, wer der Knabe ist und dann rede mit ihm. Um die Sache mit den Israelis kümmere ich mich schon selbst. Zum Abschießen des Prozesses zwei Raketen in petto zu haben, ist ja besser als nur eine“.

Heinrich Assmann lachte herzhaft.

****

Siegbert Haussmann, der Resident des deutschen Bundesnachrichtendienstes in Tel Aviv verabredete sich mit Nachum Schamir, dem Vorgesetzten der Mossad-Agentin Shulamit Stern, in einem glatt-koscheren chinesischen Restaurant.

„Nicht wie üblich bei uns in der Botschaft“, hatte Haussmann am Telefon gesagt. „Es geht um etwas Besonderes. Das müssen wir unter vier Augen besprechen“.

„Mein lieber Haussmann“, hatte ihm Nachum mitgeteilt, „in Ihre Botschaft wäre ich jetzt auch ganz bestimmt nicht gekommen. Ihr Botschafter hat wieder einmal die offiziellen Feiern zum Jahrestag der Wiedervereinigung Jerusalems boykottiert. Und deshalb werde ich jetzt auch eine ziemlich lange Zeit nicht mehr in die deutsche Botschaft kommen“.

„Ach, lieber Herr Schamir“, bat Haussmann, „hacken Sie doch nicht immer auf uns Deutschen herum. Die diplomatischen Vertreter aller EU-Staaten haben durch Abwesenheit geglänzt, weil unsere Regierungen die israelische Annektierung Ostjerusalems nicht anerkennen wollen“.

Doch dieses Argument ließ Nachum nicht gelten. „Die übrigen EU-Staaten interessieren mich einen Dreck. Ich hab’ von den Deutschen wegen der Geschichte des deutsch-jüdischen Verhältnisses etwas anderes erwartet".

Haussmann widersprach ihm: „Ich bin kein Politiker, Herr Schamir. Aber ich weiß eines: Über das deutsch-jüdische Verhältnis müssen wir nicht reden. Die Jerusalem-Feier war eine Frage des deutsch-israelischen Verhältnisses. Und da müssen Sie uns Deutschen auch schon Mal erlauben, mit bestimmten Handlungen der israelischen Regierung nicht einverstanden zu sein. Ich kann mich an Gelegenheiten erinnern, bei denen Ihre Firma ebenfalls anderer Meinung als Ihre eigene Regierung war".

„Sind Sie sicher, dass Sie kein Jude sind?", fragte Nachum lachend zurück. „Sie drehen mir das Wort im Hals herum". Und in sachlichem Ton hatte er hinzugefügt: „Im übrigen wissen Sie doch dass ich nichts unter mindestens sechs Augen mache. Und wenn Sie noch jemanden mitbringen, werden es acht Augen sein".

Nachum und David begrüßten Haussmann im Chinesen-Lokal, in dem sie sich schon öfter getroffen hatten, mit betonter Freundlichkeit. Sie waren schließlich Kollegen. Haussmann bevorzugte das Lokal für Gespräche „außer der Reihe", wie er es nannte. „Hier können wir Deutsch reden", hatte er Nachum vor langer Zeit gesagt. „Hier wieseln nur Chinesen rum, die gebrochen Hebräisch und gebrochen Englisch sprechen und ganz bestimmt kein Deutsch. Wir haben das genau geprüft".

Nachum hatte ihm zugestimmt, dem deutschen Kollegen aber nicht gesagt, dass der Mossad in die Lampen über den Tischen Abhörmikrofone eingebaut hatte.

„Es geht um den NS-Prozess in Düsseldorf", begann Haussmann das Gespräch und unterbrach sich dann selbst.

Nachum und David sagten nichts und blickten den deutschen Kollegen nur mit ausdruckslosen Gesichtern an. Immer die alte

Fischzug-Masche, dachte sich Nachum innerlich amüsiert. Einen halben Satz sagen und dann darauf hoffen, dass der Gesprächspartner plaudert. Mit mir nicht, mein Freund.

„Sie haben uns sehr geholfen", fuhr Haussmann schließlich fort. „Und die israelischen Zeitungen haben ja auch etliche Berichterstatter nach Düsseldorf in Marsch gesetzt. Die Ma'ariv ist besonders kopfstark vertreten".

Ihr Scheißkerle, dachte Nachum, der die Anspielung Haussmanns sofort verstand. Nazi-Mörder habt ihr Jahrzehnte lang selbst dann nicht gefunden, wenn sie vor eure Füße gefallen sind. Und wenn doch, habt ihr sie als ehrenwerte Mitarbeiter in euren Bundesnachrichten-Verein aufgenommen. Aber unsere Leute, die euren Dreck wegmachen, belästigt ihr. Gleichzeitig schwor sich Nachum: Wenn ihr Shulamit in die Quere kommt und ihr Schwierigkeiten macht, lasse ich persönlich mindestens drei BND-Leute in einem Land hochgehen, wo es euch besonders schmerzt!

Als habe er Nachums Gedanken erraten, sagte Haussmann versöhnlich: „Aber was die Journalisten machen, ist nicht unsere Sorge. Meine Regierung verteidigt die Pressefreiheit so entschieden, wie die Ihre. Ich will aus einem ganz anderen Grund mit Ihnen reden. Ich will Ihnen einen Gefallen erweisen. Nicht Ihnen persönlich, dem Staat Israel".

„Der Staat Israel bedankt sich schon im Voraus", erklärte Nachum mit gespielter Überschwänglichkeit. „Wollen uns die Deutschen wieder mal umsiedeln, damit wir Syrien nicht mehr als Nachbarn haben? Das wird aber 'ne Platzfrage, mein Herr. In Alaska sind schon die Amerikaner und Madagaskar geht ja auch nicht mehr".

„Ihr Humor beeindruckt mich", gab ihm Haussmann zur Antwort. „Aber ich will mit Ihnen nicht über Umsiedeln, sondern über deutsche Kriegswaffenlieferungen nach Israel reden".

„Sie belieben zu scherzen“, fiel ihm Nachum ins Wort. „Da ist nichts, und wenn da etwas wäre, würde ich es mit Ihnen nicht besprechen“.

Haussmann schüttelte die Kopf: „Kein Scherz. Und deshalb bin ich hier“.

„Na dann schießen Sie mal los, wie man so schön sagt“, schaltete sich David von der Deutschland-Abteilung des Mossad ein. „Auch ich weiß nichts, und bin auf Ihre Ausführungen ganz gespannt“.

„Na dann reden wir doch mal von Kriegsgerät, das bei deutscher Aus- und bei israelischer Einfuhr gar kein Kriegsgerät ist, und hinterher nur dazu gemacht wird. Reden wir doch mal von Computertomographen“.

Nachum verzog keine Miene. „Ach Tomographen. Richtig, richtig. Diese Dinger wollen wir beim nächsten Krieg als Wurfgeschosse verwenden. Was soll der Unsinn?“

Haussmann lächelte. „Von mir aus, mein Freund. Und dass Ihre Firma den Ankauf der Wurfgeschosse eingefädelt hat, interessiert uns auch nicht. Bedenklich ist aber, dass Ihre Militärs die Elektronik der Wurfgeschosse aus- und dann in israelische Raketen eingebaut haben. Ohne die dazu notwendige Genehmigung meiner Regierung. Aber unter Freunden ist man ja nicht kleinlich. Und man sieht, wenn es geht, einfach mal weg“.

„Richtig“, bestätigte Nachum. „Das Wegsehen haben die Deutschen in der NS-Zeit ja auch fleißig geübt“.

Haussmann ging auf die Bemerkung nicht ein. „Uns geht es schlicht und einfach um einen Verstoß gegen das deutsche Kriegswaffengesetz“.

Nachum schüttelte mit dem Kopf. „Ich könnte mir vorstellen, dass ein Verstoß gegen das deutsche Kriegswaffengesetz so ziemlich allen Israelis völlig gleichgültig ist“, entgegnete er. „Warum erzählen Sie mir das?“

„Ganz einfach“, sagte Hausmann, „weil die Tomographensache mit dem Düsseldorfer Prozess zu tun hat. Und weil weder Ihre Regierung noch meine Regierung ein Interesse daran haben kann, dass die Sache publik wird“.

„Was kann denn die Tomographensache, von der Sie reden, mit dem Prozess zu tun haben?“, fragte Nachum. Denn er wollte wissen, ob die Deutschen nun genau wussten, was die israelischen Raketenbauer mit der Elektronik angestellt haben.

„Die Tomographen sind von der ‚Assmann Apparatebau’ geliefert worden und das Geschäft hat Heinrich Assmann, der Angeklagte im Düsseldorfer Prozess, persönlich abgewickelt. Und die Israeli Defense Forces haben die Elektronik zum Steuermechanismus für die Rischon-Rakete umgebaut“.

„Ja, und was sagt das schon?“ fragte Nachum zurück. „Wenn es wirklich ein Exportgeschäft mit Assmann gegeben haben sollte, bedeutet das lediglich, dass wir Computertomographen importiert haben. Alles andere ist doch Spekulation“.

Haussmann hob abwehrend die Hände. „Selbst wenn es nur Spekulation wäre, ist das schon schlimm genug. Für beide Seiten übrigens. Schon der Verdacht reicht doch aus, um einen Riesenwirbel auszulösen, den wir in Deutschland gern vermeiden wollen. Erinnern sie sich noch an die Aufregung, als die Werft in Kiel ’Delfin’-U-Boote nach Israel geliefert hat?“

Haussmann machte eine kleine Pause und fuhr dann fort: „Und Ihnen in Israel kann nicht recht sein, dass ein paar Ihrer Nachbarstaaten jetzt vermuten, dass die IDF die Rischon-Raketen aufgerüstet hat. Vereine, die Ihnen nicht besonders freundlich gesonnen sind, können bei Assmann jetzt ebenfalls Tomographen bestellen, wenn sie die nicht schon haben. Und dann fangen auch die mit dem Basteln an und finden heraus, was Ihre neue schöne Rakete alles kann. Wollen Sie die Geschichte wirklich in die Welt hinausposaunt haben?“

Nachum war sehr beunruhigt, aber er ließ sich nichts anmerken. „Ihre Geschichte hat einen gewaltigen Haken. Die Posaunen von Jericho schweigen. Selbst wenn alles so stimmt, was Sie mir sagen, haben wir immer noch kein Problem. Denn die Leute, die sich dafür interessieren könnten, werden schon nichts davon erfahren".

„Falsch", sagte Haussmann „und jetzt komme ich zum Grund meines Gesprächs mit Ihnen. Jemand will die Sache an die ganz große Glocke hängen, und das vor einem internationalen Publikum. Und dieser Jemand ist Heinrich Assmann, der Angeklagte im Düsseldorfer NS-Prozess".

„Und warum?"

„Als Teil seiner Verteidigungsstrategie. Der will aussagen, dass er vor Sorge um den Bestand des Staates Israel nicht in den Schlaf kommt und er mit schönen Elektroniklieferungen an die israelischen Streitkräfte aufopferungsvoll einen wichtigen Beitrag für die Sicherheit des Judenstaates leistet. Das wird vor dem Schwurgericht Eindruck machen, finden Sie nicht auch?"

Nachum hatte längst begriffen. „Und was will die Bundesregierung jetzt von uns, beziehungsweise dieser Assmann?"

„Berlin und auch Assmann wollen, dass es nicht zur Aussage Assmanns vor Gericht kommt".

„Schlagen Sie uns vor, dass wir diesen Assmann wie Eichmann kidnappen und in Jerusalem vor Gericht stellen sollen?"

BND-Agent Haussmann schüttelte mit dem Kopf. „Ich persönlich hätte nichts dagegen, aber das würde nur unnötigen Ärger machen. Die bessere Idee wäre, den Prozess erst gar nicht stattfinden zu lassen".

Nachum war einverstanden. „O.K., dann schlage ich vor, dass ihr den Mordgehilfen einfach umlegt. Von mir aus kann er auch vor eine deutsche U-Bahn fallen. Aber das macht ihr ja nicht und wir entgegen anderslautenden Gerüchten auch nicht.

Es sei denn, dass wir aktive Terroristen aus dem Verkehr ziehen müssen“.

Haussmann zeigte keine Reaktion und Nachum fügte hinzu: „Eine andere Möglichkeit wäre, dass die deutsche Justiz den Prozess abbläst. Aber damit wären wir Israelis wiederum ganz und gar nicht einverstanden“.

„Es gibt eine viel elegantere Lösung“, meinte Haussmann.

Nachum legte eine Hand hinter sein rechtes Ohr. „Und die wäre?“

„Der Düsseldorfer Staatsanwalt zieht die Anklage zurück, weil die Hauptbelastungszeugen nicht zur Verfügung stehen. Rechtlich kriegen wir das hin, weil das Gericht in Düsseldorf noch nicht die Eröffnung des Hauptverfahrens beschlossen hat“.

Nachum war sichtlich amüsiert. „Welcher Komiker in eurem Laden hat sich das denn einfallen lassen? Die meisten der Hauptbelastungszeugen leben hier in Israel. Die sind zwar nicht scharf darauf, Assmann wieder zu treffen. Aber die wollen alle zum Prozess. Und sie werden auch gehen“.

„Nicht, wenn israelische Behörden ihnen begreiflich machen, dass sie dem Staat Israel mit ihrer Aussage gegen Assmann schaden würden“, entgegnete Haussmann. „Und im äußersten Notfall könnten Ihre Leute die Zeugen auch an der Reise nach Deutschland hindern“.

Es entstand eine längere Pause und dann sagte Nachum: „Ich will Ihnen etwas sagen, Haussmann. Ich kenne Sie lange genug, um zu wissen, dass Sie ein ehrlicher Freund Israels sind und ich nehme an, dass der ganze Unsinn nicht auf Ihrem Mist gewachsen ist. Darum offen und in aller Freundschaft: Aus dem Plan wird nichts. Wir hier in Israel sind davon überzeugt, dass euer Assmann mitschuldig an einem Massenmord ist. Er ist ein Mittäter an der Shoah und dafür muss er zur

Rechenschaft gezogen werden. Das sind wir den Opfern schuldig“.

Haussmann nahm es wortlos zur Kenntnis und Nachum sagte noch: „Aber Danke dafür, dass Sie uns helfen wollen“.

„Keine Ursache“, meinte der BND-Mann. „Und da ist noch ein Detail, das Ihre Leute interessieren dürfte. Assmann hat mit irgendetwas auch die Ägypter beliefert. Aber was die mit den Sachen gemacht haben, wissen wir nicht“.

Nachum und David wechselten einen schnellen Blick und dann sagte Nachum: „Danke für den Tipp. Aber wir wissen genau, dass es keine Computertomographen waren“.

Jetzt lächelte Haussmann. „Aber ganz koscher waren die Geschäfte mit Ägypten wohl auch nicht. Die deutsche Justiz hat Assmanns Buchhaltung auf den Kopf gestellt und keinen müden Euro und keinen einzigen Dollar aus Ägypten entdecken können. Übrigens auch keinen Schekel aus Israel. Lassen Sie doch mal nachforschen, wohin Israel den Notgroschen für Assmann überwiesen hat. Zweckdienliche Hinweise nehmen wir jederzeit gern entgegen“.

****

Auf ihrem Computer fand Shulamit eine Nachricht von Nachum aus Tel Aviv, die sie sofort entschlüsselte.

Mit nervöser Anspannung überflog die Mossad-Agentin den Text. Zu ihrer Erleichterung fand sie keinen Hinweis auf Theo Schapiro. Nachum hat entweder nichts dagegen einzuwenden, dass ich mit ihm mehr Zeit verbringe, als ich sollte, sagte sie sich. Oder er ist zu zurückhaltend, um mir Vorschriften für mein Privatleben zu machen. Dass Nachum von Theo wusste und ihn längst überprüft hatte, war ihr klar. Sie war lange genug beim Geheimdienst um zu wissen, dass die Firma ihre Mitarbeiter auch bei Auslandseinsätzen nicht aus den Augen lässt.

„Von hier aus gibt es in der Assmann-Sache neue Entwicklungen, von denen du vermutlich schon weißt", schrieb Nachum. „Wir haben das von Assmann ‚gerettete' Kind ausfindig gemacht und zweifelsfrei identifiziert. Er heißt Günter Lührs und ist stellvertretender Amtsleiter des Finanzamts Solingen-Ost. Anschrift Goerdeler Straße in Solingen. Er weiß nichts von seiner Herkunft. Er glaubt, das leibliche Kind katholischer Eltern zu sein, bei denen er aufgewachsen ist. Bei den deutschen Sicherheitsbehörden ist er durch antisemitische Aktionen aufgefallen".

„Zu Assmann: Er bemüht sich aktiv um eine Einstellung des Verfahrens unter anderem durch Einschaltung der deutschen Regierung in Berlin".

Die folgende Mitteilung aus der Zentrale war knapp und unmissverständlich: „Alle Aktivitäten sind vorübergehend einzustellen. Keine Kontakte mit Lührs, Assmann und Anwalt aufnehmen. Nähere Anweisungen folgen".

In einem Nachsatz hatte Nachum noch geschrieben: „Lührs hat sich als Finanzbeamter bestechen lassen. Die Gelder befinden sich bei einer Bank in Bermuda. Bei derselben Bank, in der Assmann auch die Gelder diverser Exportgeschäfte geparkt hat".

Der letzte Satz in Nachums Botschaft lautete: „Mach Dir ein paar schöne Tage, Kleines".

Shulamit war verwirrt. Was sollte das alles? Sollte sie nicht herausfinden, ob Assmann etwa seine Geschäftsbeziehungen mit Israel ausplaudern wollte? War sie nicht nach Deutschland geschickt worden, um für einen ungestörten Ablauf des Prozesses zu sorgen?

Dann fiel Shulamit wieder ein, was Nachum beim Abschied ebenfalls gesagt hatte: „Wir wollen, dass er verurteilt wird. Aber wir werden auch verhindern, dass er im Prozess etwas sagt, was uns stört".

Sollte Assmann also mundtot gemacht werden? Der Gedanke an einen Mord störte Shulamit nicht sonderlich. Assmann war schließlich ein Mörder. Seine Taten im Konzentrationslager waren unverzeihlich. Und was ist schon dabei, einen Mörder zu töten? Und noch dazu Jemanden, der seine Haut retten will und der dabei hilft, dass weiter Juden getötet werden. Wenn die Welt aus seinem Mund erfährt, dass er mit seiner Elektronik unsere Rischon-Raketen einsatzfähig machte, hilft das nur unseren Feinden, beruhigte sich die Agentin.

Shulamit blickte auf den Hotelfernseher. „CNN International" berichtete live aus dem Libanon. Wochen lang hatte die Hisbollah israelische Siedlungen mit Raketen und Granaten beschossen. Sieben Menschen waren ums Leben gekommen. Und jetzt schlug die israelische Armee zurück und nahmen Stellungen und Unterschlupfhäuser der Hisbollah unter Feuer.

„Auch eine Schule wurde getroffen", meldete der Reporter. „Rettungsmannschaften haben schon drei getötete Kinder geborgen".

Die Kamera schwenkte auf eine Gruppe von Männern. Sie standen um kleine Körper herum, die auf der Straße aufgereiht waren. Deutlich war ein blutverschmiertes Kindergesicht zu erkennen.

Shulamits Augen füllten sich mit Tränen. Wie durch einen Schleier sah sie etwas am linken oberen Bildrand. Um es genauer erkennen zu können, ging sie ganz nahe an den Fernseher.

Nur Sekundenbruchteile später wusste sie, was es war. Vielleicht drei oder fünf Meter von den Kinderleichen entfernt lag unbeachtet ein verbogenes Metallteil auf der Straße. Es war ein Teil des Heckleitwerks einer Rischon-Rakete. Die Assmann-Elektronik aus einem Computertomographen hatte sie in ihr Ziel gesteuert.

****

Das Telefon schrillte, Shulamit nahm den Hörer ab, aber sie brachte kein Wort heraus.

„Shulamit Stern", hörte sie eine fragende Stimme am anderen Ende der Leitung. „Sind Sie dran? Ich bin's, Frau Blau".

„Ja, ja", stammelte Shulamit. „Entschuldigen Sie bitte, ich stelle den Fernseher leiser".

„Ich habe versucht, Sie heute Vormittag im Hotel zu erreichen", sagte die Anruferin, „aber Sie waren nicht da. Und Herr Schapiro war auch nicht in seinem Büro in der Zeitung. Ich muss ganz dringend mit Ihnen Beiden sprechen. Ich wollte ohnehin mal wieder nach Düsseldorf und bin in der Hotelhalle. Kann ich mit Ihnen sprechen?"

„Aber natürlich. Gern, Oma Blau. Ich komme sofort runter. Ich bin in zwei Minuten da".

„Nein, nein", widersprach Frau Blau. „Ich muss mit Ihnen allein sprechen. Wenn es Ihnen nicht zuviel ausmacht, kann ich auf Ihr Zimmer kommen?"

„Natürlich, entschuldigen Sie bitte. Ich hole Sie sofort in der Halle ab. Und dann können wir bei mir hier oben ungestört sprechen".

„Schön haben Sie's hier", sagte Frau Blau als sie Shulamits Zimmer betraten. „Richtig luxuriös". Übergangslos fügte sie hinzu: „Eine Sache geht mir nicht aus dem Kopf, Frau Stern: Wenn der Assmann die Selektion in Chelmno gemacht hat und wenn er den Simon wirklich rettete, dann hat er aber noch 'was gemacht".

Fragend blickte Frau Blau Shulamit an und die sagte nur einfach „Ja".

Frau Blau presste die Handflächen gegeneinander. „Sie haben mir gesagt, dass dieser SS-Mann den Simon mit nach Hause genommen hat. Aber damit ist er noch lange kein Lebensretter".

„Nein", bestätigte Shulamit.

Mit geschlossenen Augen sagte Frau Blau schließlich: „Er ist vor allem ein Mörder, weil er meine Mutter und Robert, meinen Bruder, in Chelmno ins Gas schickte".

„Ja, das ist er".

„Ich schäme mich so", sagte Frau Blau schließlich. „Als Sie mir die Sache mit meinem Simon erzählten, habe ich einfach nicht an das Schicksal meiner Mutter und meines Bruders gedacht. Ich war so froh über Simons Rettung".

„Nein, Sie haben Ihre Familie nicht vergessen", widersprach Shulamit. „Wir haben in diesem Restaurant darüber gesprochen, dass der SS-Mann kein Lebensretter, sondern vor allem ein Mörder ist. Sie haben es selbst gesagt".

Frau Blau ergriff dankbar Shulamits Hände. „Dann ist es gut", sagte sie. „Aber da ist noch etwas. Es geht um den Prozess gegen diesen SS-Mann. Ich bin meiner Mutter und meinem Bruder schuldig, dass ich die Wahrheit sage. Soll ich mich als Zeugin melden? Es muss doch immer wieder gesagt werden, was damals passiert ist. Es gibt doch so viele Leute, die behaupten, dass es den Holocaust, das viele Morden überhaupt nicht gegeben habe".

„Ja, das könnten Sie", antwortete Shulamit ausweichend. „Theo und ich können herausfinden, bei wem Sie sich melden müssten".

Die Mossad-Agentin erinnerte sich an die letzte Botschaft Nachums. „Alle Aktivitäten einstellen und keine Kontakte mit Lührs, Assmann und Anwalt aufnehmen", hatte er geschrieben. Irgendetwas war geschehen oder würde noch passieren. Aber was? Bevor ich Frau Blau mit ihrer Zeugenaussage helfe, werde ich erst Nachum kontaktieren, sagte sich Shulamit.

Mehrere Minuten lang sagte keine der beiden Frauen etwas. Shulamit dachte daran, was ihr Nachum über den geretteten „Sohn" der Frau Blau mitgeteilt hatte. Durfte sie ihr mitteilen, dass er noch lebte? Durfte sie es vor ihr verheimlichen? Und was konnte sie der verzweifelten Frau über den Lebensweg von Günter Lührs mitteilen?

Die Mossad-Agentin atmete tief und sagte dann mit fester Stimme: „Oma Blau, wir haben darüber gesprochen, dass wir das Kind suchen würden. Und jetzt müssen Sie sehr stark sein: Wir haben das Kind gefunden".

Frau Blau verstand offensichtlich nicht und blickte Shulamit nur verständnislos an: „Das Kind gefunden? Welches Kind haben Sie gefunden?"

„Ihren Simon, das Kind aus dem Waggon. Er ist gesund, aber inzwischen schon ziemlich alt".

Frau Blau schlug die Hände vors Gesicht. „Mein guter Gott. Wie, wann, wo ist er? Geht es ihm gut? Simon lebt, sagen Sie? Was ist mit ihm passiert?"

Shulamit blickte die freudig erregte alte Frau lange an. Sie könnte meine eigene Großmutter sein, sagte sie sich. Darf ich ihr das vielleicht letzte Glück ihres Lebens nehmen? Und ohne weiter nachzudenken, entschloss sich Shulamit, ihr die Wahrheit zu sagen. Bis auf ein winziges Detail. Das Detail der nicht übermäßigen Judenfreundlichkeit ihres jüdischen Findelkindes.

„Sie werden es nicht glauben, Oma Blau, aber Sie haben das Kind selbst gefunden. Der Schlüssel des Geheimnisses war ihr Gemeindemitglied in Washington. Dieser Heiner Zerfass, von dem sie Theo und mir erzählten. Zerfass war wirklich der deutsche Offizier, der das Kind in Sicherheit brachte. Und der Korvettenkapitän ist übrigens ein Schwager von Assmann".

Frau Blau schüttelte nur mit dem Kopf: „Nein, das kann nicht sein. Sie haben mir doch selbst erzählt, dass der Mann, der das Kind wegbrachte, kein Jude war".

„Richtig, er war auch kein Jude. Aber jetzt ist er es. Nach der Auswanderung nach Amerika ist er konvertiert. Und jetzt ist er Jude".

Frau Blau gab sich mit dieser Antwort nicht zufrieden: „Ein Nazi ist zum Judentum konvertiert? Das kann doch nicht wahr sein. Und unser Zerfass in Washington ist bestimmt nie ein Nazi gewesen, ich kenne den doch“.

Shulamit lachte nur kurz auf: „Ob er wirklich ein Nazi war, weiß ich nicht. Aber er ist konvertiert. Er hat das bei Ihrer Reform-Gemeinde gemacht. Eine orthodoxe Gemeinde hätte ihn bestimmt nicht aufgenommen. Orthodoxe erkennen Konvertierungen ja nicht an. Egal, ob vorher jemand Nazi gewesen ist oder nicht“.

Aber Frau Blau hörte offensichtlich nicht hin. „Wahnsinn“, stammelte sie nur. „Da hab ich so oft mit dem Zerfass gesprochen und ich habe nicht gewusst, dass er meinen Simon gerettet hat. Das kann doch nicht wahr sein“.

„Ist es aber“, sagte Shulamit und Frau Blau unterbrach sie: „Ja und jetzt, ist der Simon auch in Amerika? Etwa in derselben Gemeinde wie der Zerfass und ich?“

„Nein, er ist die ganze Zeit in Deutschland geblieben“.

Frau Blau war ehrlich besorgt. „Und die Nazis haben ihn nicht gefunden und wieder ins KZ gesteckt? Der Arme, was muss der in all den Jahren im Untergrund durchgemacht haben“.

„Das war etwas anders. Ihr Simon ist als Christ aufgewachsen“.

„Doch nicht als Christ“, protestierte Frau Blau. „Der Simon ist Jude, der hatte eine jüdische Mutter. Alle in dem Viehwagen waren Juden“.

„Die Sache ist kompliziert“, sagte Shulamit. „Ich erzähle ihnen am besten die ganze Geschichte“:

„Also, der Simon ist von Zerfass bei einer christlichen Familie untergebracht worden. Die konnten keine Kinder bekommen und das Ehepaar hat den Säugling einfach als eigenes Kind ausgeben. Bei denen ist er aufgewachsen. Wahrscheinlich haben die ihn auch taufen lassen. Allein um nicht aufzufallen, mussten die das ja bestimmt machen“.

„Es hat eben doch noch menschlich handelnde Deutsche gegeben“, freute sich Frau Blau. „Das muss man der Gedenkstätte in Yad Vashem unbedingt mitteilen. Die müssen für das Ehepaar einen Baum pflanzen. Und der Simon muss alles bestätigen“.

„Da gibt es aber ein kleines Problem“, widersprach Shulamit. „Denn das gerettete Kind weiß von alledem wohl nichts. Die Pflegeeltern, wenn Sie so wollen, haben dem Jungen nie gestanden, dass er nicht ihr leiblicher Sohn ist. Der glaubt deshalb auch, Christ zu sein“.

„Dann muss man es ihm jetzt aber sagen“, meinte Frau Blau mit Nachdruck. „Der muss doch wissen, dass er Jude ist. Und er muss auch wissen, wie seine Mutter ums Leben gekommen ist und dass sie ihn bestimmt sehr geliebt hätte. Wo ist er denn jetzt, können wir den Jungen sehen?“

Shulamit hatte diese Frage befürchtet und sie antwortete mit einer Notlüge: „Die genaue Anschrift haben wir noch nicht. Aber sobald wir sie haben, sagen wir Ihnen Bescheid“.

„Ich bin ja so glücklich“, sagt Frau Blau. „Mein Simon hat die Katastrophe heil überstanden. Das macht meine Trauer über den Tod meiner Familie viel erträglicher“.

Frau Blau stand auf und umarmte Shulamit: „Toda“, sagte sie und benutzte das hebräische Wort für „Danke“. „Heute bin ich der glücklichste Mensch der Welt“.

****

Oberstaatsanwalt Friederich Schomer räumte im Büro seinen Schreibtisch auf. Telefonisch hatte sich der Staatssekretär im Düsseldorfer Justizministerium angemeldet. Er müsse dringend mit dem Herrn Oberstaatsanwalt reden. „In welcher Angelegenheit?“, hatte Schomer wissen wollen, doch der Staatssekretär hatte nur geantwortet: „Nicht am Telefon. Geht 16.00 Uhr bei Ihnen“? Nach Schomers „Ja“, hatte der Stellvertreter des Ministers nur „Danke“ gesagt und aufgelegt.

Schomer vermutete, dass es um Heinrich Assmann ging. Denen in der Landesregierung geht der Arsch auf Grundeis, sagte sich der Ankläger im NS-Prozess. Ich bereite eine Anklage wegen Beihilfe zum Mord vor und will dafür eine Verurteilung zu Lebenslänglich beantragen. Aber diese Traumtänzer in der Politik wollen dem Prachtexemplar das Bundesverdienstkreuz umhängen. Jetzt sitzen diese Ignoranten in der Kacke und ich soll ihnen da wohl raushelfen.

„Sie irren sich, meine Herren“, sagte Schomer laut als seine Vorzimmerdame im Türrahmen erschien.

Sie schloss die Tür und sagte leise: „Der Staatssekretär ist da, Fritz. Und er hat noch jemanden mitgebracht“.

Schomer seufzte: „Na, dann schick’ sie mal rein, Elisabeth. Und noch was: Sollte ich über die Gegensprechanlage Kaffee bestellen, musst du mir sagen, dass wir leider keinen mehr haben“.

Die Sekretärin sah in tadelnd an und dann lachte sie: „Du weißt immer am Besten, wie man sich bei Vorgesetzten beliebt macht“.

In diesem Augenblick kam schon Staatssekretär Dr. von Hensel in Schomers Büro. Staatssekretäre sind es nicht gewohnt, länger zu warten.

„Guten Tag, mein lieber Schomer“, sagte er jovial, streckte dem Oberstaatsanwalt die Hand hin, drehte sich dabei um und wies auf seinen Begleiter: „Und das ist Regierungsrat Schönborn“.

„Angenehm“, sagte Schomer und wandte sich dem Regierungsrat zu: „Auch Justizministerium des Landes Nordrhein-Westfalen nehme ich an?“

„Nein", widersprach der Regierungsrat kopfschüttelnd, „Bundesbehörde".

Schomer nickte fragend: „Kreditanstalt für Wiederaufbau oder Bundesversicherungsanstalt für Angestellte?"

Schomers Besucher lachten. „O.K., O.K.", sagte der Regierungsrat. „Bundesnachrichtendienst. Und wir haben etwas für Sie. In der Sache Assmann".

„Darauf bin ich nicht übermäßig gespannt", sagte Schomer. „Mich interessiert nur, was ich im Prozess präsentieren kann. Informationen aus München-Pullach lenken da nur ab. Und auf Ablenkungen kann ich verzichten".

„Aber Herr Oberstaatsanwalt", meldete sich der Staatssekretär zu Wort. „Hören Sie sich doch erst Mal an, was der Kollege zu sagen hat".

„Na denn", lenkte Schomer ein. „Dann erzählen Sie mir doch die BND-Geschichte. Und das Schöne daran ist, dass wir alle hinterher so tun können, als habe unser Gespräch gar nicht stattgefunden".

„Wir werden sehen", sagte der Geheimdienstler. „Zuerst einmal die frohe Botschaft: Wir wissen, dass Sie nach einem Jungen suchen. Nach einem Jungen, einem jüdischen Jungen, von dem Ihr Beschuldigter behauptet, ihm das Leben gerettet zu haben. Und jetzt halten Sie sich fest: Wir haben ihn gefunden".

„Name, Beruf, Anschrift", sagte Schomer nur.

Der Regierungsrat sagte es ihm und dann wollte Schomer wissen: „Und jetzt erzählen Sie mir schön der Reihe nach, wie sie auf seine Spur gekommen sind. Sie haben ihn ja nicht aus dem Hut gezaubert. Auch ich kann mich ja nicht hinstellen, und ihn aus dem Hut ziehen".

Der BND-Mann schüttelte nur mit dem Kopf: „Sie können von mir doch nicht erwarten, dass ich hier operationelle Details auf den Tisch lege".

Schomer zog die Schultern hoch. „Doch, kann ich“.

„Nein, geht nicht“.

Der Oberstaatsanwalt blickte den Regierungsrat lächelnd an. „Schon gut. Dann stecken Sie sich das Kind an den Hut oder irgendwo anders hin. Ich nehme unser Gespräch der letzten Minuten nicht zur Kenntnis und dabei bleibt es“.

„So geht das nicht“, protestierte der Staatssekretär. „Sie haben dienstliche Pflichten, Herr Schomer“.

„Ja, die habe ich“, erwiderte der Oberstaatsanwalt laut. „Und zu diesen dienstlichen Pflichten gehört, dass ich die Verteidigung informiere. Und dem Anwalt kann ich nicht sagen, dass da ein geheimnisvoller Mann bei mir aufgetaucht ist, der vor Gericht natürlich nicht zur Verfügung steht, und dass der mir etwas gesagt hat, was ich einfach so behaupte. Da haut mir die Verteidigung die Strafprozessordnung um die Ohren. Und das völlig zu Recht“.

Der Regierungsrat und der Staatssekretär blickten sich vielsagend an und dann sagte der Geheimdienstmann: „In Ordnung. Ich sage Ihnen etwas zur Quelle und Sie werden sehen, dass es für den Fall völlig bedeutungslos ist: Ein befreundeter Dienst hat Verbindung mit einem in Washington lebenden Mann aufgenommen, der das von Assmann gerettete Kind in Sicherheit gebracht hat. Dieser Mann hat die Identität des Kindes zweifelsfrei bestätigt“.

„Na, die CIA“, stellte Schomer fest. „Ihr Brüder bespitzelt euch also gegenseitig. Oder erzählt ihr euch immer brühwarm, was ihr wisst? Ach, ich will’s gar nicht wissen. Aber das passt ja zum US-Geheimdienst, dass er einem alten Nazi aus der Patsche helfen will. In der Sache sind die Amerikaner nach dem Zusammenbruch des NS-Regimes schon damals sehr fleißig gewesen“.

„Ich hab’ nichts von CIA gesagt“, protestierte der BND-Mann, doch Schomer fiel ihm ins Wort: „Ich find’ diese

Behinderungen der rechtlichen Aufarbeitung von NS-Straftaten zum Kotzen".

„Wir sollten sachlich bleiben", verlangte der Staatssekretär, „und da ist ja noch etwas".

Schomer hob abwehrend die Hände: „Noch etwas? Noch ein gerettetes Kind? Hat unser Beschuldigter etwa ein Waisenhaus gegründet statt im KZ Häftlinge zu selektieren? Und dafür soll er jetzt das Bundesverdienstkreuz gleich im Dutzend bekommen?"

Er drückte auf die Taste seiner Gegensprechanlage und bellte seine Vorzimmerdame an: „Frau Kammer drei Kaffee. Und sagen Sie mir bloß nicht, dass wir keinen Kaffee mehr hätten. Wir haben ihn".

„Wir tun hier alle nur unsere Pflicht", lenkte der Geheimdienstmann ein.

Das war für den Staatssekretär das Stichwort zur Überleitung auf das zweite Anliegen des Besuches: „Wir alle wissen, dass die ganze Sache höchst delikat ist und es geht auch gar nicht mehr in erster Linie um Strafverfolgung, sondern um die Abwendung von Schäden für die Bundesrepublik Deutschland".

Schomer pflichtete dem Staatssekretär sofort bei: „Recht haben Sie. Mit der Verzögerung und der Nichteinleitung von Strafverfahren gegen NS-Täter hat die Justiz der Bundesrepublik Deutschland seit 1948 große Schuld auf sich geladen und unserem Land immensen Schaden zugefügt. Bis heute ist kein NS-Richter für seine Taten zur Rechenschaft gezogen worden und die meisten anderen mutmaßlichen Täter haben wir auch in Ruhe gelassen. Deshalb leisten wir jetzt unseren kleinen Beitrag zur Verhinderung weiterer Beschädigungen unserer schönen Bundesrepublik Deutschland und stellen Heinrich Assmann vor Gericht. So schnell wie möglich und ohne Behinderungen durch Organe dieses Staates".

Staatssekretär Dr. von Hensel hatte Schomers Ausbruch ohne äußerliche Gemütsregung zur Kenntnis genommen.

„Ein schönes Plädoyer“, sagte er. „Aber wir wollen nicht vergessen, dass es manchmal um Höheres geht, Herr Oberstaatsanwalt“.

„Um Höheres, sagen Sie? Um etwas Höheres als Recht, Moral und Gesetzlichkeit? Soll ich Ihnen einmal etwas aus dem Grundgesetz der Bundesrepublik Deutschland vorlesen? Da stehen Sachen drin, da laufen Ihnen die Augen über“.

„Das alles lassen wir hier mal außen vor“, empfahl der Staatssekretär. „Jetzt reden wir ein paar Minuten über den potenziellen Schaden, den eine Anklage wegen Beihilfe zum Mord anrichten kann. Unermesslichen außenpolitischen Schaden, Herr Oberstaatsanwalt“.

Schomer blickte den Staatssekretär ungläubig an und der redete schon weiter: „Sie wissen aus Ihren Ermittlungen, dass Assmann Geschäfte mit der israelischen Regierung macht. Kriegswichtige Güter aus Deutschland an Israel. Ist Ihnen eigentlich bewusst, was das bedeutet? Nichts Gutes, mein Lieber. Da gibt es ein paar Regierungen auf der Welt, die uns das übel nehmen und das kann zu schlimmen außenpolitischen Verwicklungen führen. Von Folgen für die Wirtschaft unseres Landes wollen wir erst gar nicht reden. Können Sie sich vorstellen, wie arabische Länder darauf reagieren, wenn die davon erfahren? Dann drehen die uns vielleicht den Ölhahn zu und dann gute Nacht Deutschland“.

Der Oberstaatsanwalt war nicht sonderlich beeindruckt: „Wir klagen Assmann nicht wegen irgendwelcher Lieferungen nach Israel an, sondern wegen Beihilfe zum Mord. Späteres Wohlverhalten ist für die deutsche Justiz doch kein Verfolgungshindernis“.

„Mich müssen Sie nicht überzeugen“, sagte der Staatssekretär. „Ich bin nur im Auftrag hier. Und mein Auftrag lautet: Sie davon zu überzeugen, dass die Bundesregierung kein Interesse an einem Verfahren gegen Assmann hat. Und ich nehme mal an, dass die israelische Regierung auch nicht besonders scharf auf die Aufdeckung deutsch-israelischer Rüstungsgeschäfte ist. Ob direkte oder indirekte Waffenlieferungen, spielt doch keine Rolle".

Oberstaatsanwalt Schomer musste nicht lange nachdenken. „Ich nehme das alles zur Kenntnis, aber es bleibt bei der Anklage, meine Herren". Schomer klopfte mit dem Mittelfinger seiner rechten Hand auf das rot eingebundene Strafgesetzbuch, das auf seinem Schreibtisch lag: „Hier steht drin, was ich zu machen habe. Da steht nichts von außenpolitischen Folgen, die ich zu berücksichtigen hätte. Da gibt es keine Hintertür für Recht und Moral".

„Doch", triumphierte der Staatssekretär. „In Ihrem und in meinem Strafgesetzbuch steht genau drin, wie Sie ihre Ermittlungen gegen Assmann einstellen können und pflichtgemäß auch müssen, und es dann auch keinen Prozess gibt, Herr Schomer".

„Sie scherzen".

„Nein ich scherze nicht, Herr Oberstaatsanwalt. Wir reden hier von schlichter Verjährung. Tat verjährt, keine Strafverfolgung. Ende der Veranstaltung".

Schomer glaubte seinen Ohren nicht zu trauen: „Verjährung sagen Sie? Darf ich Sie daran erinnern, dass die Verjährung für Mord 1979 abgeschafft worden ist?"

„Wer redet denn hier von Mord, Herr Schomer?"

In diesem Augenblick wusste der Strafverfolger, worauf der Staatssekretär hinaus wollte. Und Dr. von Hensel sprach es auch aus: „Wir reden hier nicht von Mord, Schomer. Wir reden vom Vorwurf des möglichen Totschlags, Beihilfe zum Totschlag, was immer Sie wollen. Totschlag verjährt. Und das führt uns direkt zu Paragraph 78 des Strafgesetzbuches. Denn wie heißt es da so schön: 'Soweit die Verfolgung verjährt, beträgt die Verjährungsfrist 30 Jahre bei Taten, die mit lebenslanger Freiheitsstrafe bedroht sind'. Und wie gesagt: Totschlag verjährt".

Schomer war wie vor den Kopf geschlagen: „Sie sagen mir also, dass ich mich bei der rechtlichen Würdigung der Ermittlungen gegen Assmann geirrt habe. Dass es bei den ihm zur Last gelegten Straftaten nicht um Mord oder Beihilfe zum Mord geht, sondern um Totschlag. Und weil das alles vor mehr als 50 Jahren passierte und die deutsche Justiz, wenn sie nur gewollt hätte, den Täter ab 1948 hätte verfolgen können, ist jetzt alles verjährt".

„Genau das meine ich", bestätigte der Staatssekretär. „Sie kommen bei der rechtlichen Würdigung zu dem Schluss, dass es sich allenfalls um Totschlag gehandelt hat und schon sind wir alle Sorgen los. Kein Prozess, kein Aufsehen, nichts. Die Bundesregierung ist erleichtert, die israelische auch und Sie haben weniger Arbeit. Das Gericht hat ja glücklicherweise noch nicht über die Eröffnung des Hauptverfahrens entschieden und damit kann die Sache glatt über die Bühne gehen".

Erwartungsvoll blickte der Staatssekretär den Strafverfolger an. Beunruhigt stellte Dr. von Hensel fest, dass Schomer mit dem Kopf schüttelte.

„Die Sache hat nur einen Haken", sagte Schomer. „Ich bin weiterhin davon überzeugt, dass wir Assmann Mord oder Beihilfe zum Mord zur Last legen können und auch müssen. Und so werde ich die Anklage vertreten. Und dann lassen wir mal die Erste Strafkammer des Landgerichts entscheiden".

Der Staatssekretär wirkte nicht einmal enttäuscht, dass er Schomer offensichtlich nicht überzeugen konnte. „Das ist Ihre Entscheidung, Verehrtester. Aber Sie vergessen, dass das Justizministerium weisungsbefugt ist. Wir werden Sie natürlich nicht anweisen, ob Sie auf Mord, Totschlag oder von mir aus auch Ladendiebstahl plädieren sollen. Aber überlegen Sie sich die Sache noch ein Mal. Das Ministerium kann Ihnen den Fall auch entziehen und einem anderen Anklagevertreter übertragen. Und dann können Sie sich persönlich von Ihrer Karriere verabschieden".

Nach dieser unverhohlenen Drohung erhoben sich Staatssekretär Dr. von Hensel und auch Regierungsrat Schönborn vom BND. Sie verabschiedeten sich von Schomer mit Handschlag. Beim Hinausgehen sagte der Staatssekretär noch: „Überlegen Sie sich die Sache, Sie wissen ja, wie Sie mich im Ministerium erreichen können".

Schomer saß noch ein paar Minuten regungslos an seinem Schreibtisch. Dann griff er nach seinem Mantel und verließ das Büro.

„Ich geh' jetzt Elisabeth", sagte er „und ich werde mich sinnlos besaufen".

Schomers Sekretärin nickte zustimmend. „Tut mir leid, dass ich was vergessen habe, Fritz. So wie du aussiehst, hätte ich deinen Besuchern Rizinus in den Kaffee schütten sollen".

Der Assmann-Ankläger musste lachen und es ging ihm schon etwas besser.

****

Shulamit wollte mit Theo reden und sie fuhr mit dem Taxi zur Redaktion. In dem alten Bürohaus an der Schadowstraße ging sie an die Pförtnerloge und sagte: „Wo kann ich Herrn Schapiro finden? Er sitzt in der Sportredaktion".

Der Pförtner musterte sie und die Erscheinung der Besucherin gefiel ihm offensichtlich.

„Vierter Stock rechts", sagte er und fügte gleich hinzu: „Da können Sie aber nicht rauf, junge Frau. Ich muss sie anmelden".

Shulamit nickte ihm freundlich zu und ging wortlos zum Paternoster, der keine fünf Meter vom Pförtner entfernt unablässig seine Runden drehte. Sie stieg in die nächste Kabine ein und registrierte, dass der Pförtner keinen Widerspruch wagte.

Es funktioniert doch immer wieder, sagte sich Shulamit amüsiert. Du musst nur so tun als gehöre dir der Laden und schon behandeln dich die Leute auch so.

Im vierten Stock der Redaktion ging sie über den Flur und blickte in die einzelnen Büros, die zum Gang hin große Fenster hatten. Das sieht hier nicht anders aus als in unseren Büros, stellte die Mossad-Agentin fest: Leute hocken vor Monitoren und die Schreibtische sind genau so unordentlich wie bei uns.

Sportredakteur und NS-Prozessberichterstatter Theo Schapiro war nicht zu übersehen. Er hatte beide Beine auf dem Schreibtisch liegen, auf dem kein einziges Blatt Papier zu sehen war. Nur eine leere Kaffeetasse, zwei Cola-Dosen und fünf stehend aufgereihte Zigarettenstummel. Es war Donnerstag, Theo las in der neuesten Ausgabe des „Stern“ und er bemerkte nicht, dass Shulamit ins Büro gekommen war.

„Du lebst reichlich ungesund, Theo Schapiro“, sagte sie, „und Lüften könnte dieser Bude auch nicht schaden“.

Mit einem verblüfften Gesichtsausdruck kam Theo schnell auf die Füße und erklärte mit ausgebreiteten Armen: „Das ist eine freudige Überraschung“.

Theo registrierte, dass Sport-Chef Frieder Nolte die Szene aufmerksam beobachtete. „Das ist mein Kollege Nolte“, erklärte er mit einer lässigen Handbewegung.

Nolte reichte Shulamit die Hand. „Angenehm ihre Bekanntschaft zu machen, Frau, Frau...“, sagte er.

„Susanne Wenger“, erwiderte Shulamit. „Ich bin eine alte Bekannte von Theo“.

Theo hatte sofort registriert, dass Shulamit einen falschen Namen genannt hatte. Sie wollte wohl nicht als Israelin identifiziert werden, sagte er sich. Die Agenten von Geheimdiensten haben bestimmt ihre Vorsichtsregeln.

„Ich wollte dich eigentlich zum Essen abholen“, sagte Shulamit. „Ich hab’ Hunger. Hast du Zeit?“

„Wenn ich soviel Geld hätte wie Zeit“, antwortete Theo, „könnte ich Kaviar kiloweise löffeln“. Und zu Nolte gewandt: „Mein lieber Frieder, ich bin weg und du hast das Büro ganz für dich allein“.

Zu anderen Zeiten hätte Nolte darauf mit „Arschloch“ reagiert und jetzt sagte er nur: „Na, dann guten Appetit. So gut möchte ich es auch mal haben“.

Theo und Shulamit gingen ins Restaurant „Stolpereck“, das der Redaktion schräg gegenüber lag. Der Kellner kannte Theo offensichtlich und sagte nur kurzangebunden: „Wie immer?“

„Ja, wie immer: Schnitzel mit Pommes und ’ne große Cola. Und keinen Salat, ich bin doch kein Hamster“.

„Das passt zu Dir“, kommentierte Shulamit und bestellte: „Auch für mich ein Schnitzel, ein Glas Weißwein und einen gemischten Salat bitte. Mit ‚Italian Dressing‘“.

„Mit was?“ Der Kellner schien verwirrt zu sein.

„Mit Italian Dressing. Auch Salatsoße genannt“.

„Haben wir nicht“, gab ihr der Kellner Bescheid. „Wir nehmen Öl und Essig“.

„Das ist genau das, was ich auf meinem Salat haben möchte“.

Der Kellner war erleichtert und als er gegangen war, meldete sich Theo: „Du hättest etwas anderes bestellen sollen“.

„Wieso? Wenn dich das Schnitzel nicht umbringt, werde ich es doch auch vertragen“.

„Da bin mir nicht so sicher. Die haben hier kein Kalbfleisch“.

Shulamit blickte Theo nur fragend an und der erläuterte: „Die servieren hier Schweineschnitzel".

„Na und?"

„Jüdin, Schweineschnitzel, ist doch verboten oder?"

„Und Jude, Schweineschnitzel wie bei Theo Schapiro ist erlaubt?"

„Ich kümmere mich nicht darum. Ich esse, was mir schmeckt".

„Ich auch, Theo Schapiro. Im Übrigen bin ich auf Reisen und bevor ich verhungere kann ich essen, was ich will".

„Großartig", verkündete Theo. „Damit hätten wir die jüdischen Speisegesetze abgeschafft. Denn sind wir nicht alle ständig auf der Reise durchs Leben?"

„Mein Rabbiner ist da vermutlich etwas anderer Ansicht", wandte Shulamit ein. „Aber ich nehme deine verquere jüdische Logik mit freudigem Staunen zur Kenntnis".

Bevor Theo darauf reagieren konnte, wechselte sie das Thema: „Ich habe Nachricht von zu Hause bekommen. Die haben das von Assmann gerettete Kind gefunden. Und halt' dich fest: Der Mann wohnt hier ganz in der Nähe".

„Mensch, Wahnsinn! Wo denn?"

„Ich sag' doch: Ganz in der Nähe. In deinem Solingen".

„Das ist nicht wahr!"

„Doch".

Theo Schapiro war wie elektrisiert, der Journalist in ihm brach durch. „Shulamit, wir müssen da sofort hin. Hast du die Adresse?

„Ich weiß, wo er arbeitet".

„O.K., lass uns sofort gehen".

Shulamit machte aber keine Anstalten, aufzustehen. „Es gibt Prioritäten, lieber Theo. Und erste Priorität hat jetzt das Schnitzel, das gerade kommt".

Theo lenkte leicht aufstöhnend ein: „Na von mir aus. ‚Nur keine jüdische Hast' hätte ich beinahe gesagt".

„Gut, dass du es nicht gesagt hast. Solche Sprüche solltest du auch vergessen. Und sollten wir im Übrigen nicht erst einmal darüber reden, was das Auftauchen des jüdischen geretteten Kindes bedeutet?"

„Das bedeutet 'ne Riesenstory", meinte Theo sofort. „Und wie ich es sehe, haben wir die Sache exklusiv".

„Das meinst du, Herr Reporter. Ich sehe als erstes, dass wir unterschiedliche Interessen haben".

Theo Schapiro war irritiert: „Wieso unterschiedliche Interessen? Das ist 'ne Mords-Story. Verstehst du das nicht?"

Shulamit lächelte ihn an: „Ich verstehe sehr wohl, dass du eine Mords-Story siehst. Aber ich sehe etwas anderes. Ich sehe eine Mord-Story, mein Lieber. Das ist ein wichtiger Unterschied, findest du nicht auch?"

Theo säbelte an seinem Schweineschnitzel, das ihm trotz der Aufregung wie immer sehr gut schmeckte. „Du denkst an Frau Blau, die Selektion im KZ und den NS-Prozess?"

„Daran denke ich auch. Und ein kleines Detail habe ich dir noch nicht mitgeteilt: Unser jüdisches Kind ist ein Nazi".

Shulamit wartete angespannt auf Theos Reaktion, doch der kaute ungerührt weiter.

„Hast du gehört, was ich gerade gesagt habe?"

Theo schien das Gespräch zu belustigen. „Hab' ich, hab' ich. Also noch ein Fall von jüdischem Selbsthass. Das hat mir eine äußerst schöne und liebreizende Frau auch schon mal vorgeworfen, erinnerst du dich?"

„Das Schweineschnitzel soll dir im Hals stecken bleiben", wünschte ihm Shulamit. „Du willst offensichtlich nicht begreifen: Das Kind ist erwachsen und es ist ein richtiger Nazi geworden, ein Antisemit. Hochanständig und ehrbar nach außen, aber klammheimlich werden antisemitische Sauereien veranstaltet. Und unser Kind hat nicht die geringsten Probleme damit. Denn unser Nazi-Junge aus dem KZ von Chelmno hat nicht die geringste Ahnung, dass er Jude ist".

Theo kaute nicht mehr, er hatte mit offenem Mund zugehört. „Das kann doch nicht wahr sein".

„Doch das ist es".

Schweigend aßen sie weiter. Als sie vor leeren Tellern saßen, drehte sich Shulamit nach dem Kellner um. „Ich hab' immer noch Hunger", sagte sie. „Ich muss unbedingt noch eine Portion von diesen Pommes haben. Und anschließend können wir uns den Mann in Solingen ja mal ansehen. Einverstanden?"

Statt einer Antwort blickte Theo auf seine Uhr: „Es ist gleich halb zwei. Wenn du deine Pommes-Vernichtung beendet hast, können wir losfahren. Wo arbeitet denn unsere Zielperson? Ihr sagt doch Zielperson, oder?"

„Eher nicht. Und um deine Frage zu beantworten: Im Finanzamt an der Goerdelerstraße in Solingen".

„Was? Im Finanzamt?" Und nach einigen Nachdenken fügte er hinzu: „Fällt dir bei Finanzamt etwas ein?

„Nur, dass die da Steuern kassieren. Ist es das, was du wissen willst?"

„Nein. Das ist das Finanzamt wo wir beide einmal gewesen sind. Auf dem Gelände der ehemaligen Synagoge. Da, wo du.... Erinnerst du dich?"

Jetzt war Shulamit überrascht. „Das habe ich ganz vergessen". Und schnell fügte sie hinzu: „Ist ja auch egal. Mich stört nur, dass wir beide nachher einen Nazi auf dem Synagogengelände besuchen werden".

„Oder einen Juden", korrigierte Theo. „Wir sollten uns erst einmal ein Bild von dem Herrn machen, bevor wir urteilen".

Auf der Fahrt nach Solingen in Theos klapprigem Fiat sprachen beide nicht viel. Shulamit war aufgeregt und ein Dutzend Mal tastete sie nach Theos rechter Hand.

Auch Theo fand keinen Gesprächsfaden. Wie ein Fremdenführer teilte er nur alle paar Minuten mit, wo sie sich gerade befanden. „Da vorne ist die Katholische Schule Wittkulle. Ich habe am Anfang die Evangelische Schule Altenhofer Straße besucht. Auf dem Heimweg sind uns immer die Schüler von der Katholischen Schule entgegengekommen. Und die haben wir dann regelmäßig verhauen".

„Warum?", wollte Shulamit wissen.

„Was weiß ich? Die waren eben anders als wir. Und wir waren auch immer mindestens sechs Mann und die kamen meistens zu Zweit und nur selten mal in einer Vierergruppe".

„Vielleicht wärst du auch ein guter Nazi geworden", stellte Shulamit lakonisch fest.

„Das habe ich mich auch schon oft gefragt. Und ehrlich gesagt: Ich weiß es nicht."

„Warst du beim deutschen Militär?", fragte Shulamit übergangslos.

„Um Himmels willen, nein. Ich doch nicht".

„Warst du zu schwach oder kurzsichtig?"

„Ich bin einfach nicht hingegangen. Warum fragst du?"

„Ich war beim Militär", sagte Shulamit. „Fast zwei Jahre lang und es war wichtig für mein Land. Und warum bist du nicht hingegangen?"

Theo schwieg eine Zeit lang und dann sagte er: „Im Grunde bin ich ja hingegangen. Bei der Eignungsprüfung, also bei der Musterung, mussten wir alle einen Fragebogen ausfüllen. Und bei Religion habe ich einfach 'jüdisch' geschrieben. Weiß auch nicht mehr, warum. Und dann hat mich der Militärheini gefragt, ob ich freiwillig in der Bundeswehr dienen will. Und ich hab ihm gesagt: Nee, freiwillig nicht, aber ihr wollt mich ja holen. Da haben die mich gleich weggeschickt".

„So einfach?"

“Na, nicht ganz. Die haben mir noch gesagt, dass Juden bei der Bundeswehr nicht zur Wehrpflicht herangezogen werden dürfen. Wegen der Nazi-Zeit und so. Freiwillig würde es gehen, aber Wehrpflicht nein. Hab’ ich nicht gewusst. Da habe ich mich bei denen bedankt und bin gegangen“.

„Ich bin froh, dass du kein deutscher Soldat warst“, sagte Shulamit und griff wieder nach Theos Hand.

„Ich auch“, bekannte Theo und dann: „Hier sind wir. Da ist das Finanzamt“.

****

Bei Oberstaatsanwalt Friedrich Schomer klingelte das Telefon. „Da ist ein Anruf für Dich, Fritz. Auf meinem Display sehe ich die Vorwahlnummer 9722. Du, das ist Jerusalem in Israel. Soll ich durchstellen, oder bist Du nicht da?“

„Ich bin für jede Unterbrechung dankbar“, sagte Schomer nur.

Sekunden später meldete er sich: „Hier ist Oberstaatsanwalt Schomer“.

„Yaron Grabczek hier“, antwortete der Anrufer in perfektem Deutsch. „Ich hatte noch nicht das Vergnügen, Ihre Bekanntschaft zu machen, Herr Schomer. Ich mache hier in Israel etwas Ähnliches wie Sie. Ich bin Abteilungsleiter im Jerusalemer Justizministerium und beschäftige mich mit der Verfolgung von NS-Straftaten“.

Interessant“, entgegnete Schomer mit deutlicher Zurückhaltung. “Was kann ich für Sie tun, Herr Kollege?“

„Nur eine kleine Auskunft“, meinte der Anrufer.

Nach einer kurzen Pause antwortete ihm Schomer abweisend: “Ich würde Ihnen gern helfen. Aber Sie werden verstehen, dass ein Telefongespräch für Auskünfte eines deutschen Staatsanwalts nicht das geeignete Medium ist“.

Grabczek lachte laut: „Die Deutschen sind immer so korrekt. Hatte ich schon vergessen, Herr Kollege. Aber damit unser Gespräch nicht abgebrochen wird habe ich nichts dagegen, wenn Sie unsere Unterhaltung auf Band mitschneiden".

„Das ist sehr großzügig von Ihnen. Aber laut Dienstanweisung darf ich keine Tonbandaufzeichnungen von Telefongesprächen machen".

„Na, dann werde ich langsam sprechen". Der Mann im Justizministerium in Jerusalem gab sich hilfreich. „Ich weiß, dass Sie die Anklage gegen Herrn Assmann vertreten. Und ich weiß auch, dass Sie unsere Ermittlungsakten bekommen haben".

Yaron Grabczek räusperte sich und es entstand wieder eine kleine Pause. „Und weil bei den Deutschen alles so korrekt vermerkt wird, haben wir auch den langen Weg der Akten bis zu Ihnen verfolgen können: Von unserem Ministerium zu unserem Außenministerium. Von da dann zum Außenministerium in Berlin. Das hat die Akten ans Justizministerium der Bundesrepublik Deutschland weitergegeben. Dann ging es zum Justizministerium des Bundeslandes Nordrhein-Westfalen und von dort auf Ihren Tisch, Herr Schomer. Am 24. Februar haben Sie den Empfang quittiert. Reicht das aus, damit Sie mit mir reden?"

„Ich bin ganz Ohr", sagte Schomer.

„Und jetzt habe ich ein kleines Problem", erwiderte Grabczek. „Wir haben Ihnen einen zweiten Satz Akten geschickt, über deren Verbleib wir rein gar nichts wissen. Die Akten sind beim deutschen Außenministerium eingetroffen, aber dann haben wir von der Sache nichts mehr gehört. Haben Sie den zweiten Aktensatz bekommen?"

Oberstaatsanwalt Schomer war verwirrt. „Einen zweiten Satz Akten, sagten Sie? Von dem höre ich zum ersten Mal. Aber vielleicht sind die Bände ja zusammengeführt worden. Dann hätte ich alles, was Sie mir schicken wollten".

„Nein, das kann nicht sein", widersprach Grabczek. „Wir haben den zweiten Aktensatz erst vier Monate, nachdem Sie den Empfang der ersten Sendung quittierten, auf die Reise geschickt. Und da die Akten offensichtlich nicht bei Ihnen eingetroffen sind, fragen wir uns natürlich, wo sie geblieben sind".

„Das frage ich mich jetzt auch", bekannte Schomer. „Sind die Papiere wichtig für meine Ermittlungen?"

Schomer hörte, dass Grabczek tief atmete.

„Diese Entscheidung überlasse ich Ihnen, Herr Schomer. Die Akten enthalten die beeidigten Aussagen von 16 Augenzeugen, die übereinstimmend von vorsätzlichen Mordtaten des Assmann berichten. Nicht von seiner Selektion im Konzentrationslager in Chelmno, sondern von ganz ordinären Morden. In Dachau und in Chelmno. Eigenhändige und mutwillige Tötungen. Nur so zum Spaß, nehme ich an".

„Das kann doch nicht wahr sein".

„Ist es aber, Herr Schomer. Den Zeugenaussagen zufolge hat Assmann im Lager Dachau zwei russische Kriegsgefangene erschossen. Die waren beim Appell zusammengebrochen und Assmann hat sie als ‚Simulanten' identifiziert und sie mit seiner Pistole erschossen. Drei Zeugen erinnern sich, dass Assmann anschließend sagte: ‚Strammstehen habe ich gesagt, nicht Schlafen legen'".

Schomer wollte etwas sagen, doch Grabczek unterbrach ihn. „In Chelmno hat Assmann ein Jagdgewehr ausprobiert. Eines mit Zielfernrohr. Er hat damit entfernt stehende Häftlinge aufs Korn genommen. Man sagt doch ‚aufs Korn nehmen', nicht?"

Als Schomer nicht antwortete, fuhr Grabczek fort: „So ungefähr aus 200 Metern Entfernung hat er geschossen. Auf Männer und Frauen mit einem gelben Stern an der Häftlingskleidung. Anschließend ist Assmann hingegangen um nachzusehen, wie gut er getroffen hat. Vier seiner Opfer bewegten sich nicht mehr. Aber zwei Häftlinge lebten noch. Denen hat unser Jagdfreund dann mit seiner Pistole den Fangschuss gegeben. Sagt man nicht ‚Fangschuss' im Jagdgewerbe?"

Schomer antwortete wieder nicht.

„Haben Sie das erhalten?", fragte Grabczek.

Der Staatsanwalt in Düsseldorf räusperte sich: „Nein, von diesen Aussagen höre ich jetzt zum ersten Mal".

„Das habe ich mir gedacht, und deshalb rufe ich Sie an".

Schomer dachte kurz nach und fragte: „Sie haben doch bestimmt eine Kopie der Akte. Können Sie die nicht schicken? Ich würde mir das alles gern ansehen".

Die Stimme des Abteilungsleiters im Justizministerium in Jerusalem klang leicht amüsiert. „Natürlich könnte ich das, Herr Kollege. Aber die Kopie würde dann auf dem Weg zu Ihnen wohl aus denselben Gründen bei derselben Stelle hängenbleiben, wie das Original. Meinen Sie nicht auch?"

„Vielleicht haben Sie Recht", entgegnete Schomer. „Ich werde mich auf die Suche nach den Original-Akten machen. Danke für den Tipp".

„Viel Glück", entgegnete Grabczek, und damit legte er auf.

Schomer rief sofort bei Staatssekretär Dr. von Hensel im Düsseldorfer Justizministerium an und von Hensel reagierte hocherfreut. „Sie haben sich die Sache mit dem Wegbügeln der Anklage also überlegt, Herr Schomer?"

„Ja, das habe ich. Und es bleibt dabei".

„Wenn Sie unbedingt wollen", antwortete der Staatssekretär gedehnt. „Aber warum rufen Sie mich denn an?

Schomer berichtete von seinem Gespräch mit dem Abteilungsleiter im israelischen Justizministerium. „Ich frage mich, wo die Aktensendung aus Jerusalem geblieben ist. Ist sie bei Ihnen gelandet?"

Von Hensel sagte nur „Nein".

„Dann müssen wir nachforschen, wo die Unterlagen jetzt sind. Sie sind wichtig. Vielleicht enthalten sie ja auch entlastende Angaben“.

„Guter Herr Schomer“, antwortete der Staatssekretär gedehnt. „Nachforschen werden und müssen wir nicht. Glauben Sie etwa, dass ich mich mit dem Justizministerium in Berlin in Verbindung setze? Oder mit dem Auswärtigen Amt? Das können Sie von mir doch nicht im Ernst erwarten“.

„Doch“, sagte Schomer.

Von Hensel seufzte. „Schomer, das bringt doch alles nichts. Wenn die Leute in Berlin ein Interesse daran hätten, dass Sie die Akten bekommen, würden sie längst auf Ihrem Tisch liegen. Und weil sie nicht bei Ihnen sind, können Sie davon ausgehen, dass man Ihnen das Zeug aus Israel aus welchen Gründen auch immer vorenthalten will. Ist das so schwer zu verstehen?“

„Inzwischen nicht mehr“, sagte Schomer. „Und so langsam frage ich mich, ob ich nicht den Beruf wechseln sollte“.

Die Antwort von Staatssekretär von Hensel kam sofort und sie klang fröhlich: „Keine schlechte Idee, mein Lieber. Mit einer solchen Entscheidung würden Sie vermutlich viele Menschen glücklich machen“.

****

„**S**o, zum Herrn Oberregierungsrat Lührs wollen Sie“, sagte der Mann hinter der Scheibe am Eingang des Finanzamts. „Der Herr Oberregierungsrat ist gerade an Ihnen vorbeigegangen. Der fährt weg. Da vorne ist er. In dem blauen 3er BMW“.

„Hinterher“, sagte Shulamit nur. Keine zehn Sekunden später startete Theo seinen Fiat und sie fuhren in die Richtung, die Lührs eingeschlagen hatte. „Da vorne ist er“, erkannte Theo. „Spielen wir Verfolgungsjagd wie im Krimi?“

„Nein, mein Lieber. Wir wollen nur wissen, was ein deutscher Finanzbeamter während der Arbeitszeit außerhalb seines Büros erledigt".

Lührs fuhr diszipliniert und hielt sich an die Verkehrsregeln. Nur wenig über 50 Stundenkilometer im Stadtverkehr, und vor jeder Ampel bremste er sanft ab.

Überrascht stellte Shulamit fest, dass Lührs die selbe Strecke zurückfuhr, auf der sie und Theo gerade gekommen waren. In Haan/Ost fädelte sich der BMW auf den Zubringer ein. „Du, der fährt nach Düsseldorf", sagte Theo, „und ich frage mich, was der da will".

„Vielleicht weiß auch er etwas von seinem KZ-Retter und will mit dem Assmann Kaffee trinken", vermutete Shulamit. „Na, wir werden sehen".

Der BMW steuerte aber weder die Firma Assmann Apparatebau noch die Assmann-Villa an. Lührs parkte seinen Wagen auf der Immermannstraße.

„Gibt es hier etwas Besonderes?", wollte Shulamit wissen.

Theo sah sich um. „Hier gibt's Hotels, Geschäfte und viele Büros", sagte er. In diesen Augenblick erkannte er, dass Lührs in ein großes, graues Haus ging. Am Eingang war ein Emaille-Schild mit einem Wappen angeschraubt. Auf einem anderen Schild darunter stand: „Justizverwaltung NRW. Staatsanwaltschaft IV".

Jetzt sah es auch Shulamit und sie sagte: „Jetzt weiß ich, wo unser Freund hingeht. Zum Staatsanwalt Schomer. Der ist doch der Ankläger im Mordprozess gegen Assmann".

„Du weißt sehr viel, Frau Regierungsangestellte".

„Vielleicht nicht viel mehr als ein Reporter des Anzeiger. Aber damit wir noch mehr erfahren, sollten auch wir dem Staatsanwalt einen Besuch abstatten".

Auf der Tafel am Eingang des Justizgebäudes lasen Shulamit und Theo die Eintragung „OStA Schomer, Zi 301".

In diesem Büro im dritten Stock trafen sie auch Frau Kammer, die Vorzimmerdame des Staatsanwalts. Die wollte wissen: „In welcher Angelegenheit kommen Sie?“

„Eine vertrauliche Ermittlungssache“, sagte Theo, und dachte sich: Ist ja nicht einmal gelogen.

Frau Kammer nahm es regungslos zur Kenntnis. „Und wen darf ich melden?“

„Hauptkommissare Voss und Wenger“, teilte ihr Shulamit mit. „Wenger bin ich“.

Die Vorzimmerdame des Staatsanwalts notierte die Namen. Theo registrierte nur leicht verwundert, dass er gerade mit falschem Namen zum Hauptkommissar ernannt worden war.

„Es tut mit sehr leid, aber der Herr Oberstaatsanwalt ist gerade in einer Besprechung. Ich weiß nicht, wie lange es dauert. Können sie in einer halben Stunde noch einmal vorbeikommen?“

„Ach, können wir nicht hier warten?“, fragte Theo. „Wenn wir vor der Tür sind, passiert vielleicht irgendwas und dann müssen wir uns darum kümmern. Wir können eine Pause gut gebrauchen“.

Frau Kammer lachte. „Natürlich, bleiben Sie nur hier. Und damit Ihnen die Zeit nicht zu lang wird: Möchten Sie beide Kaffee?“.

Shulamit und Theo nahmen dankend an. Die Vorzimmerdame konnte ja nicht wissen, dass der Hauptzweck des Besuchs etwas mehr als eine Unterhaltung mit dem Staatsanwalt war.

Plötzlich polterte es im Zimmer des Staatsanwalts und es war ein erstickter Schrei zu hören. Die Vorzimmerdame saß mit schreckgeweiteten Augen da. Shulamit sprang auf, riss die Tür auf und stürmte mit Theo und Frau Kammer im Schlepptau in Schomers Büro.

Der Staatsanwalt lag rücklings auf dem Schreibtisch, Lührs drückte Schomers Kopf auf die Tischplatte, hielt ihm einen Brieföffner an den Hals und schrie: „Was soll der Judenquatsch? Ich bin Oberregierungsrat!“

„Nein, hauptsächlich sind Sie ein Idiot“, sagte Shulamit mit freundlicher Stimme und Frau Kammer kreischte: „Er bringt ihn um!“

Theo stand wie angewurzelt da und offensichtlich wagte niemand, sich zu bewegen. Schlagartig wurde Theo bewusst, dass er den Mann mit dem Brieföffner kannte. Es war der Finanzbeamte, dem er in der Kneipe in Solingen begegnet war.

„Raus, alle raus“, schrie Lührs plötzlich. „Raus oder ich drücke ihm die Kehle zu“.

Shulamit griff in ihre Handtasche und mit einer blitzschnellen Bewegung hatte sie die Browning-Pistole in der Hand. Die Browning, die ihr Nachum Schamir, der Büro-Chef des Mossad, „für Notfälle“ ins Reisegepäck geschmuggelt hatte.

„Keiner verlässt das Zimmer“, ordnete Shulamit an und richtete den Lauf der Pistole auf Lührs. „Die Waffe ist übrigens entsichert“, teilte sie weiterhin freundlich mit. „Wenn Sie den Staatsanwalt nicht innerhalb der nächsten zwei Sekunden loslassen, werden sie ein hässliches Loch im Kopf haben. Der Einschlag wird das Letzte in ihrem Leben sein, dass Sie spüren“.

Verblüfft ließ Lührs von Schomer ab und Frau Kammer erwachte aus ihrer Erstarrung. „Verhaften Sie ihn doch. Ich rufe jetzt Verstärkung!“

Shulamit stoppte sie. „Nein, das werden Sie nicht tun. Wir werden alle ganz ruhig hier bleiben und die Sache ausdiskutieren“.

Der Staatsanwalt hatte sich gefangen und fragte: „Wer sind Sie?“

„Kripo", sagte Frau Kammer schnell, doch Shulamit korrigierte sie: „Darüber reden wir später. Zuerst sollten wir mal sortieren, wer die Herren sind".

„Ich will hier raus", sagte Lührs, doch eine kleine Bewegung von Shulamits Waffe stoppte ihn. „Ich nehme an, dass Sie Günter Lührs sind". Lührs nickte automatisch.

„Dann sind Sie Staatsanwalt Schomer. Das hatte ich auch so vermutet".

„Was wollen Sie?", fragte Schomer mit belegter Stimme.

„Ein paar Fragen stellen", schaltete sich Theo ein. „Beispielsweise die, warum ein Oberregierungsrat einem Staatsanwalt an die Gurgel geht".

„Ja", pflichtete ihm Shulamit bei. „Und ich vermutete, dass es nicht nur um die von Herrn Lührs geparkten Bestechungsgelder geht".

Fassungslos blickte Schomer die beiden unbekannten Besucher an: „Ich verstehe nicht. Was wollen Sie?"

„Nur ein paar Informationen, und zwar von ihnen Beiden, meine Herren", sagte Shulamit ruhig und zu Lührs gewandt: „Dass Sie Steuerbescheinigungen fälschen und fälschen lassen und dafür kräftig kassieren, interessiert mich im Gegensatz zum Staatsanwalt überhaupt nicht mein Herr. Aber ich würde brennend gern wissen, wie Sie einen Angeklagten in einem bevorstehenden NS-Prozess vor der verdienten Verurteilung bewahren wollen".

„Woher wissen Sie", fragte Schomer wieder, doch Lührs antwortete Shulamit schon: „Ich weiß, wer Sie sind".

„Das würde unser Gespräch sehr vereinfachen".

Lührs blickte Shulamit hasserfüllt an. „Sie sind nicht von der Kripo. Sie sind eine von den Übriggebliebenen. Ein Racheengel der angeblichen Opfer".

Shulamit beherrschte sich mühsam. „Auch Sie sind ein Opfer Lührs. Sie sind nur durch glückliche Umstände davongekommen und wissen es nur noch nicht“.

Der Staatsanwalt hatte sich gefangen. „Also, was soll das alles. Wer sind Sie?“

„Zwei jüdische Ratten. Merken Sie das nicht?“ Die Stimme von Lührs überschlug sich. „NS-Prozess? Was habe ich damit zu tun? Nichts, gar nichts. Die sind hinter Ihnen her, Herr Staatsanwalt. Begreifen Sie das endlich?“

„Großer Irrtum, Lührs“, korrigierte Shulamit. „Wir wollen mit Ihnen reden. Beispielsweise über Ihre Verbindung zu Heinrich Assmann, dem Angeklagten in NS-Prozess. Denn einige Leute meinen, dass Sie in dem Prozess eine tragende Rolle spielen sollen. Nämlich die des Entlastungszeugen“.

„Absoluter Quatsch“, brauste Lührs auf. „Ich kenne den Herrn Assmann gar nicht“.

„Sie kennen ihn sogar sehr gut. Denn er ist wie sie Mitglied im Verein der Stiefelfreunde. Sagt Ihnen das etwas? Und dieser Verein beschäftigt sich sehr intensiv mit der Vernichtung jüdischer Existenzen, und zwar mit Ihrer tragenden Hilfe. Natürlich bringen Sie die Leute nicht um, Sie und Ihre Freunde wollen sich ja nicht mehr die Finger schmutzig machen. Sie vernichten unliebsame Juden wirtschaftlich. Habe ich Recht?“

„Ich weiß nicht, wovon Sie reden“.

„Doch, das wissen Sie genau. Aber auch das interessiert mich jetzt nicht“.

„Halt mal“, meldete sich der Staatsanwalt wieder. „Das Ganze hier ist grotesk. Was soll das alles?“

„Warten Sie’s ab, Herr Staatsanwalt. Wir wollen mit Herrn Lührs über etwas anderes reden. Nämlich über den Angeklagten Assmann in seiner Eigenschaft als Lebensretter“.

Schomer hatte sofort verstanden. „Augenblick mal, wollen Sie etwa bestätigen, dass Herr Lührs...“

„Ja, Herr Staatsanwalt. Lührs ist nachweisbar das Kind, nach dem Sie gesucht haben. Oder sollen wir besser sagen: Suchen mussten?"

„Ich mache bei diesem Affentheater nicht mehr mit", erklärte Lührs. Aber die Pistole, die Shulamit immer noch auf ihn richtete, ließ ihm offenkundig keine andere Wahl. „Unternehmen Sie 'was Herr Staatsanwalt. Wir können uns doch nicht von zwei Psychopathen terrorisieren lassen".

„Wir sind noch nicht fertig", erklärte Shulamit ruhig. „Und falls Sie das Zimmer verlassen wollen: Ich würde Sie daran hindern. Und jetzt entspannen Sie sich und beantworten mir eine Frage: Haben Sie sich mal Ihre Geburtsurkunde angesehen?"

„Was soll der Unsinn? Was geht Sie das an?"

„Sehr viel. Und auch der Staatsanwalt interessiert sich dafür. Denn Sie sind gar nicht in Graimberg in Westfalen geboren, mein Herr. Sondern in einem Güterwagen auf Transport von Solingen nach Wuppertal, dann von Wuppertal nach Dortmund, und anschließend nach Chelmno in Polen. Und wissen Sie noch etwas? Das war ein Judentransport ins Konzentrationslager. In diesem Viehwagen sind Sie geboren worden, verehrtester Herr Nazi und Existenzvernichter. Und soll ich Ihnen noch was verraten? Ihre Eltern sind keine katholischen Bauern im Hunsrück".

„Sie lügen", schrie Lührs. „Sie sind ja wahnsinnig".

„Keineswegs, mein Herr. Und ich muss Ihnen auch noch mitteilen, was Sie wohl nicht wissen und auch nicht begreifen: Ihre Eltern waren Juden, Lührs. Die haben den Holocaust nicht überlebt. Und wissen Sie jetzt, was Sie sind? Sie sind Jude, Verehrtester. Jude wie ich und mein netter Begleiter. Im Übrigen sind Sie sind ein Dreckskerl von Nazi. Und trotzdem ein Jude".

Lührs machte Anstalten, sich auf Shulamit zu stürzen. Doch ein schneidendes „Halt!“ von Theo stoppte ihn. „Einen Schritt nur und ich bring dich eigenhändig um“.

Shulamit lächelte und verlor Lührs nicht aus den Augen: „Und vermutlich wäre meine Kugel noch etwas schneller. Aber vorher will ich Ihnen noch den Rest der Geschichte mitteilen: Ihr Freund Heinrich Assmann war es, der Sie bei der Selektion im KZ von Chelmno aussortiert und nicht ins Gas geschickt hat. Sie wissen doch, dass er da Selektionen geleitet hat? Natürlich wissen Sie das. Das wird in Ihrem Verein ja wohl noch als Heldentat gefeiert. Und der Assmann hat dafür gesorgt, dass Sie zu dieser katholischen Familie gekommen sind“.

Lührs atmete stoßweise und ein inzwischen sehr entspannt wirkender Staatsanwalt hörte aufmerksam zu.

„Das war richtig herzig vom SS-Mordgehilfen finden Sie nicht auch? Aber in Wahrheit wollte der Ihnen gar nichts Gutes tun. Nur sich selbst. Und dann wollte er seine eigene Haut retten, aber das steht auf einem anderen Blatt. Können Sie mir bis hierhin folgen, Lührs?“

„Judenpack“, schleuderte Lührs Shulamit entgegen. „Alles Lüge und Verdrehung. Aber was kann man von Geschmeiß wie euch schon anderes erwarten“.

„Willkommen im Club“, antwortete Shulamit. „Und jetzt kommen wir zum geschäftlichen Teil, und das gilt auch für Sie, Herr Staatsanwalt. Es wird für Lührs keine Zeugenvorladung für den Prozess gegen Assmann geben, und Lührs wird auch nicht aus freien Stücken auftauchen“.

„Das ist Nötigung“, stellte Staatsanwalt Schomer sachlich fest und Lührs pflichtete ihm bei: „Sie können gar nichts verlangen“.

„Vollkommen richtig“, bestätigte Shulamit. „Aber wenn Sie sich an einem der Prozesstage dem Schwurgerichtsgebäude auf weniger als 100 Meter nähern, werden Sie ein Loch im Kopf haben. Das will der Staatsanwalt nicht und das wollen Sie auch nicht“.

„Den Teufel werde ich“, behauptete Lührs und Shulamit verabschiedete ihn seelenruhig: „Und jetzt verschwinden Sie. Ihre Anwesenheit bereitet mir Übelkeit“.

Shulamit schwenkte die Pistole zur Tür. „Los hauen Sie ab“.

Lührs ging nicht, er rannte. Statt den Aufzug zu nehmen, floh er über die Treppen.

Nach dem Abgang von Lührs wollte auch Frau Kammer das Büro des Staatsanwalts verlassen, doch Shulamit sagte nur ruhig: „Wir bleiben noch etwas hier. Denn wir wollen Lührs doch nicht beim Wegfahren stören“.

„Der fährt nicht weg, der holt die Polizei“, meinte Schomer sachlich, „und das gibt einen Riesenskandal“.

„Seien Sie unbesorgt, Herr Staatsanwalt“, beruhigte ihn Shulamit. Sie sicherte ihre Pistole und steckte sie in ihre Handtasche zurück. „Lührs fährt jetzt auf dem schnellsten Weg zu Assmann“.

„Vielleicht haben Sie Recht“. Schomer zog eine Schreibtischschublade auf und legte eine Walther P-38 auf den Tisch. „Auch ich habe eine Pistole“.

„Davon war ich ausgegangen“, entgegnete Shulamit freundlich lächelnd. „Aber ihre Walther ist gesichert und Staatsanwälte schießen nicht“.

Schomer musste lachen. „Meine Dame und mein Herr, ich bewundere Ihre Nerven. Und ich glaube auch, Ihren Arbeitgeber zu kennen“.

„Behalten Sie’s für sich“, empfahl Shulamit und Schomer war einverstanden: „Was kann ich denn auch schon machen? Manche Besucher aus verschiedenen Ländern pflegen sich nach ungewöhnlichen Auftritten ohnehin in Luft aufzulösen“.

Shulamit lächelte nur. „Und wir haben eine letzte Bitte: Lassen Sie Lührs in Ruhe. Der wird kein Unheil mehr stiften“.

„Ich werde tun, was ich kann".

Shulamit und Theo verabschiedeten sich mit Handschlag vom Staatsanwalt und der Vorzimmerdame. Frau Kammer zitterte wie Espenlaub und Theo strahlte sie an: „Ihr Kaffee war vorzüglich. Leider war die Zeit zu knapp, ihn auch auszutrinken".

Als Shulamit und Theo gingen, wollte auch Frau Kammer sofort das Büro des Staatsanwalts verlassen. Doch Schomer hielt sie zurück: „Bleib noch etwas hier, Elisabeth. Wir wollen die Herrschaften doch nicht beim Wegfahren stören".

****

Im Hotel schaltete Shulamit ihren Computer ein. Sie wollte Nachum in Tel Aviv in einer verschlüsselten Botschaft mitteilen, was sich gerade im Büro von Oberstaatsanwalt Schomer ereignet hatte. Doch Nachum war ihr zuvorgekommen. Seine Botschaft lautete knapp: „Der Einsatz ist abgeschlossen. Prozess gegen Assmann wird es nicht geben. Wechsel des Hotels nicht notwendig. Heimreise übermorgen (Freitag) antreten, auf keinen Fall heute und auch nicht morgen".

Shulamit erkannte die Sendezeit der Mitteilung: 15.15 Uhr Tel Aviv Zeit. Das war 14.15 Uhr deutscher Zeit. Und damit etwa zu einer Zeit, in der sie im Büro des Staatsanwalts gewesen war.

Die Agentin wusste auch, was die Heimreise-Anweisung bedeutete: Wenn Gruppen von Mossad-Agenten in befreundeten Ländern Aufträge erledigt hatten, verließen nie alle zusammen das Land, die Zentrale schleuste sie getrennt nach Hause.

Shulamit beschloss spontan, keine Verbindung mit Nachum aufzunehmen. Ihr Computerprogramm würde dem Mossad-Chef zu Hause automatisch anzeigen, dass die Mitteilung vom Empfänger gelesen worden war.

Gegen 18.00 Uhr wollte Theo Schapiro wieder im Hotel sein. Er wollte in die Redaktion und Shulamit hatte ihn gefragt: „Was willst du denn da?“

Zuerst hatte Theo herumgedruckst und gemeint: „Ich will nur mal sehen, ob mein Schreibtisch noch steht“. Doch dann war er mit der Wahrheit herausgerückt: „Ich hab’ ein frisches Hemd in der Schublade liegen und das will ich mir holen. Das Hemd, das ich trage ist klatschnass. Hat man mir angemerkt, dass ich soviel Angst hatte wie noch nie im Leben?“

„Nein, auf keinen Fall“, hatte ihm Shulamit versichert. „Du warst wie ein routinierter Profi“. Und die Sache mit dem Hemd-Wechseln sei wirklich nicht nötig: „Notfalls mag ich dich auch ohne Hemd“.

„Ich glaub’ dir jedes Wort“, hatte Theo geantwortet. „Aber ich hatte wirklich eine Riesenangst. Um mich, aber vor allem um dich“. Und damit war er verschwunden. Shulamit hatte ihm noch nachgerufen: „Komm bald wieder. Mit oder ohne Hemd“.

Shulamit stellte sich vor den Spiegel im Hotelzimmer und sah an sich herunter. Was mache ich nur?, sagte sie zu sich selbst. Am Freitag muss ich abreisen, aber ich will nicht. Und bleiben kann ich auch nicht. Nicht in diesem Land.

Kurz nach 17.00 Uhr klopfte es an der Zimmertür. „Ich bin’s. Theo“, hörte sie eine Stimme sagen. Shulamit öffnete und empfing Schapiro mit den Worten: „Du siehst ja unmöglich aus! Braunes Hemd zu blauer Hose. Gibt es kein Gesetz dagegen?“

Schapiro war enttäuscht, er hatte mit einer anderen Begrüssung gerechnet. „Ich kann ja wieder gehen und mich bei Karstadt neu einkleiden“.

„Nicht nötig“, erklärte Shulamit großzügig, „Komm’ rein. Wir sollten über den heutigen Tag reden. Hast Du auch Hunger?“

Sie bestellten beim Room Service zwei Portionen „Königsberger Klopse". „Mit Petersilienkartoffeln", demonstrierte Theo seine kulinarische Vielfältigkeit. Shulamit bestand auf einer „doppelten Portion Pommes", was Theo wunderte, aber er sagte nichts.

Schon während des Essens rekapitulierten sie, was sie im Büro des Staatsanwalts erlebt hatten. „Ich hab' nicht gewusst, dass du mit einem Schiesseisen durch die Gegend läufst", sagte Theo schließlich. Worauf Shulamit erwiderte: „Und ich hab' nicht gewusst, dass ich mit einer Pistole herumfuchteln muss".

„Hast du immer eine Waffe dabei?"

„Zuhause immer. Im Ausland mal und mal nicht".

In diesem Augenblick klingelte das Telefon neben dem Bett. Shulamit war irritiert. „Wer kann das sein? Ich habe niemandem meine Nummer gegeben. Du etwa?". Sie nahm den Hörer ab, meldete sich mit „Hallo" und sagte dann: „Ja der ist hier".

Irritiert reichte sie den Hörer an Theo weiter: „Für dich. Jemand aus der Sportredaktion will mit dir sprechen. Es sei wichtig, sagt er".

Theo hörte dem Anrufer zu ohne ihn zu unterbrechen. Schließlich sagte er: „Danke, ich kümmere mich darum" und legte auf.

„Das war Frieder Nolte aus der Sportredaktion. Um kurz nach 18.00 Uhr soll es in der Firmenzentrale der Assmann Apparatebau eine Explosion gegeben haben. Das Bürogebäude brennt und die Feuerwehr ist schon da. Und es habe offensichtlich einen Toten gegeben. Komm, wir müssen da sofort hin".

„Halt, warte mal", bremste ihn Shulamit. „Wann genau, soll es die Explosion gegeben haben?"

„Um kurz nach 18.00 Uhr, sagte Nolte".

„Dann bleiben wir auf jeden Fall hier. Wir können in Teufels Küche kommen, wenn wir da hingehen".

Theo blickte Shulamit an, als wolle er seine Frage durch ihren Gesichtsausdruck beantwortet haben. „Das kann doch nur bedeuten, dass deine Regierungsstelle etwas mit der Explosion zu tun hat“, sagte er dann. „Stimmt’s?“

„Es kann sein“, bekannte Shulamit und sie berichtete Theo von der Mitteilung ihres Vorgesetzten: „Um kurz nach 14.00 Uhr ist von meiner Zentrale die Botschaft an mich abgegangen, dass der Fall Assmann erledigt sei. Nähere Einzelheiten habe ich nicht bekommen. Aber daraus können wir schließen, dass es die Explosion schon vor dieser Zeit gegeben hat und das Feuer, von dem du gehört hast, erst später ausgebrochen ist“.

„Aber das ist doch kein Beweis, dass ihr da eure Finger im Spiel hattet?“

„Die Botschaft an mich enthielt auch die Anweisung für meine Rückkehr nach Tel Aviv. Und zwar am Freitag und nicht früher. Und das bedeutet, dass heute und morgen erst einmal andere Leute aus Deutschland abreisen müssen“.

Theo hob abwehrend die Hände: „Darfst du mir das alles eigentlich sagen?“

„Natürlich nicht, aber mich bedrückt etwas anderes: Ich muss weg, aber ich will nicht“.

„Ich will auch nicht, dass du gehst“, antwortete Theo spontan.

Er umarmte Shulamit und sie zog ihn ans Fenster. Mit ausgestecktem Arm wies Shulamit auf den Feierabendverkehr: „Was siehst du da, Theo Schapiro? Das ist Deutschland“. Nach einer kurzen Pause fügte sie hinzu: „Und ich kann mir nicht vorstellen, dass meine Kinder in Deutschland aufwachsen“.

Theo starrte sie verständnislos an: „Du hast Kinder?“

Shulamit lächelte, obwohl sie sich hundeelend fühlte: „Nein, noch nicht. Aber ich glaube, dass ich schwanger bin“.

Theo Schapiro brauchte einige Sekunden, um zu begreifen: „Du meinst: ich, du, wir?“

Shulamit sagte nur „Ja“, worauf Theo theatralisch die Arme ausbreitet und verkündete: „Na, dann ist ja alles in Ordnung, wir bleiben zusammen. Von mir aus auch auf dem Mond“.

Worauf Shulamit die Hände vor den Kopf schlug und aufstöhnte: „Du bist der größte Trauerfall, der mir je begegnet ist“.

Theo grinste nur breit und konnte sich beim besten Willen nicht erklären, was die Mutter seines künftigen Kindes zu dieser Aussage veranlasst haben könnte. „Bei uns nennt man deinen Zustand 'in guter Hoffnung', aber du redest von Trauerfall?“

„Hoffnung habe ich auch“, schniefelte Shulamit. „Große sogar, und die betreffen auch dich. Aber Deutschland kam in meiner Hoffnung bislang nicht vor“.

„Ach, das werden wir jetzt alles mal richtig planen“ beschloss Theo. „Wir kriegen unser gemeinsames Leben schon hin“.

****

Am nächsten Morgen um kurz nach 9.00 Uhr rief Shulamit bei Oberstaatsanwalt Schomer an. „Guten Morgen, Herr Schomer. Wir haben uns gestern bei Ihnen im Büro getroffen“.

„Ja, ich erinnere mich sehr lebhaft“.

„Wie Sie wissen, interessieren wir uns für einen Herrn, für den sie eine Anklage vorbereiten und in dessen Firma es gestern gebrannt hat“.

„Bedauerlicherweise ist er verstorben“, teilte Schomer mit. „Nicht dass ich bedaure, dass der Prozess jetzt überflüssig geworden ist. Ich bedaure stets, wenn das Leben von Menschen vorzeitig beendet wird. Ganz gleich, ob es sich um das Schicksal einer Einzelperson oder auch um das von Hunderten, tausenden oder auch Millionen handelt“.

„Ich verstehe Sie, Herr Staatsanwalt. Dieses Bedauern empfinden auch wir, und es war der Grund unseres gestrigen Besuchs“.

„Ich weiß", sagte Schomer nur.

„Können Sie mir etwas über die Todesumstände des Brandopfers sagen", fragte Shulamit.

„Da ist nicht viel zu sagen", erwiderte der Staatsanwalt. „Nach Erkenntnis der Kriminalpolizei gab es keine Hinweise auf Gewalteinwirkung".

„Ich hörte von Gerüchten, dass es eine Explosion gegeben habe."

„Diese Vermutungen haben sich nicht bestätigt", versicherte Schomer. „Im Büro des Toten ist mit an Sicherheit grenzender Wahrscheinlichkeit ein Schwelbrand durch eine überlastete Elektrosteckdose ausgelöst worden. Wir haben auf Tod durch Rauchvergiftung erkannt und ich habe die Leiche soeben zur Beisetzung freigegeben".

„Ein bedauerlicher Unfall", stellte Shulamit fest.

„Ja, sehr tragisch", bekräftigte Schomer. „Das Zimmer ist vollständig ausgebrannt. Alle darin befindlichen Schriftstücke wurden offensichtlich ein Raub der Flammen. Auch im feuersicheren Wandtresor befindet sich nichts mehr. Beim Eintreffen der Feuerwehr stand die Tresortür offen".

„Wie schade", sagte Shulamit, „aber dann ist der Fall ja abgeschlossen".

„Dieser Fall ja" meinte der Staatsanwalt. „Es hat jedoch noch einen zweiten Todesfall gegeben, in dem gerade die Beamten der Mordkommission ermitteln. Letzte Einzelheiten habe ich dazu nicht, aber alle Anzeichen deuten auf eine Selbsttötung hin".

„Kenne ich den Toten?", wollte Shulamit wissen.

„Sie haben den Herrn gestern kennen gelernt".

„Wie schrecklich".

„Ja sehr. Und den mir vorliegenden Informationen zufolge hat der Herr einen Abschiedsbrief hinterlassen. Der Inhalt ist mir noch nicht bekannt und ich bin nicht sicher, ob wir ihn veröffentlichen werden“. Nach einer kurzen Pause fügte Schomer hinzu: „Aber Sie wissen ja, wie Sie mich erreichen können“. Der Staatsanwalt sagte noch „Shalom“ und legte auf.

****

Es war schon viertel nach 12 als Theo in der Redaktion des „Anzeiger“ eintraf. Er ging sofort in den Konferenzsaal, in dem die tägliche Redaktionskonferenz stattfand. Er freute sich auf seinen Auftritt. „Den NS-Prozess könnt ihr euch an den Hut stecken“, wollte Theo sagen. „Denn den gibt's nicht, weil er brandmäßig abgesagt wurde. Ab sofort bin ich wieder Sportredakteur und ihr könnt mich alle mal“.

Als Theo die Tür zum Konferenzsaal öffnete, bot sich ihm ein ungewöhnliches Bild. Die Kollegen lümmelten sich nicht wie üblich in den bequemen Armlehnensesseln, sondern standen um den Tisch herum und redeten durcheinander. Mittendrin Fotograf Volker Klaus.

„Die Bilder können wir unmöglich bringen“, hörte Theo aus dem Stimmengewirr heraus.

Chefredakteur Siegbert Hendrich hatte sich zu einer Anweisung durchgerungen.

„Der Typ ist mit Vollgas gegen das Nelly-Sachs-Haus am Nordpark gedonnert“, hörte Theo den Fotografen sagen und Henner Gross, der Chef vom Dienst, wollte wissen: „Ist das nicht das Jüdische Altersheim?“

„Na, klar“, bestätigte Klaus. „Die beiden Polizisten, die da Wache schieben, waren ganz schön geschockt. Das war kein Unfall, sondern eindeutig Vorsatz, haben die mir gesagt. Der ist mit einem Affenzahn voll drauf auf das Haus“.

„Großer Gott“, stammelte der Chefredakteur. „Jetzt wird die ganze Welt schreien: Schon wieder ein antisemitischer Terroranschlag in Düsseldorf. Erst der Anschlag auf die Synagoge an der Zietenstrasse und jetzt das!"

„Kann sein", meinte der Fotograf. „Vielleicht wollte der Typ noch ein paar alte Juden mit in die ewigen Jagdgründe nehmen. Ist ihm aber nicht gelungen, nur der Fahrer ist hin".

Theo Schapiro drängte sich an den Tisch und sah die großformatigen Schwarzweiß-Fotos, die der Fotograf ausgebreitet hatte. Er erkannte, dass der Unfallwagen ein blauer 3er BMW war. Die gesamte Vorderfront war weggerissen, die Tür auf der Fahrerseite hing zerknittert an nur noch einem Scharnier. Über dem Steuer hing ein weißlicher Fetzen, der einmal ein Airbag gewesen sein musste. Ein anderes Bild zeigte im Großformat den blutverschmierten Kopf des Fahrers.

Theo erkannte ihn sofort: Es war Günter Lührs, das Kind der Frau Blau.

„Die vor dem Haus Wache schiebenden Polizisten haben mir gesagt, dass der Fahrer eine Art Abschiedsbrief hinterlassen hat", berichtete der Fotograf. „Der habe etwas mit einem Filzstift auf den Beifahrersitz gekritzelt. Feinstes Leder übrigens".

„Hast du die Botschaft fotografiert?", wollte Theo wissen.

„Na, ging nicht. Da kamen gleich die Herrschaften von der Politischen Polizei angerauscht. Wenn was mit den Juden passiert, ist doch sofort die große Krise angesagt. Auch die Kripo war in Regimentsstärke da. Die haben uns alle weggescheucht".

Chefredakteur Hendrich rang sich zu einer weiteren Anweisung durch. „Also, diese Bilder können wir unseren Lesern nicht zumuten, wir sind doch kein Revolverblatt. Und wir berichten darüber nur im Lokalteil. Der Polizeireporter soll den amtlichen Polizeibericht von diesem Unfall umschreiben und mehr wird da nicht gemacht."

„Und meine schönen Bilder?", fragte der Fotograf.

„Die kommen ins Archiv“, beschied ihn Hendrich. „Und denken Sie bloß nicht, dass sie die Bilder an den ‚Stern’ oder wen auch sonst verkaufen können“.

Volker Klaus packte seine Sensationsbilder ein und verließ wortlos den Konferenzraum. Theo ging mit ihm und sprach ihn auf dem Flur an: „Sag’ mal Volker, hast du wirklich nicht fotografiert, was auf dem Beifahrersitz geschrieben war?“

„Ging doch nicht. Keine Minute, nachdem ich da war, kamen die aufgeregten Lamettatypen und die haben nicht einmal mehr die Schutzpolizei ans Auto gelassen“.

„Waren sonst noch Fotografen da?“

„Nein, die Schlafmützen von den ‚Nachrichten’ kamen erst später“.

„Bist du ganz sicher, dass du nichts von der Botschaft auf deinen Bildern hast?“

„Mensch, Theo. Glaub’ mir doch. Ich hab’ in den BMW reinfotografiert, und da ist nicht viel zu erkennen. Aber komm’ mit, wenn du mir nicht glaubst. Ich kann dir alle Bilder am Computer zeigen“.

Volker Klaus hatte mit seiner Digitalkamera 19 Bilder gemacht. Zwei Mal ließ der Fotograf die Fotos über den Bildschirm laufen. Einmal hatte er seine Kamera hochgehalten und das Innere des verwüsteten BMW aufgenommen.

„Siehst du“, sagte er, „ich stand vielleicht drei Meter weit weg. Keine Tiefenschärfe und nur der Vordergrund ist gut ausgeleuchtet. Dahinter ist alles unterbelichtet und unscharf durch zu große Blende. Aber halt, warte mal: Siehst du den Fleck da?“

Der Fotograf zeigte mit einem Kugelschreiber auf den oberen Bildrand. „Ich hol’ das mal näher ran“. Der Fleck vergrößerte sich und wurde dunkler. Theo erkannte nichts.

Mit seiner Computermaus veränderte Volker Klaus ein paar Einstellungen. „Das machen wir mal heller und jetzt Kontrast voll auf. Ah, da haben wir es. Siehst du es auch?“

Theo konzentrierte sich auf die verschwommenen Linien, die gerade noch erkennbar waren. „Ja, ich seh's. Das sind drei, nein vier Worte. Kannst du sie entziffern?"

Vielleicht eine halbe Minute lang studierte der Fotograf den Fleck und dann sagte er: „Weißt du, was da steht, Theo? Da steht ‚Ich bin kein Jude'. Komisch was?"

Am späten Nachmittag veröffentlichte das Düsseldorfer Polizeipräsidium seinen Polizeibericht. Der Fahrer eines Personenwagens der Marke BMW habe auf der Nelly-Sachs-Strasse die Gewalt über sein Fahrzeug verloren und sei gegen die Mauer eines Hauses geprallt, hieß es da. Dabei sei der Fahrzeugführer getötet worden. Eine Rekonstruktion des Unfallhergangs habe ergeben, dass der Fahrer vermutlich mit dem Fuß abgerutscht sei und sein Schuh das Gaspedal verklemmt habe. Weitere Personen seien nicht zu Schaden gekommen.

Dass es sich bei dem Haus um das Jüdische Altersheim handelte, wurde im Polizeibericht nicht erwähnt. Er enthielt auch kein Wort über die Botschaft auf dem Beifahrersitz. Der „Anzeiger" druckte den Polizeibericht in seiner nächsten Ausgabe als kurze Meldung auf der vierten Seite des Lokalteils unverändert ab. Ohne Foto.

****

Shulamit wusste, dass sie mit Nachum Schamir im Büro in Tel Aviv reden musste. Sie kannte die Prozedur und wählte eine Telefonnummer in London. Während es dort klingelte, tippte sie eine Codenummer ein und legte auf. Die Nummer würde Sekunden später auf Nachums Computerschirm auftauchen und ihn zurückrufen lassen. Ebenfalls auf verschlungenen Pfaden, die fremden Abhörern das Lauschen erschwerten.

Keine drei Minuten später war Nachum am Apparat. „Ich habe gehört, dass es dir gut geht, Kleines", sagte er. „Und wie ich sehe, hast du auch meine Nachricht bekommen. Alles vorbereitet für deine Heimreise?"

„Nein, ich habe ein Problem. Ich kann nicht weg. Oder besser gesagt, ich möchte nicht weg. Zumindest nicht sofort".

„Du überraschst mich. Hat dir der Ausflug nach Bremen so gut gefallen, dass du jetzt auch noch andere Gegenden in Deutschland besuchen willst?"

„Es ist ernst. Nachum".

„Wie ernst?", fragte der Mann vom israelischen Geheimdienst zurück. „Hat es etwas mit einem Zeitungsredakteur zu tun?"

„Du spionierst mir nach", beschwerte sich Shulamit, doch Nachum fiel ihr ins Wort. „Nein, Kleines, ich passe nur auf dich auf wie ich es deiner Mutter versprochen habe. Und bei meinem Aufpassen hat sich herausgestellt, dass du dir um den Redakteur keine Sorgen machen musst".

„Ich mache mir ja auch keine Sorgen um ihn, ich mache mir Sorgen um mich".

„Wieso", fragte Nachum mit lauter werdender Stimme zurück. „Wird er etwa lästig?"

„Im Gegenteil, ganz im Gegenteil".

„Na, dann ist ja alles in Ordnung. Und wo ist dein Problem?"

„Ich erwarte ein Kind".

Shulamit hörte, wie Nachum erleichtert ausatmete und er dann fragte: „Bist du sicher? Von ihm?"

„NACHUM!"

„Ist schon gut. Das werde ich als dein Beschützer doch wohl fragen dürfen. Und was das Problem angeht: Du kommst nach Hause und wie ich dich kenne, willst du das Kind behalten. Sehe ich da etwas falsch?"

„Ja. Ich will das Kind behalten und den Vater des Kindes übrigens auch".

„Ihr kennt euch noch nicht lange und er ist Deutscher".

„Jude mit deutschem Pass, Nachum. Und ich habe vom ersten Tag an gewusst, dass ich mit ihm zusammenbleiben will“.

„Liebste Shulamit, du warst, bist und bleibst ein rätselhaftes Wesen. Und wenn ich mich recht erinnere, hat sich deine Deutschlandbegeisterung vor Antritt der Reise in engen Grenzen gehalten“.

„Zeiten und Menschen können sich ändern, Nachum. Du hast recht, Deutschland ist nicht mehr das Land von damals. Aber ich will trotzdem nicht hier bleiben, weil ich nicht jeden Tag an die Vergangenheit denken will. Und Theo kann nicht nach Israel. Was soll er denn da? Der lernt nie Hebräisch“.

„Na dann haben wir wirklich ein Problem. Steht denn auch fest, dass ihr heiraten wollt?“

Shulamit musste lachen: „Willst du ihn fragen, oder soll ich das tun?“

„Das mach’ mal lieber selbst. Und wie ich die Sache sehe, habt ihr ein geografisches Problem“.

„Was meinst du damit?“

„Ganz einfach. Du willst mit ihm zusammenleben. Aber nicht zu Hause in Israel und auch nicht im alten Zuhause deiner Eltern, in Deutschland. Da bleibt doch nur ein anderes Land, in dem ihr beide leben und arbeiten könnt“.

„Meinst du?“, fragte Shulamit unsicher zurück.

„Eine andere Lösung fällt mir jetzt nicht ein. Lass mich mal darüber nachdenken“.

„Du bist ein Schatz“, sagte Shulamit begeistert.

„Ja und noch etwas. Herzlichen Glückwunsch auch. Hab’ ich ganz vergessen. Und wo du dich zumindest vorerst mal zur Verlängerung deiner Abwesenheit von der Arbeit im Büro entschlossen hast: Wie wäre es mit einer vorgezogenen Hochzeitsreise für euch Beide?“

„Nimm mich nicht auf den Arm. Das habe ich nicht verdient“.

„Nein, nein. Ganz im Ernst. Du könntest für uns nach Bermuda fliegen und dort ein Bankkonto schließen. Denn der Kontoinhaber kann das selbst nicht mehr tun“.

„Weil er bei einem Brandunglück ums Leben gekommen ist?

„Genau das. Und es wäre doch nicht richtig, wenn sich die Bank das herrenlose Geld unter den Nagel reißt“.

„Ich war noch nicht auf Bermuda, Nachum, und du hast mich schon überredet. Und wenn wir schon mal da sind, würde ich gern ein weiteres Konto schließen“.

„Das Konto eines zweiten Unfallopfers nehme ich an, das Konto eines lange gesuchten Kindes?“

„Ja, und ich würde das Geld gern für eine Wiedergutmachungsaktion verwenden, zur Abzahlung einer Haushypothek“.

„Handelt es sich dabei um die Hypothek einer älteren Dame aus Washington?“, fragte Nachum und es klang mehr wie eine Feststellung.

„Gibt es etwas, was du noch nicht weißt?“, wollte Shulamit wissen.

„Ja, ich weiß nicht, wann ich dich wiedersehe“, sagte Nachum ernst und fügte sofort hinzu: „Ich lasse dir von Berlin alle notwendigen Unterlagen für die Bermuda-Reise schicken. Und sobald ich eine Lösung für dein Problem habe, melde ich mich wieder bei Dir“.

Dann sagte er noch: „Passt gut auch euch auf“ und Shulamit war sehr erleichtert.

****

Shulamit und Theo hatten sich mit Frau Blau wieder im „Kaffeehaus“ in Solingen-Gräfrath verabredet. Hannah Blau wollte sich „von meinen beiden Kindern“ verabschieden. Übermorgen würde sie wieder mit der Lufthansa nach Washington fliegen. Erst von Düsseldorf nach Frankfurt und von dort aus in die amerikanische Bundeshauptstadt.

Wie bei ihrer ersten Begegnung hatte Frau Blau eine Zeitung vor sich liegen, aber diesmal war sie gelassen und ruhig. Sie bestellten bei der Kellnerin. Frau Blau wollte Kaffee und ein Stück „Schwarzwälder Kirsch“-Torte, Theo verlangte „eine Cola und Käsetorte bitte“. Shulamit teilte mit, “sehr hungrig“ zu sein und orderte „ein Glas Weißwein, ein Schnitzel und Pommes“.

Sie korrigierte sich sofort: „Nein, lassen Sie den Wein. Bringen Sie mir lieber Wasser“.

Als das Essen kam, blickte Frau Blau missbilligend auf den Teller und sagte: „Das ist aber ein Schweineschnitzel“.

„Shulamit ist auf Reisen“, erläuterte Theo, was Frau Blau mit unverständlichem Kopfschütteln quittierte.

„Bevor Sie wieder nach Hause fahren“, unterbrach Theo die etwas peinliche Situation, müssen wir Ihnen etwas sagen. Den Prozess gegen den SS-Mann Heinrich Assmann wird es nicht geben“.

„Ich weiß“, antwortete Frau Blau ungerührt. „Ich hab’s in der Zeitung gelesen. Er ist bei dem Brand in seiner Firma umgekommen. Und ich muss Ihnen sagen, dass es mir nicht leid tut. Irgendwie glaube ich, dass es eine höhere Fügung war. Denn haben Sie gelesen, wie er umgekommen ist? Er hat so viele Menschen ins Gas geschickt. Auch meine Mutter und meinen Bruder. Und jetzt ist er selbst an giftigen Gasen erstickt. Der einzige Unterschied ist nur, dass er fast sein gesamtes Leben leben konnte und dieses Glück haben seine Opfer nicht gehabt“.

Shulamit schob den Teller mit dem Schnitzel von sich und ergriff mit beiden Händen Frau Blaus rechte Hand: „Wir haben aber auch eine sehr traurige Nachricht für Sie, Oma Blau. Das von Ihnen gerettete Kind ist bei einem Verkehrsunfall ums Leben gekommen. Er war sofort tot und er hat nicht gelitten".

Frau Blaus Hände krallten sich in die Tischkante. Sie öffnete ihren Mund, aber es kaum kein Ton heraus.

Schließlich stammelte sie: „Das ist doch nicht wahr. Gerade haben Sie ihn gefunden, und jetzt ist er umgekommen. Wann ist das denn passiert?"

„Vorgestern", antwortete Theo. „Seine Todesanzeige steht heute in der Zeitung".

Wortlos griff Frau zur Zeitung und blätterte. Sie fand die Seite mit den Todesanzeigen und überflog sie. Hilfesuchend wandte sie sich an Theo: „Da ist keine Anzeige für meinen Simon".

„Ich hab' Ihnen doch gesagt, dass er bei einer christlichen Familie aufgewachsen ist", schaltete sich Shulamit ein. „Die haben ihm einen neuen Namen gegeben. Günter haben sie ihn genannt. Günter Lührs".

Frau Blau suchte wieder die Todesanzeigen ab. „Hier ist sie". Und sie las:

„Plötzlich und unerwartet ist unser Kollege Günter Lührs, Oberregierungsrat, aus unserer Mitte gerissen worden. Wir alle werden stets ihm ein ehrendes Gedenken bewahren. Oberfinanzdirektion Düsseldorf, Finanzamt Solingen-Ost".

Frau Blau war aschfahl im Gesicht geworden und ihre Augen füllten sich mit Tränen. „Ich kenne ihn", sagte sie. „Stellen Sie sich vor, ich habe ihn sogar getroffen. Ich bin bei ihm gewesen, im Finanzamt. Wie kann das Leben nur so grausam sein."

Frau Blau wischte ihre Tränen fort und sagte dann: „An seinen Augen hätte ich ihn erkennen müssen. Ich hatte so ein Gefühl, aber ich habe es nicht geglaubt. Mein Simon hatte so schöne Augen".

„Wann ist er gestorben?", fügte sie hinzu.

„Vorgestern".

„Das ist schade", sagte Frau Blau. „Hätte ich doch nur zu seinem Begräbnis gehen und von ihm Abschied nehmen können".

Shulamit blickte schnell Theo an und der nickte unmerklich. „Das können Sie immer noch", sagte sie. „In Deutschland werden Tote ja nicht sofort begraben, da muss man mindestens drei Tage warten. Wenn Sie wollen, können wir morgen alle zum Begräbnis gehen".

Freudig erregt sagte Frau Blau zu und am nächsten Nachmittag gingen Shulamit und Theo mit Oma Blau zur Trauerfeier auf dem Düsseldorfer Nordfriedhof. Mehr als hundert Menschen nahmen Abschied von Günter Lührs. Frau Blau schaffte es nicht, ans offene Grab zu treten. „Wir sollten gehen", sagte sie als ein katholischer Priester am Grab ein Gebet sprach.

Auf dem Weg zur Strasse kamen sie an einem Teil des Friedhofes vorbei, der als „Jüdischer Friedhof" gekennzeichnet war. Frau Blau blickte auf Grabsteine mit Davidstern und sie sagte: „Hier hätte er liegen sollen".

Shulamit und Theo nickten nur und sagten nichts.

****

Die notwendigen Unterlagen für die von Nachum Schamir initiierte „vorgezogene Hochzeitsreise" trafen ein paar Tage später bei Shulamit im Hotel ein. Als Absender war eine Privatadresse in Berlin angegeben, aber die Mossad-Agentin wusste, dass sie von der israelischen Botschaft in der deutschen Hauptstadt auf den Weg gegeben worden waren.

Der große Briefumschlag enthielt gleich drei Eidesstattliche Erklärungen von Heinrich Assmann und Günter Lührs, aber auch von Walter Malon von der Bauträgergesellschaft Malon

GmbH & Co. KG. In deutscher und in englischer Sprache, beglaubigt mit dem Siegel eines deutschen Notars, bevollmächtigten die drei angeblich quicklebendigen Herren Frau Susanne Wenger, die für die drei Kontoinhaber bei der Bank of N.T. Butterfield in Hamilton, Front Street, Bermuda, geführten Konten aufzulösen und die angesammelten Guthaben treuhänderisch in Empfang zu nehmen. Die Werkstatt des Mossad hatte erwartungsgemäß gute Arbeit geleistet.

Im Briefumschlag befanden sich auch zwei Rückflugtickets, Business Class, der British Airways für den Flug von Düsseldorf via London-Gatwick nach Bermuda, ausgestellt auf die Namen „Susanne Wenger" und „Theodor Schapiro", eine Hotelreservierung für das Hotel „Southampton Princess", eine deutsche Kreditkarte auf den Namen „Susanne Wenger", und eine längere Notiz von Nachum:

„Du Abenteuerin, das ist alles, was du brauchst. Die Bank in Bermuda ist von Vertretern einer Korrespondenzbank bereits informiert. Ein Herr „Glen Frith" erwartet dich, er verfügt über alle Kontounterlagen. Weil du schon mal da bist, solltest du neben den Konten von Assmann und Lührs auch das von Malon auflösen. Der Immobilien-Hai wird sich wundern, wo all sein am Finanzamt vorbeigeschmuggeltes Geld geblieben ist. Auch mit seiner Beute kann Berlin Personen unterstützen, die von Malon und seinen Freunden ins Elend gestürzt worden sind.

Das Guthaben auf dem Konto Lührs reicht nicht ganz für deine Wiedergutmachungsaktion. Zweige dafür einfach das Geld vom Malon-Konto ab. Für die Ablösung der Hypothek Blau bei der Nations Bank wären zum Monatsende 182.416,83 US Dollar notwendig.

Geh' sparsam mit der Kreditkarte um und ruiniere nicht mein Budget. Ich rufe dich an. Hätte eine Lösung für dein Problem. Warst du schon mal in Ottawa/Kanada?
Nachum.

Am Schluss der Notiz war ein „PS für Theo Schapiro" angefügt: „Solltest du auch nur versuchen, Shulamit das Herz zu brechen, komme ich persönlich vorbei und breche dir auch jene Knochen, von denen du noch gar nicht weißt, dass du sie hast.
Gratulation und herzlichst Nachum".

****

Nach der Landung der „British Airways"-Boeing auf dem Bermuda-Flughafen schlug Shulamit und Theo feuchte Tropenluft entgegen. Shulamit sog die Luft prüfend durch die Nase und stellte verwundert fest: „Hier riecht es komisch. Das ist eine Mischung aus Oleander und Kerosin".

Auch Theo schnüffelte, aber er konnte nichts Besonderes ermitteln: „Also für mich stinkt's hier nur nach Flugbenzin".

„Du solltest mit dem Rauchen aufhören, dann kannst du auch besser riechen", tadelte Shulamit und fügte unvermittelt hinzu: „Bei unserem ganzen Aufenthalt hier solltest du mich sicherheitshalber ‚Susanne' nennen. Und wir sind auch keine Juden".

„Jesus, Maria und Josef, das wird mir aber schwer fallen", protestierte Theo und handelte sich dafür einen kräftigen Stoss in die Rippen ein.

In der Ankunftshalle direkt hinter der Zollkontrolle stand ein älterer Mann, der einen Zettel mit der Aufschrift „Susanne Wenger" hochhielt.

Shulamit und Theo gingen auf ihn zu und der Mann mit dem Zettel begrüßte sie: „Willkommen in Bermuda, ich bin das bestellte Taxi“. Nachum Schamir hatte den Aufenthalt seiner Agentin gründlich vorbereitet.

„Wie lange brauchen wir bis zum Hotel?“, fragte Shulamit. Aber noch bevor er „eine gute halbe Stunde“ sagen konnte, schrie sie auf: „Ich hab's doch gewusst Theo. Sieh' mal aus dem Fenster. Links und rechts alles Hecken mit Oleanderblüten“.

„Ja, und auch Hibiskus und viele Palmen“, bestätigte der Taxi-Mann. „Das ist meine Insel, der friedlichste Fleck der Erde“. Der Mann sprach jetzt ein akzentfreies Deutsch, was weder Shulamit noch Theo wunderte.

„Leben Sie schon lange hier?“, fragte Theo und Shulamit warf ihm einen schnellen, missbilligenden Blick zu. Theo erkannte, dass man Beschäftigten einer gewissen israelischen Regierungsbehörde offensichtlich keine persönlichen Fragen stellt.

Der Mann am Steuer hatte Shulamits Reaktion bemerkt und er schmunzelte: „Macht nichts. Ich bin hier auf dem Felsen zur Welt gekommen. Ihnen kann ich es ja verraten: Ich bin der Nazi-Jude“.

Shulamit und Theo wechselten einen verwunderten Blick und sie fragte schließlich: “Was sind Sie?“

„Der Nazi-Jude“. Dem Fahrer bereitete es offensichtlich Spaß, seine Fahrgäste zu verwirren. „Das Kind aus dem Huntley Manor. Schon Mal davon gehört?“.

„Nein“, erwiderte Theo. „Aber ich bin sicher, dass mich die Geschichte interessiert“.

Ohne den Blick von der engen und kurvenreichen Straße zu nehmen antwortete der Taxi-Mann: „Also, das war so: Meine Mutter arbeitete für die „Imperial Airways“, die mit Flugbooten eine Luftverbindung zwischen dem britischen Mutterland und der Kolonie Bermuda unterhielt. Dann kam der zweite Weltkrieg und Deutsche, wie meine Mutter, waren plötzlich nicht mehr sehr beliebt. Die britische Kolonialverwaltung stufte die paar Dutzend auf Bermuda lebenden Germanen pauschal als potentielle Spione für die Nazis ein. Und deshalb wurden die Deutschen eingesammelt und eingesperrt. Langweile ich Sie?“

„Nein“, antworteten Shulamit und Theo zur selben Zeit. „Und wie ging es weiter?“

„Eigentlich ganz lustig. Die britische Kolonialverwaltung richtete ein Internierungslager ein. In der feudalen Villa ‚Huntley Manor' am Strawberry Hill in Hamilton. Am Ein gangstor standen sogar ein paar Soldaten herum. Die sollten vermutlich aufpassen, dass die Eingesperrten nicht quer über den Atlantik heim ins Reich kraulten. Aber an jedem Freitag, kurz vor Sonnenuntergang durften die Internierten die Villa verlassen. Ein paar gingen in ihre alten Wohnungen und machten es sich dort gemütlich. Oder sie ließen sich in der nächsten Kneipe ordentlich volllaufen. Die meisten Bewohner im Huntley Manor marschierten in das Haus einer jüdischen Familie aus Schottland. Und da feierten sie den Sabbat. Merken Sie was?“

Ein paar Minuten war es still im Taxi bis Shulamit sachlich feststellte: „Die Briten haben also deutsche Juden interniert, weil sie pauschal verdächtigt wurden, Spione für die Nazis zu sein“.

„Genau so war es“, bestätigte der Taxi-Mann. „Dabei waren die deutschen Juden durch die Bank britischer als der König in London. Aber Kriege sind wohl Zeiten des kollektiven Schwachsinns. Und im Manor war eine schwachsinnige Idylle angesagt. Die wurde ziemlich schnell mit ein paar Nazis angereichert. Zuerst kam ein Österreicher ins Lager, der ein Geschäft an der Front Street betrieb und begeisterte Lobeshymnen auf den Führer verbreitete“.

„Und den Nazi stecken die Briten zu den Juden ins Internierungslager?“, wollte Shulamit wissen.

„Genau so war es. Und mit der Zeit kamen noch mehr von der Sorte. Die britische Marine brachte Deutsche an, die sie auf hoher See von allerlei Fracht- und Passagierschiffen geholt hatten. Unter denen waren ein paar Parteigrößen der Nazis. Die bunte Mischung wurde schließlich auch noch durch ruhmreiche Vertreter der Deutschen Wehrmacht bereichert. Etwa die Offiziers-Besatzung eines U-Bootes. Die hatten auf einem Riff vor der Insel festgehangen und spontan beschlossen, dass der Krieg für sie zu Ende sei".

„Und all diese Nazis kamen dann zu den Juden ins Internierungslager?", vergewisserte sich auch Theo noch einmal.

„Jawoll", antwortete der Taxi-Mann zackig und auf Deutsch. „Und dann passierte das Verrückte. Die Juden, die Nazis und ein paar ‚neutrale' Deutsche lebten im Lager in totaler Harmonie. Der Koch vom U-Boot hat sich sogar bemüht, für die Internierten koscher zu kochen. Bis zum Kriegsende gab's im Lager kein Schweinefleisch. Schließlich fanden die Sabbatfeiern auch in der Villa statt. Und die Nazis haben andächtig mitgemacht".

„Kompletter Wahnsinn", kommentierte Theo, „ein richtiges Camp Harmony". Doch der Taxi-Mann widersprach: „Nein, alles ist leicht zu erklären. Die waren eine verschworene Gemeinschaft, weil sie einen gemeinsamen Feind hatten, nämlich die bornierten Vertreter der Kolonialmacht".

„Und in dieser harmonischen Zeit kamen sich meine Mutter und der U-Boot-Kommandant näher. Ganz nahe sogar. Die Jüdin und der überzeugte Nazi. Aber in der Villa war er ja auch kein richtiger Nazi mehr. Die Internierten hatten andere Sorgen. Wenn die über Politik redeten, dann über die Scheiß-Politik der Engländer. Pünktlich zum 8. Mai 1945 wurde ich in der Villa geboren. Mutter deutsche Jüdin, Vater deutscher U-Boot-Kommandant auf dem Trockenen".

„Am nächsten Tag war in der Villa der Teufel los. Der Krieg in Europa war aus, die Bewacher-Soldaten gingen nach Hause und der britische Gouverneur auf der Insel schenkte allen Internierten die sofortige Freiheit. Worauf die Nazis ziemlich schnell auf die ‚dreckigen Juden' losgingen, die ihnen den ganzen Schlamassel ja eingebrockt hätten. Die Nazis hatten einen neuen Feind, oder auch nur den wiederentdeckten alten".

„Das wurde so handgreiflich, dass die Polizei mit Schlagstöcken dazwischengehen musste. Mit dem nächsten Transportschiff wurden die Nazis wunschgemäß heim ins Reich befördert. Auch mein U-Boot-Vater, der wohl in ein Kriegsgefangenen-Lager kam. Von dem haben meine Mutter und ich nie wieder etwas gehört. So, jetzt wissen Sie, was ein Nazi-Jude ist".

„Mir wird schlecht", sagte Theo schließlich.

„Etwa wegen meiner Geschichte, oder haben Sie Hunger?", fragte der Fahrer.

„Ihre Geschichte ist mir auf den Magen geschlagen und ich habe wirklich Hunger".

Der Mossad-Mann am Steuer musste lachen. „Ihr jungen Leute könnt wohl gar nichts mehr vertragen. Ich könnte Ihnen noch ganz andere Geschichten erzählen, aber das lasse ich wohl lieber. Doch gegen Ihren Hunger ist was zu machen. Da vorne ist mein Lieblingsrestaurant, da kriegen Sie einen schnellen Happen. Ich hoffe, es macht Ihnen nichts aus, dass der Besitzer ein Deutscher ist".

Shulamit schüttelte nur mit dem Kopf und der Fahrer fügte mit einem Seitenblick auf Theo noch hinzu: „Wir können uns da auf Deutsch oder Englisch unterhalten und die Kellner verstehen Beides. Auf Hebräisch müssen wir wohl mit Rücksicht auf den Herrn hier verzichten". Der Mossad-Mann war von der Zentrale offensichtlich gut über seine Fahrgäste unterrichtet worden.

Die Drei fanden auf der Terrasse des „Paw Paws"-Bistros an der South Road noch einen freien Tisch. Nachdem Theo eilig einen „Hamburger mit viel Fritten" bestellt hatte, wunderte er sich: „'Paw Paws' ist ein seltsamer Name für ein Restaurant. Hat das 'was mit Indianern zu tun?"

„Nein", sagte der Fahrer, „Indianer hat es auf Bermuda nie gegeben. Paw Paws ist der Name für eine Frucht, die hier auf der Insel wächst. Man nennt sie auch 'Poor Man's Banana'. Sie schmecken tatsächlich so etwa wie Bananen. Interessieren Sie sich für Botanik?", fragte er im Blick auf Theo.

„Mehr für die Menschen hier, die Juden und Nazis gemeinsam in ein Internierungslager stecken".

„Na dann mach' ich's kurz", versprach der Mann mit dem Taxi. „Hier leben 60.000 Leute, mehr als 60 Prozent sind schwarz, der Rest ist weiß. Wir sind ein Steuerparadies und eine britische Kronkolonie. Unser Staatsoberhaupt ist Königin Elizabeth in London und wir haben zwei Nationalhymnen. Die offizielle ist 'Save the Queen', aber meistens wird die inoffizielle Hymne geschmettert. Die trägt den schönen Namen 'Heil Bermuda'".

„Und jetzt wird MIR schlecht", meldete sich Shulamit. „Wir sind bei einem Haufen von Ignoranten oder Antisemiten gelandet".

Doch der Mossad-Agent auf Bermuda schüttelte nur mit dem Kopf. „So schlimm ist es hier nicht. Wir haben zwar 600 Kirchen, aber nur zwei Dutzend Juden und keine Synagoge. Bermuda ist sozusagen fast 'judenfrei' und deshalb hat auch kaum jemand etwas gegen sie".

„Prost Mahlzeit", kommentierte Theo, mit vollem Mund seinen inzwischen servierten Hamburger kauend. „Das Ding schmeckt wirklich gut".

„Was Sie da verdrücken, ist auch gar kein Hamburger, sondern eine Frikadelle", erläuterte der Stammgast im „Paw

Paws“. „Original deutsches Rezept mit viel Zwiebeln drin. Übrigens nicht koscher. Wenn Sie koscher halten wollen, müssen Sie sich in den nächsten Tagen ausschließlich von Nüssen ernähren“.

Nach dem Essen stiegen die Drei wieder ins Taxi. Keine 500 Meter weiter fuhr der Wagen einen steilen Berg hoch und hielt vor einem rosafarbenen Gebäude. „Wir sind da“, sagte der Taxi-Mann. „Southampton Princess Hotel. Jemand hat für Sie eine prächtige Herberge ausgesucht“.

Beim Aussteigen drückte er Shulamit ein Handy in die Hand: „Wenn Sie mich brauchen, für was auch immer, drücken Sie nur auf die „Talk“-Taste. Dann klingelt es bei mir. Wenn Sie mit Ihrer Arbeit in Bermuda fertig sind, nehmen Sie nur den Chip raus und werfen das Ding weg. Viel Erfolg und Shalom“.

Ohne eine Antwort abzuwarten stieg der Taxi-Mann wieder in seinen Wagen und fuhr weg.

****

Die Kontenschließung bei der Butterfield-Bank in der Zentrale an der Front Street der Inselhauptstadt Hamilton dauerte keine halbe Stunde. Mister Frith hatte alles vorbereitet. Er nahm die Eidesstattlichen Erklärungen entgegen und fotokopierte den Pass von „Susanne Wenger“. Dann sagte er: „Ich nehme an, Sie wollen ‚Bank Drafts’ entgegennehmen?“

Shulamit/Susanne bestätigte und Mister Frith teilte eilfertig mit: „Wie in den Erklärungen angegeben, nehmen Sie die Guthaben treuhänderisch in Empfang, Ms. Wenger. Ich habe deshalb auch schon drei Bankschecks auf Ihren Namen ausstellen lassen“.

Während Shulamit wieder zustimmend nickte, zog Mister Frith aus seiner Akte drei Schecks. „Das Konto Assmann ist auftragsgemäß in US-Dollar geführt worden. Hier ist der

Scheck. 14 Millionen 273.200 Dollar und 12 Cent, einschließlich der Guthaben-Zinsen bis gestern 24.00 Uhr. Wenn Sie mir den Empfang bitte hier bestätigen wollen".

Shulamit unterschrieb mit „Susanne Wenger" und schon hielt Mister Frith den nächsten Scheck in der Hand. „Hier der Scheck für die Verfügungsberechtigung Lührs, auch in US-Dollar: 113.776.24. Ja, Danke für Ihre Unterschrift. Und hier der Scheck für das Konto Malon. 4 Millionen 332.941.48. Wiederum in US-Dollar. Bitteschön".

Shulamit zögerte und Mister Frith fragte: „Ist etwas nicht in Ordnung?"

„Nein, es ist in Ordnung", sagte Shulamit. „Aber aus internen Abrechnungsgründen bei uns wäre es besser, die Auszahlung zu Lasten des Malon-Kontos aufzuteilen und zwei Bankschecks für die vier Millionen Plus auszustellen".

Shulamit rechnete schnell und bat dann: „Könnte ein Scheck auf 182.416,83 US Dollar lauten und der zweite auf 4 Millionen 150.524.65 US-Dollar? Das würde dann wieder zusammen die Guthabensumme ergeben".

Mister Frith tippte Zahlen in seinen Taschenrechner und sagte dann: „Natürlich Ms. Wenger. Wenn sie mich einen Augenblick entschuldigen wollen. Ich lasse sofort die beiden Schecks ausstellen".

Nachdem Frith das Büro verlassen hatte, sagte Theo leise: „Du hantierst ja mit Millionen, dass einem ganz schwindlig wird. Warum willst du unbedingt neue Schecks haben? Nimm doch die Millionen und nichts wie weg".

„Ich brauche den einen Scheck für Oma Blau", antwortete ihm Shulamit auf Deutsch und da kam auch schon der Bankmensch zurück.

Keine zwei Minuten später standen Shulamit und Theo wieder auf der Strasse. „Ich kann's nicht fassen", sagte er. „Wir sind rein in die Bank und raus aus der Bank, du hast fast 20

Millionen Dollar im Täschchen und der Polizist mit seinen kurzen Hosen da vorne an der Hafenmauer interessiert sich nicht für uns“.

„Ja, das Leben ist schön“ bestätigte Shulamit. „Und jetzt gehen wir ins nächste Cafe und bestellen uns den teuersten Cappuccino, den sie haben“.

„Nein“, widersprach Theo und hielt Shulamit fest. „Ich hab’ ’ne viel bessere Idee. Ich wollte schon immer eine reiche Frau heiraten. Und deshalb Shulamit Stern, oder wie du gerade heißt, willst du meine Frau werden?“

Shulamit dachte krampfhaft nach und sagte dann: „Schon als kleines Kind habe ich mir immer gewünscht, von einem hergelaufenen Habenichts auf der Strasse angerempelt zu werden und diese sehr unwichtige Frage gestellt zu bekommen“.

Shulamit blickte Theo streng an und fügte dann hinzu: „Nachdem mein Traum aus Kindertagen jetzt in Erfüllung gegangen ist, sage ich Ja und schlage vor, dass wir nach dieser Unterbrechung endlich ins Cafe gehen“.

Theo strahlte und rührte sich nicht vom Fleck. „Dreh dich mal um“, sagte er. „Wir stehen vor ‚Chrisson’, einem äußerst einladenden Juweliergeschäft. Da werden wir jetzt reingehen und unsere Verlobungsringe kaufen, die wir hoffentlich bald als unsere Eheringe tragen werden“.

Shulamit fiel Theo um den Hals und sie küssten sich. Am Straßenrand und viel länger, als die Menschen im sehr britischen Bermuda für schicklich halten.

Wieder im „Southampton Princess“ rief Shulamit auf dem üblichen telefonischen Umweg Nachum Schamir in Tel Aviv an, um ihm von der reibungslosen Abwicklung der Bankgeschäfte in Kenntnis zusetzen und ganz beiläufig vom Kauf der Ringe zu berichten.

„Ich freue mich für euch und ich werde dich vermissen“, sagte Nachum. „Und was dein Problem angeht: Was hältst du von einer Versetzung an die Botschaft in der kanadischen Hauptstadt Ottawa? Der Kindskopf von Kindsvater kann einen Job als Kanada-Korrespondent für ein großes deutsches Magazin bekommen. Bis zu meinem Anruf wusste die Personalabteilung gar nicht, dass sie da noch einen brauchen. Aber ich habe sie davon überzeugen können. Redet drüber und sagt mir in den nächsten Tagen Bescheid".

„Du bist ein Schatz", freute sich Shulamit. Ernsthaft fügte sie hinzu: „Du weißt, dass du für mich wie ein Vater bist, den ich nicht mehr habe".

„Was soll das?" fragte Nachum mit gespielter Entrüstung. „Redet man so mit seinem Boss? Und als Boss frage ich: Und was macht ihr Beiden jetzt?"

„Einen Reiseführer Kanada kaufen", sagte Shulamit. „Und bevor wir ein paar Schecks nach Berlin bringen, statten wir Frau Blau einen Besuch in Washington ab und befreien sie von finanziellen Sorgen um ihr von den Nazis geklautes Elternhaus".

****

Der Flug mit der USAirways von Bermuda nach Washington dauerte keine zwei Stunden. Vom „Ronald Reagan"-Flughafen in der amerikanischen Hauptstadt fuhren sie mit einem Taxi direkt zum Haus von Hannah Blau im Vorort Silver Spring.

Frau Blau fiel fast in Ohnmacht, als Shulamit und Theo in ihrer Haustür standen. „Ja, was, wie, was machen Sie denn hier", fragte sie stotternd.

„Bald ist Chanukah und wir wollen Ihnen ein ‚Gelt' bringen, Oma Blau".

Frau Blau verstand nicht und bat die beiden Besucher ins Wohnzimmer.

„Wir haben nicht viel Zeit“, sagte Shulamit. „Denn wir wollen mit Ihnen zur Bank gehen“.

„Warum denn das, Kinder? Ihr seid doch gerade erst gekommen“.

Shulamit nickte. „Aber wichtiger ist, dass Ihnen die Nazis Ihr Elternhaus in Deutschland genommen haben. Und Sie mussten bei der Bank Geld aufnehmen, um das Haus zurückkaufen zu können. Wir sind gekommen, um die Hypothek abzuzahlen. Damit Ihnen das Haus wieder so schuldenfrei gehört, wie es Ihren Eltern gehört hat“.

„Ja, aber das geht doch nicht. Das ist doch viel zu viel Geld. Und woher soll es denn kommen?“.

„Doch es geht, machen Sie sich keine Sorgen“.

„Und woher kommt das viele Geld?“

„Es gibt da einen israelischen Regierungsfond“, behauptete Shulamit und verschwieg natürlich, dass sie den Fond gerade gegründet hatte. „Bei dem haben wir das Geld einfach beantragt und der Antrag ist genehmigt worden“.

„Ist das wirklich wahr?“

„Ja es ist wahr“, sagte Shulamit ernst. „Oder glauben Sie, dass ich meine Oma anschwindeln würde? Und jetzt sollten wir aber gehen, bevor die Bank schließt. Das Taxi wartet draußen immer noch“.

In der Filiale der Nations Bank an der Wisconsin Avenue in Washington musste die Darlehensakte von Hannah Blau, geborene Menschik, nicht lange gesucht werden. „Seltsam“, sagte der stellvertretende Filialleiter. „Wir hatten in der vergangenen Woche eine Anfrage aus der Zentrale mit der Anweisung, den Betrag für die Fälligkeit bis Ende des Monats auszurechnen. Die Restschuld beträgt genau 182.416.83 Dollar“.

Shulamit griff in ihre Tasche und holte einen Bankscheck der Butterfield-Bank heraus. „Und hier ist ein ‚Bank Draft’ in genau dieser Höhe. Ist das so in Ordnung?“.

„Ja schon Miss. Aber Sie müssen den Scheck auf der Rückseite unterschreiben. Und verzeihen Sie bitte: Haben Sie eine Identifikation dabei?"

Shulamit unterschrieb den Scheck auf der Rückseite mit „Susanne Wenger" und reichte dem Bankmenschen auch ihren deutschen Pass. Dabei achtete sie darauf, dass Frau Blau nicht so genau sehen konnte, dass Shulamit mit einem „anderen" Namen unterschrieb und plötzlich auch ein deutsches Ausweispapier hatte. Der Bankmensch verglich die Unterschrift mit dem Wenger-Pass und reichte ihn zurück.

Dabei verbeugte er sich linkisch vor Frau Blau und sagte: „Ich gratuliere Ihnen Frau Blau. Ihnen geht es besser als mir: Sie haben keinen Cent Schulden mehr".

Frau Blau wollte sich bei Shulamit und Theo bedanken, doch die sagten gleichzeitig: „Das müssen wir jetzt feiern".

Keine 50 Meter von der Bank entfernt war das Restaurant „Matisse". „Kommen Sie", sagte Theo, „wir haben Ihnen noch etwas mitzuteilen".

Sie setzten sich an einen Tisch am Fenster und beobachteten schweigend die Fußgänger. Unter ihnen entdeckte Frau Blau eine junge Mutter, die ein Baby in einem Kinderwagen vor sich her schob. Ein Mädchen im Alter von vielleicht vier oder fünf Jahren hielt sich am Bügel des Kinderwagens fest und hüpfte ausgelassen neben ihm her. Und das Mädchen trug rote Gummistiefel.

„Vielleicht träume ich", sagte Frau Blau, „aber es ist ein schöner Traum".

„Und wir haben eine Überraschung für Sie", sagte Shulamit. „Theo und ich werden heiraten".

„Ich hab's gewusst, ich hab's gewusst", sagte Frau Blau sehr laut. „Als ich euch im Restaurant in Deutschland sah, wusste ich, dass ihr zusammengehört".

Am 22. Februar brachte die Botschaftsrätin 1. Klasse Shulamit Stern-Schapiro im „Ottawa Hospital“ der kanadischen Hauptstadt ein natürlich bildhübsches Mädchen zur Welt. Die stolzen Eltern gaben ihr den Namen „Rebekah“. Zum großen Erstaunen der jungen Mutter hatte Theo selbst herausgefunden, dass der Name hebräischen Ursprungs ist und „die Verbindende“ bedeutet.

Notwendige Nachbemerkungen:

Der Verein der „Stiefelfreunde" tagt nicht mehr.

Die Bauträgergesellschaft Malon GmbH & Co. KG musste nach ominösen Abhebungen größerer Summen von den deutschen Firmenkonten Insolvenz anmelden. Die Düsseldorfer Staatsanwaltschaft ermittelt wegen Konkursverschleppung. Geschäftsführer Walter Malon ist mit unbekanntem Ziel verzogen. Die Strafverfolgungsbehörden vermuten, dass er sich im Ausland aufhält.

Gottfried Kellermann, der Alleininhaber der Lackfabrik in Neuss starb bei einem Verkehrsunfall. Ein technischer Gutachter stellte Manipulationen am Gasgestänge seines Wagens fest. Das Ermittlungsverfahren gegen einen ehemaligen Arbeiter des Betriebes, der sich Zeugenaussagen zufolge zusammen mit zwei nicht identifizierten Männern unmittelbar vor dem Unfall am Wagen zu schaffen gemacht haben soll, wurde von der Staatsanwaltschaft wegen „nicht hinreichenden Tatverdachts" eingestellt.

Walter Menke, Betreiber einer Kette von Lebensmittelläden erlag einem Herzinfarkt. Wegen der zerstrittenen Erben ordnete das Amtsgericht die Versteigerung des Nachlasses an. Die Geschäfte wurden zu günstigen Preisen von der Familie

Bandler aus Hannover erworben. Die neuen Inhaber erweiterten das Sortiment um eine Reihe koscherer Lebensmittel.

Dieter K., Steuerfahnder der Oberfinanzdirektion Düsseldorf, der als erfolgreicher Spezialist für Betriebsprüfungen in Unternehmen mit jüdischen Eigentümern galt, verbrachte einen Tag in Untersuchungshaft und ist derzeit mit vollem Gehalt vom Dienst freigestellt. Nach Mitteilung der Staatsanwaltschaft wird ihm aufgrund anonymer Hinweise „passive Bestechung" vorgeworfen.

Hedwig Assmann, Witwe des verstorbenen Alleininhabers der „Assmann Apparatebau" in Düsseldorf hat das Unternehmen verkauft. Einen erheblichen Teil des Erlöses stiftete sie der israelischen Rotkreuzorganisation „Magen Adom" sowie für den Bau eines Altersheims in der Nähe von Tel Aviv.

Oberstaatsanwalt Friedrich Schomer ließ sich in den vorzeitigen Ruhestand versetzen und verbringt die meiste Zeit auf seinem Segelboot.

Frau Blau hat inzwischen die volle Wahrheit über ihren „Sohn" Simon erfahren. Bei ihrem letzten Besuch in Deutschland verzichtete sie auf den Besuch seines Grabes auf dem Düsseldorfer Nordfriedhof.

Nach seiner Pensionierung vom Mossad heiratete Nachum Schamir seinen neuseeländischen Lebensgefährten in Kanada. Zusammen mit der Familie Stern-Schapiro verbrachte das Paar schon zweimal einen Urlaub in Deutschland.

Theo Schapiro hatte sich für einen Sprachkurs Hebräisch angemeldet, seine Bemühungen wegen hörbarer Aussichtslosigkeit und auf dringendes Anraten seiner Frau aber nach drei Wochen aufgegeben.

Rebekah, die Tochter von Shulamit und Theo Schapiro, besucht die „German Language School“ und wird im kommenden Jahr 12 Jahre alt. Frau Blau hat schon ihr Flugticket nach Ottawa gekauft um an der „Bat Mitzvah“-Feier teilnehmen zu können.